Mila Summers

Liebe ist ganz nah

Über das Buch:

Louna fällt immer wieder auf denselben Typ Mann herein. Diesmal schwört sie sich, standhaft zu bleiben.

Ihr eigenes kleines Café ist Lounas ganze Leidenschaft. Doch Leidenschaft allein zahlt keine Kreditraten.
Als der Regisseur einer namhaften Soap sich in ihr Café verirrt und Louna aus heiterem Himmel die Hauptrolle von Love next door anbietet, findet sie den Vorschlag zunächst absurd. Hinzu kommt, dass Steven der personifizierte Bad Boy ist – zumindest in Lounas Augen. Doch ihre finanzielle Situation zwingt sie letztlich, ihm zuzusagen. Das Knistern zwischen den beiden und der Stress am Set erhitzen die Gemüter. Louna steht nicht nur einmal kurz davor, alles hinzuschmeißen.

Aber da gibt es noch eine andere, verschlossenere Seite an Steven, die sie davon abhält. Was verbirgt er vor ihr?

Bisher von der Autorin erschienen:
Manhattan Love Stories:
Irresponsible Desire
Irrepressible Desire
Irresistible Desire

Tales of Chicago
Küss mich wach (Band 1)
Vom Glück geküsst (Band 2)
Ein Frosch zum Küssen (Band 3)
Küsse in luftiger Höhe (Band 4)
Zum Küssen verführt (Band 5)

Social-Web-Trilogie
Instafame oder Gummistiefel in Acryl
Facebook Romance oder nach all den Jahren
Twinder oder die Irrungen und Wirrungen der Liebe

Liebe lieber einzigartig
Rettung für die Liebe
Küsse unter dem Mistelzweig
Auf einmal Liebe
Sommer, Sonne, Strand und Liebe – Nele & Josh
Liebe und andere Weihnachtswunder
Liebe ist nur mit Dir
Liebe ist ein Glücksfall
Der erste Sommer mit dir

MILA

SUMMERS

Liebe ist ganz nah

Roman

Deutsche Erstauflage Juli 2019

Lektorat: Dorothea Kenneweg

Korrektorat: Jil Aimée Bayer.

Covergestaltung: Nadine Kapp

Covermotiv: Shutterstock © Galina Tcivina / Oksana Shufrych
Impressum: D. Hartung
Frankfurter Str. 22

97082 Würzburg

mila.summers@outlook.de

Kapitel 1

Louna

»Dann würde ich gerne noch zwei Mandel-Himbeer-Macarons, zwei mit Minze und weißer Schokolade sowie zwei mit Lavendel und Honig und … Gibt es diesen Monat wieder eine neue Geschmacksrichtung? Ich fand ja Erdbeer-Basilikum ganz toll.«

Ich lächelte die ältere Dame mit den krausen weißen Locken freundlich an, die mich beinahe jede Woche in meinem kleinen Café am Hyde Street Pier besuchte. Trotz der guten Lage direkt am Wasser war ich auf meine Stammkunden dringend angewiesen.

»Ich habe mich heute Morgen an Macarons mit Ananasgeschmack versucht. Möchten Sie vielleicht eines kosten?« Ich hielt Mrs. Whitehall eines der Minigebäckstücke, die ich in Probiergröße gebacken hatte, auf einem kleinen Silbertablett über den Tresen.

»Oh, das hört sich sehr verlockend an.« Mrs. Whitehall kicherte übermütig wie ein Kind, das in ein großes Bonbonglas greifen darf und die freie Auswahl hat.

Als das Mandelgebäck in ihrem Mund verschwunden war, schloss sie für einen Moment die Augen und ließ sich den Geschmack auf der Zunge zergehen. Wenn ich mir die ältere Lady mit dem schicken Trenchcoat, den weißen Locken und dem obligatorischen Regenschirm unterm Arm so ansah, dann war ich mir sicher, dass sie die einzige meiner Kundinnen war, die meine Backkunst ausreichend zu würdigen wusste.

Die meisten meiner Kunden tranken eine Tasse Kaffee und

aßen ein Stück Kuchen oder etwas Gebäck dazu. Viele von ihnen waren Touristen, die ich meist kein zweites Mal sah, weil sie schon am nächsten Tag auf dem Weg nach San Diego oder Los Angeles waren. Bei einem Roadtrip entlang der Westküste blieb wenig Zeit für solch banale Vergnügungen wie Petits Fours, Macarons oder Muffins. Und Kaffee gab es mittlerweile an jeder Ecke to go. Damit lockte ich schon lange keine Maus mehr hinter dem Ofen hervor.

Meine Lage war angespannt. Die letzte Abschlagszahlung für den Kredit hatte ich nur mit Müh und Not zusammengekratzt bekommen. Im nächsten Monat würde ich an meine eisernen Ersparnisse gehen müssen, die nicht sonderlich üppig ausfielen. Meine Eltern konnte ich nicht schon wieder um Geld anpumpen. Jedenfalls nicht, nachdem sie mir erst vor wenigen Wochen gesagt hatten, dass ihr Dach neu gedeckt werden musste und Moms Wagen in die Jahre gekommen war.

Mrs. Whitehall war so etwas wie die Beständigkeit in meinem Geschäftsleben. Sie kam regelmäßig, ob Winter oder Sommer, mit ihrem Regenschirm unterm Arm in meinem kleinen Café vorbei und nahm sich eine Auswahl an Macarons mit nach Hause.

»Die sind wirklich ganz vorzüglich. Würden Sie mir bitte auch davon noch vier Stück in die Schachtel packen?«

Mrs. Whitehalls Urteil war mir stets sehr wichtig, auch wenn ich bisher noch nicht erlebt hatte, dass sie eine meiner Kreationen nicht guthieß. Dennoch war sie so etwas wie eine wichtige Instanz für mich, deren Einschätzung mich bei der Einführung eines neuen Gebäcks oder einer weiteren Geschmacksrichtung bekräftigte.

Meine Eltern lebten in Iowa. Das war viel zu weit weg, um

ihnen mal eben ein paar Macarons zum Testen vorbeizubringen. Freunde hatte ich in San Francisco nicht wirklich gefunden. Zu den meisten meiner Bekannten hegte ich eine sehr oberflächliche Beziehung. Man traf sich, hielt Small Talk und verriet dem anderen doch nicht, was einem auf dem Herzen lag, während man ihn freundlich anlächelte.

Nur zu Mary hatte ich ein gutes Verhältnis aufgebaut. Sie kam einmal die Woche, um meine Bestellungen aufzunehmen. Mary hatte ein kleines Unternehmen gegründet, das sich auf individuelle Dekoartikel wie Fähnchen für die Muffins oder Wimpel für Kuchen spezialisiert hatte. Die meisten ihrer Schöpfungen waren Handarbeit. Sie beschrieb unter anderem die Wimpel und Fähnchen selbst in den allerschönsten Lettern, die ich je gesehen hatte. Sie war wirklich eine Künstlerin.

Erst vor einiger Zeit hatte sie mir für eine Hochzeitstorte einen Scherenschnitt gebastelt, der das Kennenlernen des Brautpaars, den Heiratsantrag und die Trauung zeigte. Ich liebte ihre Arbeit und schätzte sie zutiefst. Und Mary ihrerseits mochte meine Süßwaren, besonders die Cupcakes.

Als Mary mit rot unterlaufenen Augen nach der Trennung von ihrem Ex-Freund in meinen Laden gekommen war, hatte ich nicht gezögert, das *Geöffnet*-Schild umzudrehen und die Tür abzuschließen. Ich wollte für sie da sein. Seither trafen wir uns regelmäßig zum Essen, gingen Cocktails trinken oder auf Partys, um den Mann fürs Leben zu finden.

Die große Liebe gehörte nicht unbedingt zu den Dingen, an die ich noch glaubte. Dafür waren die Enttäuschungen in meinem Leben einfach zu groß gewesen. Aber Mary zuliebe ging ich mit, und meist verbrachten wir beide einen sehr lustigen Abend miteinander.

Ein weiterer Kunde verirrte sich in meinen Laden und stellte sich hinter Mrs. Whitehall, die in aller Ruhe ihren Geldbeutel aus der Tasche kramte, während ich die restlichen vier Macarons ihrer Bestellung zu den übrigen in die Schachtel packte.

Mein Blick huschte zu dem Neuankömmling. Der Mann trug schwarze Jeans und ein weißes Shirt. Er war definitiv keiner von den Bankern, die sich nur in der Mittagspause aus ihrem klimatisierten Büro herauswagten, um sich bei mir etwas Süßes für den Nachtisch zu holen. Nein, der Kerl mit seinem Dreitagebart war anders.

Doch eins hatte er mit ihnen gemein: Genauso ungeduldig wie die Banker in diesem Viertel tippelte er unruhig auf der Stelle herum, starrte genervt und lustlos auf sein Handy und hatte ein Headset am Ohr kleben. Superwichtig, der Kerl. Zumindest in seiner Weltanschauung.

In der Vergangenheit hatte ich gelernt, meine Kunden in Kategorien einzuteilen. Dieses Exemplar hinter Mrs. Whitehall gehörte auf jeden Fall zu den Wichtigtuern, denen eine ältere Lady, die in aller Seelenruhe in ihrem Portemonnaie Kleingeld zusammensuchte, ein Dorn im Auge war. Schließlich kostete sie ihn Zeit. Und Zeit war ja bekanntlich Geld.

Ein überaus penetranter Klingelton übertönte die leichte Hintergrundmusik in meinem Café. Es klang wie der Song einer *Metalband*. Einer ziemlich schlechten *Metalband*. Mrs. Whitehall zuckte leicht zusammen, während das Touristenehepaar aus Wisconsin, das vor wenigen Minuten an einem der hinteren Tische am Fenster Platz genommen hatte, sich irritiert in unsere Richtung umdrehte.

»Ja? Was?«, schrie der Kerl so laut in das Telefon, dass ich ihm das Teil am liebsten aus der Hand gerissen und in einer Limonade ertränkt hätte. Das hier war schließlich ein Café. Ein Ort, an dem sich meine Gäste wohlfühlen und den Stress des Alltags vor der Tür abstellen sollten. Aber das solch einem Trampel begreiflich zu machen, war wohl unmöglich.

»Was? Jamie, sieh zu, dass du sie wieder vor die Kamera kriegst. Ich bin ganze fünfzehn Minuten vom Set weg, und schon bricht bei euch das Chaos aus. Bin ich denn nur von Idioten umgeben?«

Die Stimme des Mannes hallte wie ein Donnergrollen durch meine kleine Wohlfühloase, in der jeder willkommen war, der etwas Zerstreuung vom Alltag suchte oder sich einfach gerne ein gutes Stück Kuchen einverleiben wollte. Unwillkommen waren mir dagegen Typen wie dieser Angeber, der mein kleines Paradies mit seinen *bad vibrations* verpestete.

Während ich Mrs. Whitehall abkassierte, ihr die Schachtel reichte und währenddessen mit meiner inneren Anspannung kämpfte, telefonierte der Kerl noch immer. Natürlich dachte er nicht im Traum daran, seine Stimme zu senken oder gar das Café zu verlassen, um mit seinem Gespräch die übrigen Gäste nicht zu belästigen.

Typen wie er waren der Grund dafür, warum ich lieber ein Single blieb. Denn durch irgendeinen dummen Fehler in der Matrix geriet ich sehr oft an Männer dieser Sorte, die ins Handy schrien und von sich glaubten, der Nabel der Welt zu sein, die für die Bedürfnisse ihrer Mitmenschen herzlich wenig übrighatten.

»Dann bis nächste Woche, mein Kind. Ich muss jetzt nach Hause. Um drei kommen ein paar Freundinnen von mir auf eine Runde Bridge vorbei. Wünschen Sie mir Glück!«

Mrs. Whitehall ließ sich von dem Mann in ihrem Rücken nicht aus der Fassung bringen. Sie hatte offenbar gelernt, damit umzugehen. Auch das Paar am Fenster hatte aufgehört, in unsere Richtung zu schauen. Nur mir wollte es einfach nicht gelingen, den Kerl mit Nichtbeachtung zu strafen.

»Jamie, das ist nicht dein Ernst! Wenn doch, muss ich mich wohl nach einem neuen Regieassistenten umsehen. Was zur Hölle habt ihr euch bloß dabei gedacht, ausgerechnet den Star der Serie zu vergraulen?«

Oh, Mr. Ich-bin-so-verdammt-Wichtig hatte wohl Probleme. Ich konnte nicht behaupten, dass mich diese Tatsache in irgendeiner Hinsicht bekümmerte. Ganz im Gegenteil. Nur wäre es mir lieber gewesen, wenn er sich diesen Problemen vor meiner Ladentür gestellt und mich und meine Gäste damit verschont hätte.

»Dann wünsche ich Ihnen ganz viel Spaß, Mrs. Whitehall.« Ich bemühte mich, freundlich zu bleiben und die Wut in meinem Inneren vor meiner Außenwelt zu verbergen. Schließlich konnte meine Stammkundin am allerwenigsten dafür, dass Mr. Wichtig Einzug in meinem Café gehalten hatte.

Ich sollte ein Schild mit der Aufschrift *Idioten müssen draußen bleiben!* aufhängen. Gleich neben dem für Hunde. Wobei ich die armen Tiere auf diese Weise mit dieser Spezies Mann gleichsetzen würde. Was ich nie und nimmer gutheißen könnte. Also doch kein Schild. Schade.

Mrs. Whitehall schenkte mir ihr unbekümmertes Lächeln, verstaute die rechteckige Schachtel in ihrer Handtasche und ging gleichmütig zur Tür. Mr. Wichtig würdigte sie dabei keines Blickes. Die Gelassenheit des Alters war etwas Schönes. Hoffentlich würde sie auch mir irgendwann zuteil. Wobei ich mit meinen Anfang dreißig mit Sicherheit noch etwas darauf würde warten müssen.

Im Gegensatz zu Mrs. Whitehall verspürte ich den stetig anwachsenden Drang, dem Kerl das Smartphone aus der Hand zu reißen, es auf den Boden zu werfen und mit dem Absatz meines Stiefels elektronischen Schrott daraus zu fabrizieren.

Vermutlich war Valentino daran schuld. Mein Ex. Ähnliches Kaliber, ähnliche Statur, ähnlich egoistisches Gehabe. Nur der Anzug fehlte heute. Valentinos Klamotten waren immer maßgeschneidert von irgendeinem namhaften Designer, dessen Namen ich mir nie hatte merken können.

»Wenn Brittney bis zu meiner Rückkehr nicht wieder aufgetaucht ist, dann könnt ihr was erleben!«, blaffte der Mann noch immer aufgebracht in den Hörer, während ich mit jeder weiteren Silbe selbst immer ungehaltener wurde. Schließlich war das hier mein Café, in dem er sich so aufspielte. Der Typ kam herein, scherte sich einen Dreck um die übrigen Gäste und machte einen seiner Angestellten oder Kollegen – so genau konnte ich das nicht ausmachen – vor uns zur Schnecke. Ich mochte mir gar nicht ausmalen, welche arme Seele mit diesem Choleriker zusammenarbeiten musste.

Ich bekam Mitleid. Nicht mit dem Idioten, der sich in mein beschauliches Café verirrt hatte, sondern mit dem Menschen am anderen Ende der Leitung. Es verging nicht ein Tag, an dem ich mir über meine Existenz keine Sorgen machen musste. Vor vier Jahren war ich mehr oder minder ohne einen Penny nach San Francisco gekommen und hatte mir aus dem Nichts meinen Laden aufgebaut.

Es hatte bisher viele gute Zeiten, aber auch einige schlechte für mich gegeben, in denen ich meinen Strom nicht hatte zahlen können oder mich wochenlang von Toast und Erdnussbutter ernährt hatte.

Doch wenn ich mir so ansah, wie dieser Flegel hier mit seinen Leuten umging, dann würde ich sogar in Kauf nehmen, mich monatelang nur von Brot und Wasser zu ernähren. Ich hatte schließlich auch meinen Stolz. Keinen Tag würde ich es mit ihm an meiner Seite aushalten. Jedenfalls nicht, ohne einen gewaltigen Schaden davonzutragen oder wegen versuchten Mordes eingebuchtet zu werden. Beides keine besonders wünschenswerten Szenarien. Da schlief ich lieber unter der Brücke.

Wenn ich nicht dringend zusah, wie ich schnell an viel Geld kam, würde das schneller Realität werden, als mir lieb war. Aber Mary hatte neulich eine Idee. Sie kannte eine Visagistin, die beim Film arbeitete und die ihr erzählt hatte, dass viele ihrer Kundinnen auf der Suche nach einem Caterer waren, der sich explizit auf Süßwaren spezialisiert hatte und eine Candybar mit der entsprechenden Deko liefern konnte.

Mary und ich überlegten schon seit einiger Zeit, uns in dieser Hinsicht zusammenzutun, und hatten auch schon an einem Konzept gearbeitet. Nur an der Umsetzung haperte es leider noch. Vor allem, da wir für die Annahme solcher Aufträge erst mal investieren mussten. Geld, das wir beide momentan nicht hatten.

Es war zum Mäusemelken. Die Lösung all meiner Probleme war zum Greifen nah, und doch würde ich daran scheitern, da mir das nötige Kleingeld fehlte, um die entsprechenden Anschaffungen zu tätigen.

»Kaffee. Schwarz.« Ohne mich auch nur eines Blickes zu würdigen, knallte der Kerl eine Fünfdollarnote auf die Theke. Dann begann er abermals damit, wüste Beschimpfungen in sein Smartphone zu schreien.

Ich konnte nicht behaupten, dass es mich sonderlich traf, von meinem Kunden nicht beachtet zu werden. Ganz im Gegenteil.

Je weniger Berührungspunkte es zwischen uns gab, desto besser. Auch wenn ich auf jeden Cent angewiesen war, würde ich auf solch einen Gast wie ihn gut und gerne verzichten können. Und wenn ich dafür putzen gehen musste. Die schlechten Schwingungen, die von dem Kerl ausgingen, würden mir jeden Tag aufs Neue die Stimmung verhageln.

Ohne den Worten des Mannes weiter Gehör zu schenken, drehte ich mich zu der Kaffeemaschine in meinem Rücken um. Unter Ächzen und Dampfen gab sie nur widerwillig frei, was der Kunde geordert hatte. Molly hatte eine Seele. Und offenbar auch eine gute Menschenkenntnis.

»Was dauert denn da so lange?«, fuhr mich der Kerl auch schon an, und ich bemühte mich, die Fassung zu wahren und ein Lächeln aufzusetzen, als ich ihm den Becher reichte.

Als er schon im Begriff war, sich diesen zu schnappen und aus meinem Café zu stürmen, wandte ich ein: »Das macht sechs Dollar und fünfzig Cent.«

Nun sah der Typ mit zu schmalen Schlitzen verengten Augen in meine Richtung, beendete das Gespräch und schob sein Handy zurück in die Hosentasche.

»Wie bitte? Das ist Wucher! Sie können doch keine sechs Dollar für einen Kaffee verlangen.«

»Sechs Dollar und fünfzig Cent, um genau zu sein«, berichtigte ich ihn. »Meine To-go-Becher sind aus nachhaltigem Bambus und damit entsprechend teurer in der Anschaffung. Dafür können Sie ihn wiederverwenden. Der ökologische Fußabdruck, den Sie damit hinterlassen, ist für das gute Gewissen entsprechend kleiner.«

Ob der Typ überhaupt ein Gewissen hatte, wagte ich zu bezweifeln. Für ihn ging es nur um Geld, schnelle Autos und unverbindlichen Sex. Ich kannte diese Sorte Mann, die nichts anbrennen ließ und sich einen Dreck um den Morgen danach scherte. So etwas wie einen ökologischen Fußabdruck kümmerte den hochgewachsenen, breitschultrigen und sonnenverwöhnten Mann sicher überhaupt nicht. Für ihn zählte nur sein eigenes Wohl. Was interessierten ihn schon die Generationen, die nach ihm kamen? Er lebte jetzt und hier und hatte sicher nicht die Absicht, sich in absehbarer Zeit fortzupflanzen. Wenn überhaupt.

»Ökologischer Fußabdruck? Ich wollte einen Kaffee und keine Moralpredigt. Schütten Sie mir das Zeug in einen gewöhnlichen Pappbecher, und …« Als sein Blick das erste Mal den meinen traf, stockte er plötzlich. Aus seinem Gesicht war Verwunderung abzulesen. Verschwunden war der feindselige Ausdruck darin. Nun lächelte er mich sogar an.

Ich presste mich gegen die Kaffeemaschine in meinem Rücken. Die Hundertachtzig-Grad-Wendung des Mannes verunsicherte mich. Was war hier bloß los? Was hatte seine Stimmung so verändert? Ich wusste nur eins: Es gefiel mir nicht, wie er mich ansah. Ich kannte den Blick. Und er verhieß nichts Gutes.

Kapitel 2

Steven

»Wissen sie was? Nehmen Sie besser eine Tasse. Dann kann ich ihn gleich hier bei Ihnen trinken.« Ich ließ den Blick durch den kleinen Laden schweifen. »Hier in Ihrem wunderschönen Café, und wir können uns dabei ein bisschen unterhalten.«

Brittney war Geschichte. Nur ein Idiot würde sich das nicht eingestehen. Schließlich hatte es in der Vergangenheit immer wieder derartige Vorfälle gegeben. Brittney war der ganze Ruhm zu Kopf gestiegen, und sie war mit Sack und Pack auf und davon. Auch wenn sie der Star der Serie war, gab ihr das noch lange nicht das Recht, meine Crew und die übrigen Schauspieler derart vorzuführen. Jeder musste seinen Beitrag leisten, um den Erfolg von *Love next door* aufrechtzuerhalten.

Es war unmöglich, Brittneys Allüren weiterhin zu tolerieren. Nicht, wenn ich nicht das Gesicht vor meiner Mannschaft verlieren wollte. Dennoch war ich mir überdeutlich dessen bewusst, dass sie die wichtigste Person am Set war. Die Zuschauer liebten Brittney, was man nicht nur an den unzähligen Followern auf Instagram sehen konnte. Wo auch immer Brittney aufschlug – ob am roten Teppich oder beim Einkaufen in der Shoppingmall –, sie hatte das gewisse Etwas, um in wenigen Minuten Menschenmassen um sich zu scharen. Aber war das allein schon Grund genug, an ihr festzuhalten trotz all ihrer Eskapaden?

»Wie bitte?« Die junge Frau mit den leicht gewellten dunkelblonden Haaren und den großen blauen Augen sah mich an, als hätte ich sie darum gebeten, mir ein menschliches Herz zum Kaffee zu servieren. Ich konnte nicht anders: Ich musste bei ihrem Anblick lachen.

»Kaffee. Tasse. Ich. Hier«, zog ich sie auf und weidete mich einen Moment länger an ihrem unsicheren, ja naiven Gesichtsausdruck.

Sie hatte diese gewisse Ausstrahlung, die man auch mit viel Fleiß nicht erlernen konnte. Wahrscheinlich war sie sich dessen nicht einmal bewusst. Aber ich würde ihr schon klarmachen, dass sie zu sehr viel Höherem berufen war, als Kaffee aufzubrühen und Kuchen zu kredenzen.

Mein Handy vibrierte erneut in meiner Hose. Ich zog es so weit heraus, dass ich das Display erkennen konnte. Jamie. Schon wieder. Die Kacke war am Dampfen. Umso wichtiger war es, dass ich schnell handelte. Die Aufnahmen mussten am besten noch heute fortgesetzt werden. Wenn mein Plan aufging, dann waren all unsere Probleme vergessen. Einschließlich Brittney. Ich drückte Jamie beherzt weg und schenkte der Frau mir gegenüber mein einnehmendstes Lächeln.

Für gewöhnlich erwiderten die Frauen es, lächelten mich im Gegenzug ebenfalls offen an. Ich hatte bisher noch jede Frau bekommen, die ich wollte. Beruflich oder privat. Aber die Bedienung hinter der Theke war wohl eine härtere Nuss. Eine von der Bio-Öko-Mafia, deren Kleider aus Hanf geschneidert waren und die bei jedem Papierfetzen auf dem Boden einen Herzinfarkt erlitt.

Auch wenn ich dieser Lebensweise herzlich wenig abgewinnen konnte, war mir eine bodenständige Ökotussi doch um einiges lieber als eine von Launen dominierte Schauspielerin, auf die ich mich nicht verlassen konnte.

»Wissen Sie was?«, hob die Frau mit den vollen Lippen und den hohen Wangenknochen zu sprechen an. »Ich schenke Ihnen den einen Dollar und die fünfzig Cent, wenn Sie auf der Stelle meinen Laden verlassen und nicht noch einmal kommen.« Verschwunden war der naive Gesichtsausdruck. Aus ihren Augen schossen funkelnde Blitze in meine Richtung, die keinen Zweifel daran ließen, dass sie es ernst meinte.

Ich winkte ab. »Ich habe es mir, wie gesagt, anders überlegt. Ich würde gerne hier auf dem Barhocker sitzen und meinen Kaffee trinken. Oder spricht etwas dagegen?«

Die Tür in meinem Rücken öffnete sich erneut. Das helle Glöckchen darüber kündete einen neuen Kunden an. Schlagartig veränderte sich die Miene der jungen Frau mir gegenüber, die die Lösung für all meine Probleme sein könnte.

Ohne mich auch nur noch eines weiteren Blickes zu würdigen, goss sie den Inhalt des zertifizierten Ökobechers in eine Porzellantasse und schob sie mir zu.

»Guten Tag! Was darf es denn sein?«, fragte sie freundlich in Richtung der neuen Kunden. Ich folgte ihrem Blick. Es war ein Paar mittleren Alters, das sich mit Bermudahosen und Reiseführer in der Hand als Touristen outete. Jeden Sommer fielen sie in Massen wie eine Heuschreckenplage über die Stadt herein. Ein Grund mehr, die Innenstadt zu meiden und meinen Kaffee zukünftig wieder bei Dan zu holen.

Aber heute ging es leider nicht anders. Julia lag ein paar Straßen weiter im Krankenhaus, und ich hatte ihr versprochen, sie in meiner Mittagspause zu besuchen. Ich konnte und wollte mein Versprechen nicht brechen. Schließlich war Julia alles, was mir von meiner Familie noch geblieben war.

»Wir hätten gerne zwei Cappuccino, ein Stück Chocolate

Fudge und einen Cupcake.« Dabei deutete die Frau auf eine Vitrine, in der Cupcakes mit blauem Frosting und bunten Einhörnern aus Zucker darauf zu sehen waren.

»Sehr gerne«, erwiderte die blonde Schönheit mit einem strahlenden Lächeln, als hätten die beiden gerade die halbe Theke leer gekauft.

Mir brauchte sie nichts vorzumachen. Um in dieser guten Lage am Pier dauerhaft bestehen zu können, musste man viel Geld verdienen. Sehr viel Geld. Die Mieten waren in den letzten Jahren stetig angestiegen. Nicht aber die Preise für Kaffee und Kuchen. Die mussten im Rahmen der immer größer werdenden Konkurrenz der großen Ketten zeitweise sogar nach unten korrigiert werden. Darüber täuschte auch dieser sündhaft teure Becher aus Kokos oder Bambus nicht hinweg.

An jeder Straßenecke San Franciscos versuchte ein ambitionierter Cafébesitzer, sich eine Existenz aufzubauen. Nicht selten scheiterte er an der Vielzahl der Mitbewerber oder der erdrückenden Mietlast. San Francisco war teuer. Sehr teuer. Wer hier überleben wollte, brauchte Geld. Geld, das man mit etwas Kaffee und Kuchen nur schwerlich verdienen konnte. Da mussten originellere Konzepte her.

Eine Zwanzigdollarnote wechselte den Besitzer, dafür wanderten der Chocolate Fudge, der Cupcake und zwei Tassen Kaffee über den Tresen.

»Hätten Sie noch eine Serviette für mich?«, fragte die stämmige Touristin mit ausladendem Strohhut auf dem Kopf und der Fotokamera um den Hals.

Ich konnte es mir nicht verkneifen, mit den Augen zu rollen. Prompt in diesem Moment sah die kühle Blonde in meine Richtung. War ja klar. Das Glück war heute nicht unbedingt auf meiner Seite, aber daran würde ich schon noch etwas drehen.

Als sich die beiden Südstaatler vom Land an einen Tisch am Fenster gesetzt hatten, sah ich meine Chance gekommen. »Hat Ihnen eigentlich schon einmal jemand gesagt, wie schön Sie sind?«, fragte ich mit rauchiger Stimme und legte meine Hand dabei auf ihre.

Angewidert zog sie ihre Hand zurück, während sie mich ansah, als hätte ich ihr ein unmoralisches Angebot gemacht.

»Ich weiß nicht, wie Frauen für gewöhnlich auf solch eine Anmache von Ihnen reagieren, und ich möchte es auch gar nicht wissen. In meinem speziellen Fall muss ich Ihnen leider sagen, dass ich mir lieber die Hand abhacken würde, als mit Ihnen auszugehen.«

Mit einem lauten Knall fiel die Schublade der alten Registrierkasse, die nahezu antik wirkte, ins Fach und übertönte dabei zumindest für den Augenblick mein lautes Gelächter. Ich konnte einfach nicht anders. Ihre schroffe Abfuhr erheiterte mich. Gerade im Hinblick auf die Sache mit Brittney und den bevorstehenden Besuch bei meiner Schwester konnte ich etwas Zerstreuung ganz gut gebrauchen.

»Wie charmant. Dabei lande ich mit meinen Sprüchen meist auf Anhieb bei den Frauen. Was stimmt mit Ihnen nicht?« Meine Worte waren eine Spur zu spitz und mit Sicherheit waren sie nicht unbedingt förderlich für das, was mir vorschwebte. Und dennoch. Ich konnte nicht anders.

»Was mit *mir* nicht stimmt, wollen Sie wissen?« Sie schnaubte verächtlich, während ihre Lider bedenklich zu flattern begannen. Nur unter Aufbietung all ihrer Kräfte konnte sie sich beherrschen, nicht laut loszuschreien. Das konnte ich ihr überdeutlich ansehen. Dazu brauchte es keiner Worte.

»Für gewöhnlich liegen mir die Frauen zu Füßen, müssen Sie wissen. Erst vor einigen Tagen haben sich Zwillinge wegen mir in die Haare bekommen. Das war mir richtiggehend unangenehm.« Ganz die Ruhe selbst stützte ich meinen Kopf auf meiner Hand ab und lächelte die Frau nach wie vor freundlich an. Ich würde schon noch ans Ziel kommen. Auf die ein oder andere Weise. Daran würde auch eine störrische Cafébesitzerin mit einem Hang zur Übertreibung nichts ändern.

Anstatt endlich meinem Charme zu erliegen, stemmte Brittneys Ebenbild – rein äußerlich betrachtet – ihre Hände in die Seiten und sah mich aus zu schmalen Schlitzen verengten Augen finster an. Die Furche auf ihrer Stirn machte dabei dem San-Andreas-Graben ordentlich Konkurrenz.

»Ich denke, es wäre besser, wenn Sie mein Café jetzt verlassen würden.« Ihre Stimme klang kontrolliert, und dennoch war zwischen den einzelnen Worten ein kaum hörbarer aufgebrachter Unterton zu vernehmen.

An dieser Frau war wirklich eine Schauspielerin verloren gegangen. Wie sie ihre Wut zu unterdrückte, war filmreif. Sie würde einen ganz wundervollen Ersatz für die übellaunige Brittney abgeben, die meinem Charme in der Vergangenheit leider nur allzu oft erlegen war. Zu leichte Beute für einen Jäger wie mich.

»Dabei hatte ich gerade diesen Karottenkuchen ins Auge gefasst. Ich habe plötzlich unglaublichen Appetit darauf bekommen.« Dabei sah ich der Besitzerin des Cafés fest in die Augen und gab ihr das Gefühl, ich würde über sie und nicht über die Köstlichkeit in der Vitrine sprechen. »Ich würde gerne ein Stück hier essen und eins mitnehmen.« Ich zog alle Register. So leicht würde ich mich nicht geschlagen geben. Vor allem würde ich das

Feld nicht vorzeitig räumen. Nicht, wenn noch Hoffnung bestand, meine Probleme auf unkonventionelle Art und Weise aus dem Weg zu räumen.

Nun begannen ihre Lippen zu beben. Das Mädchen war wirklich ein Naturtalent. Wenn sie jetzt noch auf Knopfdruck weinen konnte, würde ich sie für die doppelte Gage unter Vertrag nehmen.

Blieb nur zu hoffen, dass sie nicht ebensolche Marotten entwickelte wie ihre Vorgängerin. Aber darüber würde ich mir Gedanken machen, wenn es so weit war. Zunächst galt es, diesen kleinen Machtkampf für mich zu entscheiden. Mit dem *Danach* wollte ich mich auseinandersetzen, wenn es unausweichlich war.

Ruhig und gelassen saß ich auf meinem Barhocker und bedachte die Frau, von der ich nicht einmal den Namen wusste, mit einem schiefen Lächeln. Es fehlte nicht mehr viel, und sie würde an die Decke gehen. Das rechte zuckende Lid gab überdeutlich Auskunft darüber. Wenn ich eines in meinem Beruf als Regisseur gelernt hatte, dann war es, die verschiedenen Gemütsregungen des Menschen zu analysieren.

Geschirr klapperte neben mir. Ein weiteres Pärchen mittleren Alters brachte die benutzten Teller und Tassen zurück und stellte sie neben die Theke auf einen Servierwagen. Diese Landeier waren wirklich zu drollig. Gleich würden sie noch fragen, ob sie das Geschirr abwaschen durften.

Hinter dem Servierwagen ging eine Tür in einen Nebenraum. Dort verwahrte Goldlöckchen sicher ihre Köstlichkeiten. Vielleicht befand sich dort sogar eine Backstube, in der sie ihre Kuchen und ihr Gebäck selbst herstellte. Anzunehmen wäre es. Schließlich sah sie die Waren in ihrer Auslage mit so viel Hingabe an wie ein Künstler sein Meisterstück.

Der Raum, aus dem die beiden Hinterwäldler eben gekommen waren, war wie ein Achteck geschnitten. An jeder der acht Seiten befanden sich übergroße Fenster, die das Zimmer hell erleuchteten. Die Tische sowie die Stühle waren alle sehr unterschiedlich gehalten. Ganz so, als hätte sie die Eigentümerin auf einem Flohmarkt zusammengekauft. Auch die Stuhlkissen hatten ganz verschiedene Farben und Bezüge. Dort lag ein roséfarbenes Kissen aus Seide, hier eins in Ocker aus Filz.

Auf jedem Tisch standen Blumen. Neben Rosen, Callas und Tulpen konnte ich noch Gänseblümchen ausmachen. Den Rest kannte ich nicht. Aber er war bunt. Sehr bunt. Wie auch der übrige Laden.

Die eierschalenfarbenen Wände waren dabei noch recht harmlos. Die bunten Bilder, die Kronleuchter mit lang herabhängenden Perlenketten in Rot, Blau und Grün, in denen sich das Licht der Sonne brach, dagegen eine Zumutung. Von der verschnörkelten Theke und ihren vielen Glasvitrinen und Kuchenhauben gar nicht erst zu sprechen. Dann noch die Cupcakes mit blauem Frosting und die Macarons in Kirschrot, Apfelgrün und Blaubeerviolett, und die Farbexplosion war perfekt.

Als das Glöckchen am Eingang der Tür ertönte und die Gäste hinausgegangen waren, verschwand das eilig aufgesetzte Lächeln von … »Wie heißen Sie eigentlich?«, fragte ich – noch immer die Ruhe selbst –, während Goldlöckchen kurz davor stand, die Fassung zu verlieren.

»Das geht Sie überhaupt nichts an.« Dann hob sie die Haube vom Karottenkuchen an und schnitt zwei üppige Stücke davon ab. »Ich schenke Ihnen den Kuchen, wenn Sie augenblicklich mein Café verlassen. Ich habe kein Interesse an Ihrer Bekanntschaft und würde Sie bitten, nie wieder hier aufzukreuzen.« Energisch schob sie die Schachtel, in die sie den Kuchen gepackt hatte, über die aus altem Eichenholz gefasste unebene Theke und bedachte mich dabei mit einem so einschüchternden Blick, dass ich für den Moment geneigt war, ihrer Aufforderung Folge zu leisten.

Doch ich fasste mich schnell wieder. »Aber, aber, wer wird denn gleich so aus der Haut fahren? Hatten Sie schon länger keinen Sex mehr, oder warum haben Sie so schrecklich schlechte Laune?« Ihre Augen weiteten sich schlagartig, während sich ihr Mund öffnete. Doch noch ehe sie etwas sagen konnte, kam ich ihr dazwischen. »Sex wirkt sehr entspannend. Besser als jede Thaimassage. Glauben Sie mir. Ich kenne mich da aus. Habe beides schon hinreichend getestet. Wenn Sie wollen, dann wäre ich Ihnen gerne dabei behilflich, etwas runterzukommen. Auf Dauer kann so eine zerfurchte Stirn nicht gut sein.« Ich hob abwehrend die Hände in die Höhe, als sie mit dem Kuchenmesser in ihrer Hand in meine Richtung deutete. »Aus reiner Nächstenliebe, versteht sich.«

Als mir das Messer bedrohlich nahe kam, rettete mich das wiederholte Klingeln der Türglocke.

»Hey, Louna«, ertönte eine helle Stimme in meinem Rücken, und abermals wechselte der gerade noch grimmige Gesichtsausdruck meiner Kontrahentin in ein strahlendes Lächeln, das sogar in Sekundenschnelle ihre Augen erreichte. So schnell konnte ich gar nicht schauen. Ganz so, als hätte man eben erst den Lichtschalter betätigt. Das Mädchen war wirklich ein Naturtalent. Etwas impulsiv. Aber auch das würde sie noch lernen, unter Kontrolle zu bringen.

»Hey, Mary«, begrüßte sie ihre Bekannte oder Freundin und

legte das Kuchenmesser wie beiläufig beiseite. »Was machst du denn hier? Ich dachte, du kommst erst am späten Nachmittag vorbei.«

Die junge Frau mit den langen roten Haaren und dem ausgefallen farbenfrohen Kleidungsstil sah zwischen mir und Louna hin und her. »Wenn ich ungelegen komme, dann kann ich auch später noch mal vorbeischauen.«

»Nein!«, entfuhr es Louna so laut, dass ich erschrocken zusammenzuckte. »Bleib bitte!« Dabei sah sie kaum merklich in meine Richtung, um ihrer Freundin zu signalisieren, dass Gefahr von mir ausging. Von mir!?

Ich zog mein Portemonnaie aus der Gesäßtasche, zahlte für den Kuchen und legte auf den Geldschein meine Visitenkarte. »Louna, Sie haben mir eine astreine Show geliefert. So jemanden wie Sie brauchen wir am Set. Ich würde mich sehr freuen, wenn Sie mich in nächster Zeit anrufen könnten.« Als ich aus ihren Augen nichts als Verachtung ablesen konnte, setzte ich noch hinzu: »Die Bezahlung ist übrigens außerordentlich gut. Überlegen Sie es sich!« Dabei schwang ich mich von meinem Hocker und nahm die Schachtel mit dem Karottenkuchen mit.

Doch noch ehe ich den Laden verlassen hatte, hörte ich sie in meinem Rücken sagen: »Eher gefriert die Hölle.«

Ich ging nicht darauf ein, setzte meinen Weg fort. Sie würde sich melden. Da war ich mir ganz sicher. Jede Wette, dass ich schon morgen etwas von ihr hören würde.

Kapitel 3

Louna

»Wer war das denn eben?« Mary schnalzte mit der Zunge und sah Mr. Wichtig begeistert hinterher.

»Niemand!«, erklärte ich ihr kurz angebunden. Schließlich war ich froh, dass der Kerl endlich auf mich gehört und das Weite gesucht hatte. Mit seiner selbstgefälligen Art war er kaum zu ertragen gewesen. Es hatte nicht viel gefehlt, und ich hätte ihn hochkant aus dem Café geworfen.

Doch Mary hörte gar nicht auf mich. »Der sah verdammt heiß aus. Hast du den Knackarsch gesehen? Und dieses wilde Verlangen in seinen Augen.«

»Glaub mir, Mary, der ist nichts für dich«, versuchte ich weiterhin, Mary von ihrer Fährte abzubringen.

Kerle wie Mr. Wichtig hatten es nicht auf eine feste Beziehung abgesehen. Die suchten nichts Längerfristiges. Eher etwas Einmaliges für eine Nacht. Dafür war mir Mary viel zu schade. Sie hatte einen anständigen Kerl verdient, der sie auf Händen trug und ihr die Welt zu Füßen legte. Und keinen, der sie nach der ersten gemeinsamen Liebesnacht von der Bettkante schubste und auf Nimmerwiedersehen verschwand.

»Warum hast du uns einander nicht vorgestellt?«, jammerte Mary, während sie sich zu mir an die Theke setzte. Sie wollte noch immer nicht wahrhaben, dass der Kerl nichts für sie war.

Ich nahm den Geldschein samt der Visitenkarte und legte beides in meine Kasse. Warum ich die Karte nicht gleich wegwarf, wusste ich nicht. Vielleicht hatte ich Sorge, Mary könnte sie in einem unbeobachteten Moment aus dem Mülleimer fischen und sich doch noch bei Mr. Wichtig melden. Zuzutrauen wär es ihr. Schließlich hatte Mary eine verdammt lange Durststrecke hinter sich. Mittlerweile war sie so liebebedürftig, dass sie offenbar die Augen vor der Realität verschloss. Aber ich würde nicht dabeistehen und abwarten, wie sie sich sehenden Auges in ihr Verderben stürzte. Dafür war mir meine Freundin viel zu wichtig.

»Wollen wir heute Abend mal wieder ausgehen?«, wechselte ich unvermittelt das Thema. Ich war es leid, weiter über Mr. Wichtig zu sprechen, der doch allen Ernstes davon ausging, ich würde mich bei ihm melden.

Ha! Dass ich nicht lachte. Darauf würde er lange warten müssen. Ich war nicht käuflich. Und eine Schauspielerin war ich schon gleich gar nicht. Was bildete sich der Typ eigentlich ein? Platzte unvermittelt in mein Leben und bot mir einen Job beim Film an. Ich hatte ein Leben. Ein Leben, das ich sehr mochte.

Ich liebte mein Café, meine Gäste und das immerwährende Experimentieren, was neue Süßspeisen und Kuchen aller Art anbelangte. In Zukunft wollte ich mich auch im Eismachen versuchen. Zumindest wenn das Geld reichte und ich mir eine Eismaschine leisten konnte.

»Die Bezahlung ist übrigens außerordentlich gut!«, hallten die Worte des Fremden durch meinen Kopf, und ich biss mir nervös auf die Unterlippe. War das vielleicht die Antwort auf meine Geldsorgen? Hatte ich womöglich doch eine Spur zu leichtfertig Nein gesagt? Ich schüttelte den Kopf, um mich meiner wirren Fragen zu entledigen.

»Gerne.« Marys Lippen verzogen sich zu einem freudigen Lächeln. Schon seit Tagen lag sie mir mit der Idee in den Ohren, mal wieder mit mir die Clubs unsicher zu machen. Aber die viele

Arbeit im Café und die Sorge um das liebe Geld schlugen mir in letzter Zeit immer öfter aufs Gemüt. Und ich wollte meiner Freundin nicht die Stimmung vermiesen, indem ich neben ihr in einer Bar saß und Trübsal blies.

»Lass uns doch mal wieder ins *Cityscape* im Hilton gehen. Der Ausblick von der Bar im sechsundvierzigsten Stockwerk auf die Stadt ist einfach atemberaubend schön.« Dann senkte sie verschwörerisch die Stimme und sprach kaum hörbar weiter: »Außerdem kann man da 'ne Menge Männer kennenlernen, die in San Francisco auf Geschäftsreise sind.« Mary zwinkerte mir konspirativ zu, als hätte sie soeben den Heiligen Gral gefunden und dabei Erleuchtung erlangt.

»Ich weiß nicht.«

Das *Cityscape* war eine ziemlich teure Adresse. Die Cocktails dort waren zwar ausgezeichnet, kosteten aber dafür ein Vermögen. Hin- und hergerissen zwischen dem Wunsch, meiner Freundin eine Freude zu machen, und dem Damoklesschwert, das über mir hing und jeden Moment auf mich hinabsausen würde, wog ich das Für und Wider ab.

»Ach, komm schon! Wir machen einen auf *Sex and the City*, ziehen uns schick an, lernen ganz unverbindlich ein paar Männer kennen und genießen den Abend in vollen Zügen.« Mary war Feuer und Flamme, und ich wollte sie nicht mit meinen Geldproblemen langweilen. Es war schon schlimm genug, dass sie mir ständig im Kopf herumschwirrten und mir keine Ruhe ließen.

»Also gut«, gab ich nach. »Aber nicht länger als bis Mitternacht. Ich muss morgen früh raus. Eine Kundin will mit mir die Kuchenauswahl für ihre Hochzeit durchgehen.« Einer von den Aufträgen, nach denen ich mir die Finger leckte. Bei einer Feierlichkeit wie einer Hochzeit sollte alles perfekt sein. Da spielte es keine Rolle, was es kostete. Für die meisten zumindest. Und das war meine Chance, einerseits meine leere Kasse zu füllen und mir gleichzeitig einen Namen zu erarbeiten.

Denn die Gäste der Feier würden fragen, wer denn die guten Kuchen gebacken hatte, sich die Adresse nennen lassen und bei mir vorbeischauen, weil ein runder Geburtstag oder ein Trauerfall anstand und Kuchen immer eine gute Idee war.

»Violet Eliot?«, fragte Mary.

Ich nickte und ahnte bei Marys Gesichtsausdruck nichts Gutes.

»Ihr Verlobter hat sie aus heiterem Himmel verlassen. Er steht jetzt auf Männer, hat sie mir gesagt. Ich sollte ja die Deko übernehmen, wie du sicher weißt. Sie hat wohl vergessen, dir Bescheid zu geben.«

Ich schluckte schwer gegen den Kloß an, der sich urplötzlich in meinem Hals gebildet hatte. Auch das noch. Mit dem Geld für diesen großen Auftrag hatte ich fest gerechnet. Was sollte ich denn bloß machen?

»Das ist natürlich … sehr ärgerlich. Für Violet.«

Die Vorstellung, mein Verlobter könnte kurz vor der Hochzeit einen Rückzieher machen und mir gestehen, dass er lieber mit einem Mann zusammen sein wollte, stellte ich mir furchtbar vor. Die arme Frau! Sie war wirklich zu bemitleiden. In ihrer Haut mochte ich gerade echt nicht stecken.

Aber meine eigene Lage gefiel mir von Tag zu Tag auch immer weniger. Wenn ich nur daran dachte, was das fehlende Geld von Violet in meiner Bilanz anrichtete, sah ich schwarz für mein Geschäft. Dabei hatte ich so viel Zeit, Energie und Ehrgeiz in das Unternehmen gesteckt und meine Kuchen mit so viel Liebe und Leidenschaft zubereitet, dass Valentino, mein Ex, sogar das ein oder andere Mal eifersüchtig auf mein Café gewesen war.

Irgendwann im Streit hatte er mir mal vorgeworfen, ich wäre gar nicht an einer Beziehung mit ihm interessiert. Diese würde ich ja bereits mit meinem Laden führen. Aber das stimmte nicht. Ich wollte auch von einem Mann im Arm gehalten werden und wissen, dass es jemanden gab, der sich um mich sorgte, der mich bedingungslos liebte und alles für mich tun würde. Aber diesen Mann hatte ich bisher noch nicht gefunden. Leider. Also musste ich zusehen, dass ich mein Business endlich voranbrachte, und fokussierte mich ausschließlich darauf. Zeitweise vielleicht etwas zu verbissen. Das gab ich ja gerne zu. Aber hatte ich denn eine andere Wahl?

»Die Arme wollte zurück zu ihrer Familie nach Massachusetts. Sie versteht die Welt nicht mehr. Wer kann es ihr schon verübeln?«

Damit schmolz auch meine letzte Hoffnung wie tauender Schnee in den ersten zarten Sonnenstrahlen des sich ankündigenden Frühlings dahin. Ein Liebescomeback würde es für die beiden wohl nicht so schnell geben.

»Wann wollen wir heute Abend los?«, fragte ich, um mich selbst etwas von meinen Geldnöten abzulenken. Es brachte nichts, ständig daran zu denken. Das änderte schließlich auch nichts an meiner Situation.

Wieder musste ich an die Worte von Mr. Wichtig denken. *»Die Bezahlung ist übrigens außerordentlich gut.«* Und das erste Mal klangen sie in meinen Ohren gar nicht mehr so verabscheuungswürdig wie in dem Moment, als der Kerl sie ausgesprochen hatte.

»Vielleicht gegen einundzwanzig Uhr? Bis dahin solltest du hier fertig sein und dich zurechtgemacht haben.« Dann besah mich Mary etwas genauer. »Deine Augen sehen so müde aus. Bekommst du in letzter Zeit nicht genügend Schlaf?« Ihre Worte klangen nicht mitleidig. Eher neugierig. So, als hätte ich mir einen heimlichen Geliebten zugelegt und würde mit ihm jede Nacht zum Tag machen, abwechselnd in meinem und seinem Bett. Dabei waren es meine Geldsorgen, die mich nachts nicht schlafen lassen wollten. Zumindest nicht so, dass ich dabei Erholung fand.

»Die viele Arbeit in letzter Zeit hat mich ganz schön fertiggemacht«, log ich. Wenn es danach ginge, hätte ich gerne noch mehr gearbeitet, um endlich wieder Licht am Ende des Tunnels zu sehen.

»Ich komme gegen einundzwanzig Uhr einfach zu dir, und wir machen uns gemeinsam bei dir fertig. Was hältst du davon? Ich bringe auch eine Flasche Champagner mit. Eine Kundin hat sie mir vor drei Wochen zum Geburtstag geschenkt.«

»Das klingt toll.« Ich zwang mich zu einem freudigen Lächeln, auch wenn die Last auf meinen Schultern mich immer weiter nach unten zog. Doch noch stand ich aufrecht und würde alles dafür tun, dass es auch so blieb.

»Ach, bevor ich es vergesse: Kannst du mir den Schein kleinmachen? Ich brauche Kleingeld für die Parkuhr.«

»Aber natürlich.« Ich nahm Marys Dollarnote entgegen und öffnete die alte Registrierkasse, die mit einem quietschenden Laut die Schublade hervorschnellen ließ.

Dabei fiel mein Blick auf die Visitenkarte, die Mr. Wichtig vor wenigen Minuten auf dem Tresen zurückgelassen hatte. Ohne darüber nachzudenken oder sie mir genauer anzusehen, griff ich danach und steckte sie in die Hosentasche, ehe ich die Schublade wieder schloss.

»Und was ist mit meinem Kleingeld?«, fragte Mary mit hochgezogenen Augenbrauen, ehe sie zu lachen begann.

Kapitel 4

Steven

»Wer war denn der Typ eben?«

Meine kleine Schwester lachte. »Das war Matthew, mein neuer Physiotherapeut. Warum fragst du?«

Julia legte ihre aktuelle Lektüre neben sich auf das kleine Schränkchen, jedoch nicht, ohne zärtlich über den Einband zu streichen. Sie liebte Bücher.

»Ach, nur so«, wiegelte ich ab. Mir waren die vertrauten Blicke der beiden nicht entgangen. Viel zu vertraut für mein Empfinden.

»Na, jetzt mach nicht so ein Gesicht, Bruderherz! Zwischen Matthew und mir läuft nichts.« Julia grinste. »Noch nicht.« Noch ehe ich etwas erwidern konnte, redete sie schon weiter. »Schnapp dir einen der Löffel, den die Schwester eben gebracht hat, und setz dich zu mir.« Meine kleine Schwester klopfte mit ihrer Hand neben sich auf den Bettrand und bedeutete mir, mich dort niederzulassen.

Trotz ihrer Krankheit konnte ich mich kaum an einen Tag erinnern, an dem Julia einmal schlecht gelaunt gewesen wäre. Sie war schon immer eine Frohnatur, auch wenn sie bereits seit frühester Kindheit mehr Zeit im Krankenhaus als zu Hause verbracht hatte.

Und ich? Ich schaffte es nicht einmal, für wenige Minuten abzuschalten, den Alltagsstress und die Sorgen um die Soap vor der Tür zu lassen und mich einzig und allein um meine Schwester zu kümmern. Was war ich nur für ein Bruder?

Ich schüttelte leicht den Kopf, ehe ich mich zu ihr aufs Bett setzte, mir einen der Löffel schnappte, die auf ihrer Decke lagen, und mir schließlich einen riesigen Bissen Karottenkuchen in den Mund stopfte. Kaum dass ich den Geschmack auf meiner Zunge wahrnahm, schloss ich für den Moment die Augen. Er schmeckte wie damals bei meiner Granny. Abertausende Bilder schossen mir durch den Kopf. Julia und ich, wie wir auf der Veranda vor Grannys Haus saßen und Kuchen aßen, Ball spielten und im See schwimmen gingen.

Einen Großteil unserer Kindheit hatten wir bei unserer Granny verbracht, da unsere Eltern hart für ihr Geld arbeiten mussten und wir Kinder in dieser Hinsicht mehr eine Last als eine Freude waren. Aber Granny wusste uns zu beschäftigen, erlebte mit uns jeden Tag aufs Neue Abenteuer und tat alles dafür, dass wir uns bei ihr rundum wohlfühlten.

Eines der Highlights waren ihre Kuchen, die Julia und ich gleichermaßen geliebt hatten. Wenn der Duft von Vanille, Zimt oder Zitrone in der Luft lag, ließen Julia und ich alles stehen und liegen und eilten zu Granny ins Haus. Mit ihrem Tod waren diese einfachen Freuden aus meinem Leben verschwunden. Lange Zeit hatte ich nicht einmal mehr an ihre Köstlichkeiten gedacht. Bis zu diesem Augenblick.

Julias Husten weckte mich aus meinen Erinnerungen. Krampfhaft scannte ich den Raum mit meinen Augen ab, um die Sauerstoffmaske zu finden, die ihr das Atmen erleichtern würde. Als ich nicht gleich fündig wurde, spürte ich, wie ich panisch wurde. Bei jedem ihrer Anfälle hatte ich Sorge, Julia könnte an dem Schleim in ihrer Lunge ersticken. In wenigen Wochen würde sie schon dreißig werden, und die Lebenserwartung bei Mukoviszidose lag nur zwischen dreißig und vierzig Jahren. Der Gedanke, mich in absehbarer Zeit von meiner Schwester verabschieden zu müssen, machte mich krank.

Seit Jahren warteten wir bereits auf eine Spenderlunge, da uns die Ärzte bei jedem ihrer Aufenthalte signalisierten, dass Julias Gesundheitszustand zunehmend bedenklicher wurde. Ich konnte schon gar nicht mehr zählen, wie oft meine kleine Schwester eine Lungenentzündung hatte durchstehen müssen. Von den Bildern ihres kleinen, ja viel zu dünnen Körpers und den vielen blauen Flecken an den Armen, die von den Einstichen der intravenösen Antibiotikagabe herrührten, wurde ich noch heute verfolgt.

»Auf der anderen Seite«, hörte ich Julia krächzen, die nur noch ein Schatten ihrer selbst war. Ihr zarter Körper krümmte sich unter jedem neuerlichen Husten. Sie war kaum mehr in der Lage, sich aufrecht hinzusetzen, sackte immer weiter in die Kissen, die sie eigentlich stabilisieren sollten, doch nicht einmal das schafften.

Mein Ärger über die Krankenschwester, die trotz meines Läutens nicht kam, und über mein eigenes Unvermögen, was das Überziehen der Sauerstoffmaske anbelangte, wuchs ins Unermessliche. Stresssituationen wie diese forderten mich mittlerweile so sehr, dass meine Hände zu zittern begannen und mein Verstand aussetzte. Die Vorstellung, Julia für immer zu verlieren, lähmte mich dermaßen, dass ich keinen klaren Gedanken mehr fassen konnte.

Als endlich eine erfahrene ältere Krankenschwester eintraf, mir die Maske aus der Hand riss und Julia über den Kopf stülpte, war das Gesicht meiner Schwester bereits leicht bläulich verfärbt.

»Scheiße! Was ist mit ihr?«, rief ich aufgebracht, während ich mir mit der Hand durchs Haar fuhr. Wenn es das nun gewesen sein sollte und Julia starb, dann war das einzig und allein meine Schuld.

Die Krankenschwester beachtete mich zunächst gar nicht. Ihre volle Aufmerksamkeit galt Julia. Und das war auch gut so. Der Husten ließ nach, sie beruhigte sich allmählich wieder und nach einigen Minuten atmete sie schon viel gleichmäßiger. Was ich von mir nicht behaupten konnte. Mein Herz schlug so rasant in meiner Brust, dass es sich in meinen Ohren wie das Motorengeräusch bei einem Autorennen anhörte.

»Alles gut. Sie ist jetzt allerdings ein wenig geschwächt.« Dabei nahm sie die Schachtel mit dem Kuchen vom Bett und legte sie mit den beiden Löffeln auf das kleine Besuchertischchen, an dem zwei Stühle standen. »Vielleicht gönnen Sie ihr etwas Ruhe und kommen morgen wieder.« Sie sprach zu mir wie zu einem Kleinkind. Ganz vorsichtig und behutsam redete sie auf mich ein, während sie mich auf einen der Stühle zwang. Mein Kreislauf drohte mir jeden Moment zu versagen. Ich kannte das bereits zur Genüge.

Wenn Julia einen Anfall hatte, bekam ich neben dem Herzrasen meist das Gefühl, all mein Blut würde in Sekundenschnelle in meine Füße absacken und mein Gehirn blieb schlagartig unterversorgt. Oft sah ich dann Sterne vor meinen Augen und fühlte mich schwummerig. Meist hielt ich durch, bis Julia sich wieder gefangen hatte. Nicht selten brach ich danach zusammen.

»Hier, essen Sie das!« Die Krankenschwester zog ein Stück Traubenzucker aus ihrer Tasche und reichte es mir. Ihre Worte waren keine Bitte, sondern eine klare Anweisung. Eine von der Sorte, die man besser nicht ignorierte. Also nahm ich es entgegen, nestelte an der Folie, ehe ich es mir mit meinen noch immer zitternden Fingern in den Mund schob.

»Ihrer Schwester geht es den Umständen entsprechend. Die Therapie schlägt zunehmend besser an. Wir konnten mit der momentanen Antibiotikagabe Bakterien in der Lunge reduzieren, um einer weiteren Lungenentzündung vorzubeugen.«

Ich sah zu meiner Schwester, die die Augen geschlossen hielt und wie ein schlafender Engel aussah. Dann zog ich die Krankenschwester mit mir nach draußen auf den Gang. »Sie wissen ganz genau, dass es nur eine Frage der Zeit ist, bis Julia wieder eine Lungenentzündung haben wird. Und dann? Sehen Sie denn nicht, wie geschwächt sie ist? Lange wird sie das nicht mehr durchstehen. Ich kenne ihre Prognose und weiß, dass sie schleunigst eine neue Lunge benötigt. Wir beide wissen das. Das ist ihre einzige Chance, wenn sie diese Scheißkrankheit überleben soll. Und dann kommen Sie mir bitte nicht mit irgendwelchen Bakterien, die Sie reduzieren konnten. Meine Schwester wird sterben, wenn Sie nicht in der Lage dazu sind, ihr endlich eine Ersatzlunge zu beschaffen. So sieht es aus und nicht anders.« Es tat gut, sich alles von der Seele zu reden. Der Ballast, der sich dort seit Jahren angehäuft und sich nach dem Tod unserer Eltern auch noch verdreifacht hatte, war kaum mehr zu ertragen. Und dann diese unbändige Wut auf das System, den lieben Gott, falls es ihn denn wirklich gab, und das Schicksal, das meine geliebte Schwester so strafte.

Doch im nächsten Moment wurde ich mir meiner harschen Worte bewusst. Die Krankenschwester hatte mir nur helfen wollen. Meinen Frust nun an ihr auszulassen, war das Letzte. Ich schämte mich beinahe schon dafür und wollte zurückrudern.

»Hören Sie, es tut mir leid, dass ich ausgerechnet bei Ihnen meinen Kummer abgelassen habe. Sie können nichts für das System, das uns seit Jahren immer wieder vertröstet.«

Die ältere rundliche Frau jenseits der sechzig sah mich aus ihren großen weisen Augen mitfühlend an, während sie mit ihrer Hand meinen Arm tätschelte. »Ihre Schwester ist zäh. Die lässt sich nicht so schnell unterkriegen. Ich bin mir ganz sicher, dass sie es schaffen wird.« Sie lächelte mich dabei zuversichtlich an, und ich bemühte mich, es hinreichend zu erwidern. Auch wenn es mir sehr schwerfiel, wollte ich nicht undankbar erscheinen. Ich nickte und öffnete die Tür zum Zimmer meiner Schwester. Sie war alles, was mir von meiner Familie noch geblieben war. Die Vorstellung, sie könnte mich eines Tages ebenso wie Mom, Dad und Granny verlassen, war kaum zu ertragen.

Vorsichtig strich ich mit meiner Hand über Julias Wange, als ich wieder an ihrem Bett stand. Wie so viele Male zuvor, so schwor ich mir auch jetzt wieder, alles nur Erdenkliche für sie zu tun, damit sie irgendwann ein mehr oder minder normales Leben führen konnte. Es gab kein Heilmittel gegen diese Krankheit. Noch nicht. Und dennoch hoffte ich genau darauf. Jeden beschissenen Tag.

Mein Handy klingelte unvermittelt. Ich hatte vergessen, den Rufton auszustellen, bevor ich in Julias Krankenzimmer gegangen war. Eilig zog ich es aus der Hosentasche, um den Anrufer wegzudrücken. Das hier war weder der passende Augenblick für Jamies verzweifelte Hilfeschreie noch für ein Telefonat mit einer der Frauen, die ich aktuell datete, um ein wenig auf andere Gedanken zu kommen.

»Geh ruhig ran.« Julias Stimme klang leise und brüchig, doch ihre Augen leuchteten mit der Sonne um die Wette. »Das macht mir nichts aus.«

Als ich sie verunsichert ansah, setzte sie noch hinzu. »Das war weder der erste Anfall meines Lebens, noch wird es der letzte gewesen sein. Schau mich also bitte nicht so aufgelöst an. Alles ist gut.«

Das Klingeln hatte aufgehört. Tränen stiegen mir in die Augen bei den tapferen Worten meiner kleinen Schwester. Anstatt sich um sich zu kümmern, machte sie sich Sorgen um mich. Das war schon immer so gewesen. Während ich dem Druck nicht standhalten konnte und in der Vergangenheit nur allzu oft schwarzgesehen hatte, blieb Julia stets zuversichtlich. Sie war eine wirkliche Kämpferin.

»Wie schaffst du es nur, immer so positiv zu bleiben?« Ich setzte mich erneut zu ihr aufs Bett, tunlichst darum bemüht, ihr genug Platz zu lassen.

Julia zuckte mit den Schultern. »Wenn ich aufgebe, dann habe ich schon verloren, bevor mich die Krankheit besiegen kann. Ich kann mich noch nicht geschlagen geben, wenn es nur einen Funken Hoffnung gibt.«

Ich seufzte und bemühte mich um eine etwas weniger verkrampfte Haltung.

»Und jetzt schau mich nicht so betrübt an! Geh mal wieder unter Leute! Es tut dir nicht gut, zu viel zu grübeln, großer Bruder. Das hat noch nie etwas gebracht.« Julia lachte, und der glockenhelle Klang ihrer Stimme ließ mich hoffen.

»Na, du musst es ja wissen«, ging ich auf ihre Spitze ein und wagte den Versuch, mich etwas zu entspannen. Doch die Angst vor dem nächsten Anfall schnürte mir die Kehle zu, jedes Mal, wenn ich in Julias hübsches Gesicht blickte.

»Was ist mit Mason? Meintest du nicht, er sei mal wieder in der Stadt? Vielleicht könntet ihr euch heute Abend ja auf einen Drink treffen.«

Ich warf Julia einen schiefen Blick zu. »Bist du jetzt für meine

Abendgestaltung verantwortlich? Oder willst du mich einfach nur loswerden?«

Julia verdrehte die Augen. »Manchmal muss man dich einfach ein bisschen zu deinem Glück zwingen, Bruderherz.« Dabei zwinkerte sie mir vielsagend zu.

Bei jedem ihrer Worte wuchs mein Respekt für sie ins Unermessliche. Julia hatte durch ihre Krankheit nie wirklich Freunde finden können. Mom hatte sie zu Hause unterrichtet, aus Angst, Julia könnte sich bei den anderen Kindern anstecken. Meine Eltern waren so besorgt um Julia gewesen, dass sie sehr behütet aufwuchs und meist nur mit mir spielen durfte.

Ich stellte mir ihr Leben einsam und unglücklich vor, doch wann immer ich in das zarte Gesicht meiner Schwester sah und ihre strahlend grünen Augen mich anlächelten, wusste ich, dass ich auf dem Holzweg war. Wie sie das allerdings machte, war mir ein Rätsel. Ich in ihrer Situation wäre schon längst verzweifelt. Da war ich mir ganz sicher.

»Wenn du meinst«, gab ich mich geschlagen.

»Wie läuft es eigentlich mit dieser Ava? Trefft ihr euch noch?«

Ich schüttelte den Kopf. Meine Beziehungen waren nie von langer Dauer. Etwas Ernstes hatte ich wohl mein ganzes Leben lang nicht gehabt. Manchmal fragte ich mich, ob ich das überhaupt wollte. Für ein Privatleben hatte ich ohnehin viel zu wenig Zeit. Die meiste Zeit saß ich am Set oder beim Schneiden der Filme für die Soap.

Julia nahm meine Hand und sah mir fest in die Augen. »Steven, wenn ich es schon nicht kann, dann bist du verdammt noch mal dazu verpflichtet, dein Leben zu leben. Hörst du? Ich erwarte von dir, dass du hier rausgehst und dich heute Abend amüsierst. Das war keine Bitte!«

Ich sah meine kleine Schwester mit großen Augen an. So hatte sie noch nie mit mir gesprochen.

»Okay«, antwortete ich mit einem Kloß im Hals. »Du hast ja recht. Ich werde Mason anrufen und mich mit ihm verabreden. Zufrieden?«

Julia lächelte. »Ja. Sehr sogar.«

Kapitel 5

Louna

»Ich weiß nicht.«

»Was weißt du nicht?«, fragte Mary, die mich prüfend von oben bis unten musterte.

Ich zupfte an dem Kleid, das mir plötzlich viel zu kurz erschien. »Findest du nicht, dass es etwas zu knapp ist? Und dann die Farbe!«

»Was spricht gegen Rot?«, fragte Mary, während sie einmal um mich herumlief und meinen Saum begutachtete. »Und zu kurz ist es auf keinen Fall. Nur wenn du vorhättest, demnächst ins Kloster zu gehen, würde ich dir unter Umständen davon abraten. Aber für den heutigen Abend ist das Kleid nahezu perfekt. Ich kann deine Zweifel wirklich nicht nachvollziehen.« Während Mary das sagte, schenkte sie von dem Champagner nach, den sie mitgebracht hatte, und reichte mir mein Glas.

Ich wollte keine schlechte Stimmung verbreiten, aber am heutigen Abend war mir so gar nicht danach, mit ihr auszugehen. Am liebsten hätte ich mich im Schlabberlook auf die Couch gelegt, mir ein Buch geschnappt und wäre in eine andere Welt abgetaucht. Alles war besser als das, was mir momentan durch den Kopf ging.

»Entschuldige bitte.« Es tat mir leid, dass ich nicht die gleiche Freude wie Mary an diesem Abend hatte. Dabei wäre es eine willkommene Abwechslung gewesen, um die Sorgen des Alltags ein wenig in den Hintergrund rücken zu lassen. Morgen war schließlich auch noch ein Tag. Heute würde ich eh nichts mehr ausrichten können. Nicht, wenn nicht noch ein Wunder geschah.

Kurzzeitig dachte ich an die Visitenkarte, die samt meiner Jeans im Schlafzimmer auf meinem Bett lag. Seit ich vage ins Auge gefasst hatte, Mr. Wichtig anzurufen, drehten sich meine Gedanken fortwährend um das rechteckige Stück Papier. Warum hatte er gerade mich angesprochen? Was für Filme drehte er überhaupt? Musste ich mich dafür ausziehen? Was waren die Bedingungen? Wie hoch war denn die gute Bezahlung wirklich? Lohnte es sich überhaupt, über diese ganze Sache nachzudenken, oder war sie ohnehin zum Scheitern verurteilt?

Die Vorstellung war lächerlich. Mr. Wichtig und ich? Ernsthaft? Viel tiefer konnte ich gar nicht mehr sinken. Heute Vormittag noch konnte ich ihn nicht schnell genug wieder loswerden und am Abend überlegte ich schon, mich bei ihm zu melden. Das war hirnrissig. Und peinlich. Und so ganz und gar nicht ich.

Als ich nach San Francisco gekommen war, hatte ich mir vorgenommen, eigenständig meinen Weg zu gehen, mich von niemandem abhängig zu machen. Und nun? Würde ich mich tatsächlich diesem Mann an den Hals werfen, den ich nicht einmal leiden konnte?

Wie sollte ich mein Café und das mit dem Drehen am Set überhaupt unter einen Hut bringen? Das war total aussichtslos. Schließlich war ich eine *One-Woman-Company*. Es gab niemanden, der mir unter die Arme greifen konnte, um in meinem Laden meine Backwaren zu verkaufen, während ich vor der Kamera herumsprang und keine Ahnung von dem hatte, was ich da tat.

Denn mal ganz im Ernst: Wie sollte jemand, der nicht einmal an der Highschool bei einem Theaterstück mitgewirkt hatte und somit überhaupt keine Erfahrung in diesem Bereich mitbrachte, vor der Kamera brillieren? Noch ehe ich den Vertrag unterschrieben hätte, würde man mich hochkant wieder rauswerfen.

»Louna? Louna! Wo bist du nur mit deinen Gedanken?«

»Was?«, fragte ich irritiert, als ich bemerkte, dass Mary mir auffordernd das Glas reichte und mit mir anstoßen wollte. Mit einem »Oh!« nahm ich meines entgegen und prostete Mary zu.

»Hast du gerade an den Kerl von heute Vormittag gedacht, den du mir nicht einmal vorstellen wolltest?« Mary warf mir einen wissenden Blick zu, während ihr Grinsen ihr ganzes Gesicht erhellte.

»Nein! Zumindest nicht so, wie du jetzt denkst«, ruderte ich zurück. Irgendwann würde ich jemanden brauchen, mit dem ich über das Angebot sprechen konnte. Da ich meine Eltern in dem Glauben lassen wollte, bei mir wäre alles in bester Ordnung, kam nur noch Mary infrage.

Aber heute Abend war nicht der passende Zeitpunkt, um über meine Sorgen zu reden. Mary brauchte eine unbeschwerte Louna, mit der sie die Nacht zum Tag machen und eine Menge Spaß haben konnte. Und den wollte ich ihr auch nicht nehmen. Auch wenn ich heute Abend kein Interesse daran hatte, Männer kennenzulernen und mich mit ihnen zu unterhalten. Aber das hieß ja noch lange nicht, dass ich die Zeit mit meiner besten Freundin nicht auch ohne Vertreter des männlichen Geschlechts genießen konnte.

Bevor Mary weitersticheln konnte, übernahm ich die Führung. »Wollen wir langsam los?« Mein Blick fiel auf die digitale Anzeige auf meinem DVD-Player. Es war bereits kurz vor zweiundzwanzig Uhr.

Mary entwich ein Schreckensschrei, als sie meinem Blick folgte. »So spät schon? Lass uns aufbrechen, bevor es nichts mehr gibt.«

Ich musste lachen. Mary sprach über die potenziellen Männer, die wir heute treffen konnten, wie über ein aufgebautes Büfett, an dem die besten Angebote bereits vergriffen waren. Im Gehen warf Mary mir den dünnen Mantel zu. »Zieh den an! Sonst verkühlst du dich noch.«

»Ja, Mom«, erwiderte ich mit schelmischem Unterton in der Stimme.

Mary war gerade mal ein halbes Jahr älter als ich und dennoch führte sie sich oft wie die Erwachsenere von uns beiden auf. Lag vielleicht daran, dass sie noch zwei jüngere Schwestern hatte und mich mittlerweile der Einfachheit halber in diese Riege einreihte. Etwas, was ich wiederum sehr schön fand. Allerdings hätte ich es ihr gegenüber nie so freimütig zugegeben.

»Zwei Cosmopolitan für die Damen.« Kaum dass wir uns an der Bar im *Cityscape* im Hilton niedergelassen hatten, schob uns der Barkeeper auch schon zwei Cocktails über den Tresen.

Mary und ich sahen uns verwundert an. »Aber wir haben doch noch gar nichts bestellt«, wunderte sich meine Freundin mit gerunzelter Stirn.

»Der Herr da drüben am Tisch hat Sie eingeladen.«

Mary und ich waren so erstaunt, dass wir sogleich in die gewiesene Richtung blickten. Ziemlich auffällig.

Der Mann Anfang vierzig hob sein Glas. Mein Typ war er nicht. Dennoch hoben Mary und ich ebenfalls ganz brav unsere Gläser in seine Richtung und stießen auf ihn an.

»Der sieht ganz nett aus. Findest du nicht?«, fragte Mary mit diesem leicht heiseren Unterton in der Stimme, der verriet, wie groß ihr Interesse an unserem Gönner war.

»Hm«, erwiderte ich etwas wortkarg, während ich einen

Schluck von dem Getränk nahm. Ein Gutes hatte es ja, einen Verehrer zu haben: Der erste Cocktail war schon mal umsonst. Damit würde der Abend vielleicht doch kein allzu großes Loch in meine Haushaltskasse reißen.

Ich blickte auf die Riemchen meiner Sandalen, die mich viel zu eng einschnürten. Anstatt die Schuhe immer wieder zurück ins Regal zu stellen, hätte ich sie schon vor einer Ewigkeit aussortieren sollen. Schließlich hatten sie mir noch nie wirklich gepasst. Aber so war ich eben. Ich trennte mich nur sehr ungern von Dingen.

»Louna?«, fragte Mary und sah mir dabei fest in die Augen. »Was ist heute bloß los mit dir? Ich habe dich noch keine fünf Sätze reden hören, und wirklich begeistert scheinst du über den Verlauf des Abends auch nicht zu sein. Wenn ich dich langweilen sollte oder du deine Zeit lieber anders verbringen möchtest, dann sag es mir bitte.«

Ich strich Mary über den nackten Oberarm. Auch sie trug heute ein eng anliegendes Kleid, das ihr ausgesprochen gut stand. Es war grün und harmonierte damit perfekt mit ihrer wundervollen schlanken Figur und den feuerroten Haaren. Sie sah aus wie ein Model. Eins von der Sorte, das für *Victoria's Secret* lief.

»Ich habe ein paar kleinere Probleme im Laden, die mir durch den Kopf gehen. Nichts weiter«, schwächte ich meine Worte ab, als ich Marys schlagartig besorgte Miene wahrnahm.

»Du weißt, dass du mit mir über alles reden kannst.«

Ich schenkte meiner Freundin ein Lächeln. »Natürlich.«

»Guten Abend, die Ladys. Ich hoffe, der Cocktail ist ganz nach Ihrem Geschmack«, flötete der Kerl, der uns eben noch aus der Entfernung zugeprostet hatte, in unserem Rücken. Dabei legte er seine Hände auf unsere Schultern, was mich unweigerlich zusammenzucken ließ.

Mary ging es keinen Deut besser. Ihre Anfangseuphorie, unseren Kavalier betreffend, schlug von jetzt auf gleich ins Gegenteil um. Der würde heute bei keiner von uns landen. Mit dieser Aktion hatte er sich meilenweit ins Abseits geschossen.

»Der Cocktail schon«, erklärte Mary mit strenger Miene und sah dabei auf die Hände des Mannes.

»So soll es sein«, erwiderte dieser daraufhin mit einem breiten Grinsen, ohne den Klammergriff zu lockern. Den vorwurfsvollen Unterton in Marys Stimme überging er lieber.

Mehr noch. Anstatt die Finger von uns zu lassen, zog er uns nun eng an sich. »Das wird ein toller Abend, Ladys. Kann ich euch in irgendeiner Hinsicht glücklich machen? Oder reicht euch das hier schon aus?« Dabei deutete er vielsagend auf sich, und ich bekam das Würgen. Ich wand mich aus seiner aufgezwungenen Umarmung. Kein Cocktail der Welt war es wert, dass man sich so behandeln lassen musste. Am liebsten hätte ich ihm den Inhalt meines Glases ins Gesicht geschüttet. Aber Mary war gern im *Cityscape*, und ich wollte kein Aufsehen erregen. Noch war der Laden relativ leer. Ein derartiger Ausraster würde mit Sicherheit nicht unbemerkt bleiben.

»Welche Laus ist dir denn über die Leber gelaufen?«, fragte er mich, als ich möglichst viel Distanz zwischen uns gebracht hatte.

»Eine schätzungsweise ein Meter achtzig große mit einem Südstaatenakzent, der mich das Weite suchen lässt«, wehrte ich mich. Die Annahme des Cocktails hatte mich schließlich nicht dazu verpflichtet, meinem Gönner gewogen zu sein.

»Frigide Kuh!«, hörte ich ihn daraufhin weniger charmant erwidern.

Mir blieb bei so viel Feindseligkeit der Mund offen stehen.

»Zieh Leine und wag es ja nicht mehr, uns zu nahe zu kommen!«, schlug ihn Mary in die Flucht.

Nach diesem weniger schönen Schlagabtausch zog der Kerl endlich ab und ließ uns in Ruhe.

»Was ist nur mit den Männern los?«, fragte Mary nach einer Weile.

Ich zuckte mit den Schultern. »Ich habe ehrlich keine Ahnung. Die einen sind verheiratet, die anderen Vollpfosten und ganz wenige so selten, dass man sie mit der Nadel im Heuhaufen vergleichen könnte.«

»Amen!« Mary prostete mir zu, nachdem sie uns beiden zwei Hurricanes bestellt hatte.

Ich trank einen großen Schluck und stellte das Glas im Anschluss daran zurück auf den Tresen. Auch wenn ich mir im Klaren darüber war, dass ich nicht viel Alkohol vertrug, schlug ich heute etwas über die Stränge und bestellte mir einen weiteren Cocktail. Schließlich war noch Happy Hour. Die wollte ich auskosten.

Außerdem vernebelte mir der Alkohol das Hirn so schön, und die trüben Gedanken schienen für den Moment gar nicht mehr so schlimm zu sein.

»Was hast du für Probleme, Louna?« Mary hatte es sich offenbar doch zu Herzen genommen, dass ich momentan mit ein paar Schwierigkeiten zu kämpfen hatte.

»Ach, nicht weiter schlimm«, schwächte ich meine Lage ab.

»Wenn ich dir irgendwie helfen kann, sag Bescheid. Okay?« Mary schenkte mir ein aufmunterndes Lächeln, ich erwiderte es bereitwillig. Heute Abend wollte ich nicht daran denken, wie sehr meine Existenz bedroht war. Ich wollte mir keine Sorgen über unbezahlte Rechnungen machen oder über den Umstand, dass die nächste Kreditrate für mein Café schon bald wieder fällig war.

Nun trat allmählich doch ein, wovor ich mich schon gefürchtet hatte: Die Stimmung sank immer weiter bis in den Keller, und ich hatte keine Ahnung, wie ich sie da wieder rausholen sollte.

Mary hatte sich einen unbeschwerten Abend mit ihrer Freundin gewünscht. Und was tat ich? Ich berichtete ihr von meinen Schwierigkeiten und saß da wie ein nasser Waschlappen, den man am Badewannenrand vergessen hatte. So konnte das definitiv nicht weitergehen.

»Wollen wir tanzen?«, fragte ich Mary, die gerade einen großen Schluck von ihrem Hurricane nahm. Sie sah mich skeptisch an, während ich mich dazu durchrang, ein überaus freudiges Lächeln aufzusetzen. Schließlich wollte ich Mary den Abend nicht noch mehr vermiesen.

Meine Freundin sah sich um. Nach und nach waren zwar immer mehr Gäste gekommen, allerdings tanzte niemand. Was nicht weiter verwunderlich war. Schließlich war das hier eine Bar und kein Club.

»Ich weiß nicht«, meinte Mary und brachte mein schlechtes Gewissen damit auf ein Höchstmaß.

Von der anderen Seite rempelte mich jemand an, und eine kalte Flüssigkeit ergoss sich in meinen Schoß und rann sodann in dünnen Rinnsalen über meine Beine.

»Verdammt! Das tut mir so leid. Entschuldigen Sie bitte!« Noch so ein Vollidiot. Hatten die heute Ausgang? Was stimmte nur nicht mit mir, dass ich immer wieder diese Deppen anzog wie das Licht die Motten? Das konnte doch nicht nur an mir liegen. Oder etwa doch?

Als der Typ dann auch noch damit begann, mit einer Serviette mein Kleid trocken zu reiben, wurde es mir zu bunt. »Finger weg!«, blaffte ich ihn an, ehe ich vom Hocker sprang und ihn mit einem vielsagenden Blick bedachte.

Keine Ahnung, ob er den in dem schummrigen Licht überhaupt wahrnahm. Zumindest fummelte er nicht mehr an mir rum, was schon mal ein Teilerfolg war. Mary war ebenfalls von ihrem Hocker gesprungen, um mir beizustehen. Sie stand so dicht neben mir und schien dabei zu allem bereit – wie eine Wölfin, die sich vor ihr Junges wirft, um es zu beschützen.

Der Fremde hob abwehrend die Hände in die Höhe. »Ich wollte doch nur helfen. Es tut mir wirklich leid, dass ich Sie mit meinem Drink erwischt habe. Jemand hat mich angerempelt, dabei ist es dann passiert. Wie kann ich das nur wiedergutmachen? Darf ich Sie beide vielleicht auf ein Getränk einladen?«

Mary und ich winkten gleichzeitig ab. »Das hatten wir heute schon«, erklärte Mary. »Ist ziemlich in die Hose gegangen. Das brauchen wir kein zweites Mal. Vielleicht wäre es besser, Sie würden einfach verschwinden und uns in Ruhe lassen.«

Der Ton wurde rauer. Aber mittlerweile waren Mary und ich nur noch genervt. Wahrscheinlich war das auch nur wieder eine doofe Anmache. Die Kerle ließen sich heutzutage einiges einfallen, um in Kontakt mit uns Frauen zu treten. Dabei würde uns ein nettes *Hallo* doch meist schon vollkommen ausreichen. Was war nur los mit den Männern von heute?

Noch immer tropfte die Flüssigkeit vom Saum meines Kleides zu Boden, traf dabei ab und an auch meine nackten Füße. Ich fühlte mich wie ein Whiskeyfass, denn der Geruch war kaum noch zu überdecken.

Diese Situation hier war wirklich der Overkill für meine ohnehin schlechte Laune. Jetzt würde nur noch ein Wunder helfen, um mich wieder aufzumuntern.

»Mason, alles klar bei dir?«, fragte eine Stimme in meinem Rücken, und ich verdrehte die Augen.

Na prima. Der Kerl hatte auch noch einen besten Freund, den er passend zum denkbar ungünstigsten Zeitpunkt wie ein Karnickel aus dem Hut zauberte. Zwei Männer, zwei Frauen … der Rest war Geschichte. Aber so einfach war das nicht. Zumindest nicht mit Mary und mir. Ich mochte es nicht, wenn mir ein Kerl den Inhalt seines Glases über den Schoß kippte. Auch wenn er dabei noch so betreten dreinsah wie dieses Exemplar hier. Denn dass das alles hier nur ein abgekartetes Spiel war, roch ich fünf Meilen gegen den Wind.

Ehe Mason seinem Freund antworten konnte, drehte ich mich ruckartig zu ihm um, um ihm die Leviten zu lesen. Doch dann starrte ich ihn nur an, unfähig, auch nur einen Ton über meine Lippen zu bringen.

»Sie?«, fragte ich perplex, als ich nach einer gefühlten Ewigkeit meine Stimme wiedergefunden hatte und der Kerl noch immer nichts Besseres zu tun hatte, als mich mit einem schiefen Grinsen zu bedenken.

»Louna!«, erwiderte dieser mit einem zufriedenen Gesichtsausdruck. »Ich hätte nicht damit gerechnet, Sie so schnell wiederzusehen.« Dabei zwinkerte er mir vielsagend zu. »Aber Sie hätten mir nicht auflauern müssen. Ein Telefonanruf hätte genügt. Meine Karte haben Sie ja noch?«

Ich spürte, wie es bei seinen Worten in mir zu brodeln begann. »Wie bitte?«

Das war ja wohl die Höhe! Da unterstellte mir Mr. Wichtig doch allen Ernstes, ich würde ihm auflauern. Ich! Pah! Das war ja wohl ein verdammt schlechter Scherz. Und allein die Tatsache, dass ich auch nur in Erwägung gezogen hatte, ihn anzurufen, kam mir plötzlich mehr als dämlich vor. Ich musste geistig umnachtet gewesen sein. Ja! Anders konnte ich mir das beim besten Willen nicht erklären.

»Wenn Sie gekommen sind, um weitere Details meines Angebots mit mir zu besprechen, muss ich Sie leider auf meine Geschäftszeiten vertrösten.«

Während ich innerlich zu explodieren drohte, stand der Kerl noch immer ganz die Ruhe selbst vor mir. Seine Hände hatte er leger in den Hosentaschen vergraben, und auch sonst wies seine Haltung darauf hin, wie entspannt er doch war. Der Glückliche!

Ganz im Gegensatz zu mir. Ich konnte gar nicht glauben, was ich da hörte.

»Ich hatte nie vor, Sie zurückzurufen. Meine Freundin Mary und ich wollten einen schönen Abend miteinander verbringen. Und Ihr Freund da hat uns diesen gründlich vermasselt«, schob ich die ganze Schuld auf den armen Mason, der, genauer betrachtet, lediglich die Spitze des Eisberges gewesen war. Meinen Beitrag an der miesen Stimmung an diesem Abend kehrte ich dabei geflissentlich unter den Teppich. Schließlich ging das Mr. Wichtig nicht im Geringsten etwas an.

»Ach, tatsächlich?« Mr. Wichtig oder, besser gesagt, Steven Leroy, wie ich von seiner Visitenkarte wusste, sah mich noch immer ganz gelassen an. Meine Worte brachten ihn nicht aus der Ruhe, während er zu seinem Freund hinüberblickte. »Was hast du den Frauen bloß getan, während ich dich nur für fünf Minuten aus den Augen gelassen habe? Wenn ich das Gwen erzähle, wird sie dich sicher zu Hause anketten und so schnell nicht mehr allein nach San Francisco fliegen lassen.«

Während Mason seinem Freund erklärte, wie es zu dem Zwischenfall hatte kommen können, boxte mich Mary leicht in die Seite. »Ist er das nicht?«, fragte sie ganz heiser.

»Ja, das ist er.« Meine Worte klangen mehr nach einem Knurren. Aber die Tatsache, dass Mary diesen Typen offenkundig noch immer überaus interessant fand, ließ mich an ihrem gesunden Menschenverstand zweifeln.

Der Mann war überheblich, selbstverliebt und arrogant. Nichts als Ärger hatte man mit dem Kerl noch obendrein. Der war einer von der Sorte, um die man besser einen großen Bogen machte und dafür liebend gern in Kauf nahm, Stunden später an seinem Ziel anzukommen.

»Sieht er nicht noch heißer aus als heute Vormittag in deinem Café?« Marys Stimme troff nur so vor Begeisterung. Widerlich! Was war nur mit meiner besten Freundin los? Sie musste doch auch sehen, was für ein aufgeblasener Gockel das war.

Auch wenn sich Marys Stimmung schlagartig gebessert hatte und ihr Grinsen den Raum erhellte, konnte ich dennoch nicht gutheißen, wer diese Verwandlung bei ihr hervorgerufen hatte. Ganz und gar nicht.

»Mary, der Typ ist nichts für dich. Der bedeutet nur Ärger und Tränen. Glaub mir! Ich weiß, wovon ich da spreche«, redete ich mit sanften Tönen auf meine Freundin ein. Irgendwie musste ich sie doch davon abbringen können, Mr. Wichtig weiterhin toll zu finden. Schließlich war er weder der Kandidat *Schwiegermutters Liebling*, noch schien er besonders daran interessiert zu sein, etwas Längerfristiges einzugehen. Eine Beziehung mit diesem Kerl würde Mary zerstören. Da war ich mir ganz sicher. Es würde sie wahnsinnig machen, nicht zu wissen, wo er war, weil er seine Freiheiten brauchte. Einengen durfte man diese Spezies nämlich unter gar keinen Umständen. Sonst nahm sie Reißaus und verschwand auf Nimmerwiedersehen. Alles schon erlebt. Leider. Und bis heute nichts daraus gelernt.

Aber nun sollte sich das ändern. Ich würde nicht auf diese lockere Art hereinfallen, die unglaublich sexy auf mich wirkte. O nein! Dieses Mal nicht. Dieses Mal würde ich standhaft bleiben und nicht auf die geheimnisvollen dunklen Augen anspringen, die keines weiteren Blickes mehr würdig waren. Auch der lässige Kleidungsstil gefiel mir kein bisschen. Besonders schlimm war die Lederjacke, die jeder dahergelaufene Penner heutzutage trug. Wirklich schlimm, was sich da vor meinen Augen abspielte.

Ich wollte nur noch weg von hier. Einerseits, weil etwas von meinem Kleid tropfte und mir langsam aber sicher kalt wurde, und andererseits, weil ich meinen weisen Worten vielleicht selbst nicht ganz so viel Glauben schenkte. Im Grunde war Steven nun mal genau der Typ Mann, der mir gefiel. Aber ich würde den Teufel tun und ihm das sagen oder diesem Ziehen in mir nachgeben, das mehr über ihn erfahren wollte.

Sein herber Geruch nach Männlichkeit und süßer Säure hing mir noch immer in der Nase. Egal, wie sehr ich mich dagegen sträubte und wie lächerlich es nun mal war, ich bekam es einfach nicht los.

Als es mir dann doch zu viel wurde, schüttelte ich den Kopf, um mich der lästigen Gedanken darin zu entledigen. »Mary, wir gehen!«, ordnete ich an.

Mary sah noch immer wie ein Honigkuchenpferd drein und konnte ihren Blick nur schwerlich von Steven lösen. »Jetzt schon?«, fragte sie wie ein enttäuschter Teenie, der von seiner Mom von einer Party abgeholt wurde.

»Ja, jetzt schon!« Meine Worte klangen womöglich eine Spur

zu harsch. Aber das war mir in dem Moment egal. Ich wollte hier weg. Schnellstmöglich. Alles andere wäre eine verdammt schlechte Idee. Verdammt schlecht.

»Aber wir könnten dein Kleid doch unter dem Handtrockner in der Damentoilette trocknen und im Anschluss daran mit den Jungs …«

Ich unterbrach meine beste Freundin mitten im Satz. »Mary, ich weiß nicht, ob du es schon mitbekommen hast: Der eine ist verheiratet oder zumindest vergeben und der andere ein absolutes Arschloch.«

»Faszinierend, was Sie so über mich denken«, hörte ich plötzlich eine Stimme neben mir sagen, die mir das Blut in den Adern gefrieren ließ.

Auch das noch. Als wenn das alles noch nicht furchtbar und peinlich genug gewesen wäre, musste Mr. Wichtig natürlich gerade in dem Moment hinhören, als ich mich über ihn ausließ. Mein Timing war auch schon mal besser gewesen.

»Ich meinte nicht … Es war nicht so … Vielleicht hat …«, bemühte ich mich um einen Ausweg aus meiner misslichen Lage, aber das Kind war bereits in den Brunnen gefallen.

Steven lachte, und Mary neben mir schmolz dahin. Genervt verdrehte ich die Augen, während Mason das Wort an mich richtete. »Ich kann nur noch mal sagen, wie leid mir das Ganze tut, auch wenn ich, wie gesagt, angerempelt worden bin und nicht wirklich etwas dafür kann.« Mason war auf den ersten Blick ein netter Kerl. Bodenständiger als Steven. So mein erster Eindruck. Aber letztlich war er mit Mr. Wichtig befreundet, und das warf kein gutes Licht auf ihn.

»Passt schon«, wehrte ich die ständigen Entschuldigungen ab.

Die würden mir auch nicht dabei helfen, mein Kleid wieder trocken zu bekommen.

»Nein, ich würde es wirklich gerne wiedergutmachen. Ich habe ein Zimmer hier im Hotel und könnte das Kleid mit dem Föhn trocknen. Das dauert sicher nicht allzu lange, danach könnten Sie den Abend noch ein wenig genießen. Es wäre mir sehr unangenehm, wenn ich Ihnen den Spaß verdorben hätte.«

Mittlerweile fühlte ich mich von seiner aufmerksamen und hilfsbereiten Art regelrecht geschmeichelt. Es fiel mir nicht leicht, das Angebot zurückzuweisen, da ich niemanden gerne vor den Kopf stieß. Außer Mr. Wichtig. Der hatte es nicht anders verdient.

»Ich denke nicht …«, setzte ich also betont einfühlsam an, als mich Mary unwirsch unterbrach.

»Das ist eine ganz wundervolle Idee. Wir könnten ja alle kurz mitgehen und im Anschluss daran zurück in die Bar kommen.« Mary strahlte übers ganze Gesicht.

Diese Gelegenheit war genau das, worauf sie gewartet hatte. In Masons Zimmer würde sie in Ruhe mit Steven sprechen und ihn für sich gewinnen können. Sie lief sehenden Auges in ihr Verderben und schlug meine Warnungen achtlos in den Wind. Wie ein Lemming bewegte sie sich immer weiter auf die Klippe zu.

Das war der reinste Albtraum. Und ich mittendrin.

»Das ist eine fantastische Idee«, meinte nun auch noch Steven. »Ich bestelle schnell noch eine Flasche Champagner. Damit können wir dann auf die Beseitigung aller Missverständnisse anstoßen.«

Als ich abermals anhob, um etwas zu erwidern, sah er mir fest in die Augen. Da wurde mir bewusst, dass er nicht nur von dem nassen Kleid sprach.

Kapitel 6

Steven

Louna fühlte sich schrecklich unwohl in ihrer Haut. Das konnte ein Blinder mit Krückstock sehen.

In einem von Masons weiten Shirts saß sie neben ihrer Freundin auf der Couch am Fenster. Das Kleidungsstück ging ihr fast bis zu den Knien und tat rein gar nichts für ihre ausgesprochen gute Figur. Und dennoch: Sie sah noch immer aus wie ein Superstar. Und das Beste: Sie hatte keine Ahnung davon.

Als sie bemerkte, dass ich sie anstarrte, schlug sie eilig die Beine übereinander, während ihre Freundin Mary nicht müde wurde, mich wie ein Honigkuchenpferd anzustrahlen.

Mason föhnte im Bad Lounas Kleid und ließ sich dabei verdammt viel Zeit. Die erste Runde Champagner war bereits geflossen. Doch bei Louna schien der Alkohol keine Wirkung zu zeigen.

Während Mary entspannt auf ihrem Platz saß, wünschte Louna sich offensichtlich ihr Kleid zurück, um von hier verschwinden zu können. In Gedanken machte ich mir eine Notiz, eine ähnliche Situation durch die Drehbuchschreiber ins Skript schreiben zu lassen. Die Rolle war Louna wirklich wie auf den Leib geschneidert. Sie würde darin brillieren, auch wenn sie sich bis dato noch immer mit Händen und Füßen dagegen wehrte, ihre Chance beim Schopf zu packen.

Aber ihr Widerstand würde bröckeln. Das stand außer Frage. Schließlich hatte ich gesehen, wie hoffnungsvoll ihr Blick gewesen war, als ich von den guten Verdienstmöglichkeiten beim Film gesprochen hatte. Geld war etwas, was Menschen über ihren eigenen Schatten springen ließ. Mal in die eine, dann wieder in die andere Richtung.

»Bis Mason fertig ist, könnten wir ja noch ein Gläschen trinken«, schlug Mary vor, der die plötzliche Stille im Raum offenbar nicht behagte. Ich sah die Rothaarige mit den vielen Sommersprossen auf der Nase und dem viel zu grellen grünen Kleid abschätzig an.

Irgendjemand musste ihr dringend sagen, dass es mit ihrer Klamottenwahl nicht unbedingt zum Besten stand. Nicht, wenn sie in absehbarer Zeit einen Treffer landen und einen Mann für sich gewinnen wollte.

Aber ich ahnte bereits, dass dieses Thema Louna und mich noch weiter auseinandertreiben würde, als mir lieb war, und somit verbat ich mir einen Kommentar zum Äußeren ihrer Freundin.

Lässig an den Schreibtisch gelehnt stand ich da, während ich nur mehr Augen für Louna und ihre Eleganz, ihren Sex-Appeal und ihre Ausstrahlung hatte. Himmel, das Mädchen schrie nach einem Stern auf dem *Walk of Fame*, und ich würde sie dorthin bringen. Und wenn es das Letzte wäre, was ich tat.

»So, das Kleid ist soweit wieder trocken. Es riecht zwar noch immer etwas nach Whiskey, aber die nächste Wäsche sollte auch das in Ordnung bringen.« Mason war mit sich und der Welt im Reinen.

Der Gute hatte seit seiner Hochzeit eine komplette Kehrtwendung vollzogen. Früher war er mit mir bis in die Puppen um die Häuser gezogen, hatte Frauen aufgerissen und sein Leben ohne Wenn und Aber gelebt. Er hatte den Moment in vollen Zügen ausgekostet und einen Scheiß auf den Tag danach gegeben. Und nun?

Vor mir stand ein weichgespülter Mittdreißiger, der fremden Frauen die Kleider föhnte, ohne dabei auch nur einen einzigen Hintergedanken zu haben. Noch vor wenigen Jahren hätte er alles dafür getan, sie anschließend ins Bett zu bekommen. Wobei er noch nie wirklich auf Blondinen gestanden hatte. So viel zu seiner Ehrenrettung.

Louna erhob sich genervt von ihrem Platz, zog das ellenlange Shirt noch eine Spur weiter nach unten, griff sich das Kleid ohne Kommentar von Masons Arm und verzog sich ins Badezimmer.

Ich war beinahe versucht, Mason auf die Schulter zu klopfen, um mich stellvertretend für Louna für seine Bemühungen zu bedanken. Aber das führte dann wohl doch eine Spur zu weit. Nur weil Mason sich dank der Frau an seiner Seite verändert hatte, hieß das noch lange nicht, dass ich es ihm gleichtun musste. Zumal es keine Frau an meiner Seite gab.

»Dann würde ich vorschlagen, dass wir noch ein Gläschen trinken«, sagte ich, um die beklemmende Stimmung in andere Gefilde zu lenken.

Schließlich war das hier keine Beerdigung, sondern ein feuchtfröhlicher Abend, der dazu genutzt werde sollte, neue Menschen kennenzulernen. Vor allem Frauen. Zumindest wenn es nach mir ging.

Mary traf nicht meinen Geschmack und Louna war mir zu widerspenstig. Noch. Ich würde sie schon noch dorthin bekommen, wo ich sie haben wollte. Aber zunächst zählte nur die Serie. Alles andere verlor an Bedeutung daneben. Denn ohne Hauptdarstellerin keine Einschaltquoten, und ohne Einschaltquoten kein Sendeplatz für die Soap. Und damit kein geregeltes Einkommen mehr.

Das war absolut undenkbar. Gerade wenn ich an die kostenintensiven Behandlungen meiner Schwester dachte, war das keine Option. Ich musste zusehen, dass diese störrische Frau, die mir den Arsch retten konnte, endlich tat, was ich von ihr wollte. So schwer konnte das doch nicht sein. Meinem Charme hatte sich bisher noch keine Frau entziehen können. Ich würde schon noch an mein Ziel kommen. Ich musste. Koste es, was es wolle.

Als die Badezimmertür sich erneut öffnete, stand Louna wenig später so elegant wie zuvor vor uns. Sie lächelte zaghaft in Masons Richtung und hauchte ihm ein »Danke« entgegen.

Dann sah sie zu ihrer Freundin und bedeutete ihr, dass sie nun gehen wollte. Aber Mary war eine gute Verbündete, auch wenn sie sich darüber mitnichten im Klaren war. Sie reichte Louna ein Glas und stieß mit ihrem dagegen. »Lass uns doch noch ein bisschen bleiben«, flehte sie. »Es ist doch gerade so lustig hier.«

Keine Ahnung, wo die Kleine die letzten Minuten verbracht hatte, aber offensichtlich stieg ihr der Alkohol schneller zu Kopf, als gut für sie war. Die Ärmste schien jedes Gefühl für die Realität verloren zu haben.

Louna schien meine Gedanken zu teilen. Zumindest sprach ihr Gesichtsausdruck Bände. »Man soll ja bekanntlich gehen, wenn es am schönsten ist.« Auffordernd lächelte sie ihre Freundin an. Ohne Erfolg.

»Ach, du bist eine Spielverderberin. Ich mag noch nicht gehen.« Bei diesen Worten ließ sie sich schwer auf das Sofa in ihrem Rücken plumpsen und … fiel daneben.

Louna stürzte zu Mary. »Hast du dir wehgetan?«, fragte sie besorgt, während sie ihrer Freundin zurück auf die Beine half.

Diese lachte so laut, dass es beinahe schon unangenehm in meinen Ohren war. »Alles gut. Ich habe mich nie besser gefühlt.«

Wie der Alkohol doch einen Menschen verändern konnte. Und das nicht unbedingt zu seinem Besten.

»Ich denke, wir sollten jetzt wirklich gehen«, versuchte es Louna noch einmal. Diesmal bestimmter. Noch immer hielt sie den Arm ihrer Freundin mit ihren Fingern umfasst und zog sie in Richtung Tür.

Doch Mary stemmte sich mit aller Kraft dagegen und zog Louna und sich schließlich gemeinsam auf die Couch zurück. Diesmal verfehlte sie ihr Ziel nicht.

Mason sah mich mit einer Mischung aus Verwunderung und Belustigung in den Augen an. Da funkelte noch etwas in seinem Blick, das mich an unsere gemeinsame Zeit erinnerte. Er war also doch nicht vollends zum Schoßhündchen mutiert. Wobei er seiner Gwen nie untreu werden würde. Da war ich mir ganz sicher.

Louna sah ihre Freundin entsetzt an, ehe sie sich wieder gefangen hatte und zurück auf die Beine kam. »Du kannst ja gerne noch etwas bleiben, wenn du willst. Mir ist heute nicht mehr nach Feiern zumute. Ich nehme mir ein Taxi und fahre nach Hause.«

»Das wollte ich auch gerade vorschlagen«, mischte ich mich ein. »Ich könnte Sie nach Hause fahren, wenn Sie wollen«, bot ich freimütig meine Hilfe an.

Louna sah mich daraufhin wie die Wurzel allen Übels an. Der Ausdruck in ihrem Gesicht war beängstigend hart. Ob sie ihn wohl auch auf Anweisung spielen konnte?

»Vielen Dank, aber das wird nicht nötig sein«, erwiderte Louna in unterkühltem Tonfall.

»Aber das ist doch sehr nett von ihm«, klinkte sich Mary wieder ein und strahlte dabei übers ganze Gesicht. »Würden Sie mich denn auch nach Hause fahren?«, fragte sie mit heiserer Stimme, während sie sich lasziv mit der Zunge über die Lippen fuhr.

Herrgott, das arme Ding begriff leider kein bisschen, dass ich nichts für sie übrighatte. Mein Interesse galt einzig und allein ihrer Freundin. Und das aus rein beruflichen Gründen.

Doch ich wusste auch, dass Louna nie freiwillig mit mir gehen würde. Mary war ein gutes Druckmittel dafür, das zu bekommen, was ich wollte. Wenn ich diese Chance ungenutzt verstreichen ließ, dann stand die Produktion von *Love next door* schneller still, als mir lieb war.

Louna sah entsetzt zu ihrer Freundin, die sie beide in ihren Augen sicher immer weiter ins Verderben drängte. »Mary, findest du nicht, wir sollten …«

Doch Mary ließ Louna gar nicht erst aussprechen. »Ich finde, wir können Stevens ausgesprochen lieb gemeintes Angebot nicht ausschlagen. Das wäre schrecklich unhöflich.«

Wieder grinste sie dabei vielsagend in meine Richtung, und es kostete mich einiges an Überwindung, ihr Lachen zu erwidern. Schließlich wollte ich keine falschen Hoffnungen wecken, auch wenn ich irgendwie an mein Ziel gelangen musste.

Louna sah zwischen ihrer Freundin und mir hin und her, ehe sie die Arme in die Höhe warf und resigniert einlenkte. »Na schön. Dann fahren wir eben mit Steven, wenn du darauf bestehst, Mary. Auch schon egal.« Stoisch griff sie nach ihrer Handtasche und bewegte sich auf die Tür zu.

Mason sah mich wissend an. »Was hast du mit der Kleinen vor?«, fragte er hinter vorgehaltener Hand so leise, dass sogar ich ihn kaum verstehen konnte.

»Ich brauche sie für meine Soap«, erklärte ich ihm offen und ehrlich. Warum ein Geheimnis aus meiner misslichen Lage machen? »Meine Hauptdarstellerin hat gekündigt, und Louna sieht ihr zum Verwechseln ähnlich.«

»Nur dumm, dass sie dich kein bisschen leiden kann. Mit Mary hättest du bessere Karten. Die würde für dich sogar in einem Porno mitspielen.« Mason lachte, nachdem Mary endlich von der Couch hochgekommen war und ihrer Freundin in Schlangenlinien folgte.

»Jaja, lach du nur. Lass mich mal machen«, gab ich mich siegessicher.

Mason grinste. »Na, wenn du dich da mal nicht täuschst. Die Frau macht keinen Hehl daraus, was sie von dir hält. Es wird ein hartes Stück Arbeit für dich werden, sie vom Gegenteil zu überzeugen.«

Ich blickte den beiden nach. Louna stützte Mary und sah auffordernd in meine Richtung.

»Lass mich mal machen! Harte Nüsse sind mein Spezialgebiet. Louna wird schon noch merken, wie gut ich es mit ihr meine. Und dann wird sie mir dankbar um den Hals fallen und mir die Füße küssen. Wirst sehen.«

Mason prustete vor Lachen. »Sag mir bitte Bescheid, wenn es so weit ist. Ich möchte unbedingt dabei sein.«

Ich klopfte ihm auf die Schulter. »Du wirst es als Erster erfahren.« Dann schnappte ich mir meine Lederjacke, die ich zuvor am Schreibtischstuhl abgelegt hatte. »Aber jetzt muss ich los. Du entschuldigst mich, bitte? Sobald die Ladys sicher in ihren Betten sind, komme ich zurück.«

Mason sah mich mit hochgezogener Augenbraue an. »Pass nur auf, dass du nicht in einem der Betten der Frauen endest. Besonders bei Mary solltest du dich zurückhalten.«

»Lass das mal meine Sorge sein«, erwiderte ich gekränkt und eilte zu den beiden Frauen.

»Es kann losgehen!«, flötete ich übertrieben gut gelaunt und erntete dafür ein heiteres Lächeln von Mary und einen Blick von Louna, der töten konnte.

Alles bestens also. Die Show konnte beginnen.

Kapitel 7

Louna

»Scheiße! Ich glaube, ich muss kotzen!«

Mary schlug sich die Hand vor den Mund, während Steven nervös einen kleinen Schlenker fuhr und seinen Blick abwechselnd auf den Highway vor sich und Mary neben sich richtete.

Eine gewisse Genugtuung erfasste mich, als ich die beiden von der Rückbank des Porsche Cayenne aus beobachtete. Mary hatte es sich trotz oder gerade wegen meines guten Zuredens nicht nehmen lassen, von Steven nach Hause gefahren zu werden. Und Steven wollte sein Angebot einfach nicht zurücknehmen, obwohl es hirnrissig war, einmal kreuz und quer durch die Stadt zu fahren.

Als ich die ersten Würgegeräusche meiner Freundin vernahm, bereute ich meine bösen Gedanken. Anstatt für sie da zu sein, spielte ich den Moralapostel.

»Mary, hier, nimm das!« Ich reichte Mary eine meiner Tüten aus der Bäckerei nach vorne. Zum Glück hatte ich immer welche einstecken. Sie war zwar nur aus Papier und nicht sonderlich groß, würde aber hoffentlich erst mal das Schlimmste auffangen können.

Steven nahm die nächste Abfahrt vom Highway und steuerte einen kleinen Parkplatz bei einem Supermarkt an. Kaum dass der Wagen hielt, riss Mary die Tür auf und erbrach sich ins angrenzende Gebüsch. Ich löste den Anschnallgurt und eilte zu meiner Freundin, um ihr beizustehen. Was für ein Abend!

Eigentlich hatten wir ja nur ein bisschen Spaß haben wollen, und ich hatte gehofft, den quälenden Geldsorgen gedanklich ein wenig zu entkommen. An mein Café hatte ich am heutigen Abend zwar kaum gedacht, aber der Ausgang der Unternehmung war dennoch wenig verheißungsvoll.

Während Mary sich ihrem Schicksal ergab und ihr Innerstes nach außen kehrte, hielt ich ihr ihr langes rotes Haar aus dem Gesicht. Mein Blick streifte Steven und seinen weißen Porsche. Was für eine Angeberkarre! Sie passte perfekt in das Bild, das ich mir von dem Kerl gemacht hatte. Mr. Wichtig fuhr sozusagen standesgemäß.

Wenn wir nicht am Arsch der Welt gelandet wären und Mary auch nur etwas fitter gewesen wäre, dann hätte ich uns ein Taxi gerufen, um nicht mehr bei Steven in den Wagen steigen zu müssen. Aber kein Taxi der Welt würde meine angeschlagene Freundin in ihrem Zustand nach Hause fahren. Das war nahezu ausgeschlossen. Am Ende musste ich Mr. Wichtig auch noch dankbar dafür sein, dass er angeboten hatte, uns heimzubringen.

»Louna, ich will sterben!«, jammerte Mary, die sich kaum noch auf den Beinen halten konnte.

»Morgen wird alles wieder gut sein«, redete ich ihr Mut zu und fummelte dabei in meiner Handtasche auf der Suche nach einem Taschentuch. Mein Blick fiel dabei auf die Ausgabe von *Stolz und Vorteil* im Postkarten-Format. Gentlemen wie *Mr. Darcy* aus meinem absoluten Lieblingsroman von *Jane Austen* waren in unserer heutigen Zeit Mangelware. Um nicht zu sagen: ausgestorben.

Ich sah wieder hinüber zu Steven, der noch immer am Lenkrad seines Porsches saß und keine Anstalten machte auszusteigen. Mr. Wichtig machte sich sicher nur ungern die Hände schmutzig. Aber genau so hatte ich ihn auch eingeschätzt. Das passte wie die

Faust aufs Auge und meißelte das Bild, das ich mir von ihm gemacht hatte, in Stein.

Mary brachte ihren Körper zurück in die Senkrechte. Sie wirkte furchtbar wacklig auf den Beinen. Ich wischte ihr mit dem Tuch, das ich zwischenzeitlich in den Untiefen meiner Handtasche hatte ausfindig machen können, über den Mund. Im Anschluss daran stützte ich meine Freundin auf dem Weg zurück zum Auto.

Wenn es nach mir gegangen wäre, dann hätten mich keine zehn Pferde zurück in diesen Angeberschlitten gebracht. Aber ich musste an meine Freundin denken. Es ging hier nicht nur um mich.

Stevens Blick war starr nach vorne gerichtet, als würde er fieberhaft über etwas oder jemanden nachdenken. Mary und mich würdigte er dabei keines Blickes. Nicht dass ich sonderlich scharf darauf gewesen wäre, aber wer auch nur einen Hauch von Anstand im Leib besaß, der fragte doch zumindest mal nach, wie es seiner Beifahrerin ergangen war.

Aber auch das bestätigte mir nur wieder, dass ich mit meiner Einschätzung, Steven betreffend, mitten ins Schwarze getroffen hatte. Der einzige Mensch, für den er sich interessierte, war er selbst. Der Rest seiner Spezies ging ihm gelinde gesagt am Arsch vorbei.

Kaum dass ich meinen Platz auf der Rückbank des Cayennes eingenommen hatte und Mary auf den Beifahrersitz gestolpert war, startete er den Motor und machte Anstalten, den Parkplatz in Richtung Straße zu verlassen. Sollte mir recht sein. Umso schneller wir nach Hause kamen, desto besser. Als Mary sich beim Anschnallen schwertat, versuchte ich, ihr von hinten zu helfen. Mr. Wichtig war ja mit anderen Dingen beschäftigt.

Am liebsten wollte ich den heutigen Abend, nein am besten

den ganzen Tag, schnellstmöglich vergessen. Er hatte mir nichts als Kummer, Sorgen und schlechte Laune gebracht. Alles Dinge, auf dich ich gut und gerne verzichten konnte.

Noch ehe Steven den Wagen zurück in den Verkehr lenken konnte, bremste er ihn wieder ab und sah über den Rückspiegel zu mir nach hinten.

»Geht es Mary gut?«

Ich schnaubte voller Verachtung für den Mann und seine dumme Frage. »Das würde ich nicht unbedingt sagen«, erwiderte ich wenig freundlich.

Stevens Augenbrauen schoben sich dicht zusammen. »Braucht sie einen Arzt? Soll ich in ein Krankenhaus fahren?« Stevens Stimme klang plötzlich besorgt. Wenn ich es bei den schlechten Lichtverhältnissen richtig ausmachte, zitterten seine Finger, die er krampfhaft ums Lenkrad krallte, sogar ein wenig. Was war bloß los mit ihm? Marys Gesundheitszustand schien ihn mit einem Mal wirklich mitzunehmen. Warum war er plötzlich so besorgt um sie?

»Nein, sie braucht ihr Bett und eine Aspirin. Morgen wird der Tag mit höllischen Kopfschmerzen für sie beginnen, und wahrscheinlich wird sie sich noch das ein oder andere Mal übergeben müssen, aber das sollte es dann auch gewesen sein.«

Stevens Blick haftete noch immer fest auf mir. Plötzlich verspürte ich den Wunsch, ihm die Sorgenfalte von der Stirn zu nehmen. Total verrückt, wenn man bedachte, dass ich noch vor wenigen Minuten nicht einmal gewillt war, ein zweites Mal in sein Auto zu steigen.

»Sie hat also nur zu viel getrunken?« In Stevens Frage schwang Skepsis mit. Offenbar konnte er nicht glauben, dass es so banal war. Wahrscheinlich hatte er noch nie in seinem Leben einen über den Durst getrunken. Anders konnte ich mir seine Besorgnis nicht erklären.

Ein leises Schnarchen war von der Beifahrerseite zu hören. Mary war offensichtlich eingeschlafen. Steven sah in ihre Richtung. Er strich ihr die roten Haarsträhnen aus dem Gesicht und blickte sie prüfend an.

»Du brauchst dir keine Sorgen um Mary zu machen. Wie gesagt, morgen wird sie ein wenig verkatert sein, aber danach ist sie sicher wieder ganz die Alte.« Ich zog den Anschnallgurt über meine Vorderseite und steckte ihn in die vorgesehene Halterung. »Von mir aus können wir jetzt weiter. Ich muss morgen früh raus«, versuchte ich, Steven endlich zum Losfahren zu bewegen. Schließlich konnten wir ja nicht ewig hier rumstehen.

Steven schien noch immer nicht restlos überzeugt, aber dennoch fuhr er den Wagen endlich an. Ich atmete erleichtert durch, auch wenn mich das eben Geschehene nicht in Ruhe lassen wollte. Was war da bloß in Steven gefahren? Wieso wirkte er jetzt doch so besorgt um Mary? Beinahe übertrieben. Mochte er sie am Ende doch ein wenig mehr, als ich zunächst hatte glauben wollen? Oder gab es einen anderen Grund?

»Ich fahre zunächst zu Marys Wohnung, auch wenn das ein Umweg ist. Dann kannst du ihr helfen und dich davon überzeugen, dass sie auch in ihrem Bett landet.« Verschwunden war der angeberische Unterton in seiner Stimme und auch sein Machogehabe war wie weggeblasen.

Steven zeigte sich von einer sehr einfühlsamen Seite. Einer Seite, die ich nie an ihm vermutet hätte. Offenbar war er doch nicht ganz so eindimensional, wie ich es von ihm geglaubt hatte.

»Ist gut«, erwiderte ich kurz angebunden. Aber Steven ließ sich davon nicht verunsichern. Er fuhr auf die Straße und direkten

Weges zu Marys Wohnung. Die Adresse hatte sie ihm verheißungsvoll schon beim Besteigen des Wagens genannt.

Zu diesem Zeitpunkt hatte sich meine Freundin sicher mehr davon erhofft, von dem Mann, der ihr ausgesprochen gut gefiel, nach Hause gefahren zu werden. Aber die Dinge entwickelten sich oft anders, als man es wollte. Oft konnte man nur danebenstehen und zusehen, was geschah, während man es in Gedanken tausendmal anders vorausgesehen hatte.

Aber das Leben war nun mal kein Wunschkonzert. Weder in der Liebe noch im Berufsleben. Man musste hart für seine Ziele kämpfen. Wieder glitten meine Gedanken zu den Geldsorgen, die mich stetig umtrieben.

Ich hatte mit meinem Café nie reich werden wollen, aber die Vorstellung, schon bald am Existenzminimum zu leben, war nicht sonderlich verlockend. Meine Pläne für eine rosige Zukunft in der Großstadt hatten harte Arbeit und entbehrungsreiche Zeiten mit eingeschlossen. Was ich allerdings nicht bedacht hatte, waren die stetig zunehmende Konkurrenz und die nicht minder hohen Kredite, die abzubezahlen waren.

Schließlich hatte ich mein Business mit sehr wenig Eigenkapital begonnen. Rückblickend ein Fehler. Und wenn ich auf meine Eltern gehört hätte, dann stünde ich jetzt bestimmt mit weniger Schulden da. Sie hätten mich viel lieber in einem Bürojob gesehen, der regelmäßig bezahlt wurde und in dem ich mir keine Sorgen um meine Zukunft machen musste. Aber das passte nicht zu mir.

Ich war keine *9-to-5*-Arbeitsbiene, die zusammen mit ihren Kollegen morgens an ihrem Schreibtisch Platz nahm und diesen nur für etwaige Toilettengänge und die Mittagspause wieder verließ. So war ich nicht. Und so würde ich nie werden.

Aber wenn sich meine Situation weiter so dramatisch zuspitzte, dann musste ich umdenken. In eine Richtung, die mir ganz und gar nicht behagte. So weit durfte es auf gar keinen Fall kommen. Ich musste einen Ausweg aus meiner misslichen Lage finden. Und zwar schnell.

»Wir sind da!«, tönte Steven von vorne und riss mich damit aus meinen Gedanken.

Ich war so in die ewigen Grübeleien vertieft gewesen, dass ich nicht mal bemerkt hatte, wie wir bei dem Gebäude angelangten, in dem Mary ihre Wohnung hatte.

Seufzend löste ich den Gurt und war überrascht, als ich ebenfalls ein Klicken aus dem vorderen Bereich des Wagens vernahm. Doch es war nicht Mary, die zu neuem Leben erwachte. Noch immer saß meine Freundin wie ein Häufchen Elend zusammengesunken vor mir.

Steven öffnete zunächst die Fahrertür, dann meine. Im Anschluss daran reichte er mir seine Hand, um mir beim Aussteigen behilflich zu sein. Ein Friedensangebot! Ich nahm es um Marys willen an, ohne weiter darauf einzugehen, lief um das Auto herum und öffnete schließlich Marys Wagentür. Meine Freundin schlief den Schlaf der Gerechten. Egal, was ich auch tat, sie war einfach nicht wach zu kriegen. Aber das würde sie müssen, aufwachen. Schließlich wohnte sie im vierten Stock und das Haus besaß keinen Aufzug. Ein Unding, wenn man mich fragte, aber das tat nichts zur Sache.

»Mary?«, versuchte ich es zunächst ganz einfühlsam und ruhig. Doch je länger ich gegen Marys gleichmäßiges Schnarchen angehen musste, desto ungeduldiger wurde ich. »Mary!«, schrie ich letztlich und tätschelte dabei leicht ihre Wangen. Nichts half. Egal, was ich auch versuchte, Mary schlief unbeirrt weiter.

Steven schob mich sanft zur Seite, löste Marys Gurt und hob sie hoch, als wäre sie leicht wie eine Feder.

»Welche Etage?«, fragte er mit stoischer Gelassenheit.

Ein Cent für seine Gedanken!

»Vierter Stock«, erklärte ich. »Und das Haus hat keinen Aufzug.«

Stevens Augenbrauen schnellten nach oben. Damit hatte er bei seinem beherzten Eingreifen sicher nicht gerechnet. Ich musste schmunzeln, bemühte mich jedoch, es mir nicht anmerken zu lassen. Doch ohne zu jammern oder Mary wieder abzusetzen, lief er auf die Eingangstür des Hauses zu. Ich eilte ihm hinterher und kramte aus Marys Handtasche ihren Haustürschlüssel.

Der Bewegungsmelder im Flur ging an, und das dunkle Haus erstrahlte in einem viel zu grellen Licht. Ich brauchte einen Moment, bis sich meine Augen daran gewöhnt hatten. Noch ehe ich so weit war, lief Steven mit Mary in den Armen schon auf die Treppe zu. Ohne zu fluchen oder anderweitig seinen Unmut über die Aktion auszudrücken, stieg er Stufe um Stufe nach oben.

Mary verschlief das Ganze in Stevens Armen. Ihr Kopf lag an seine Brust geschmiegt. Sie wirkte friedlich, wie sie da so bei ihm lag.

»Könntest du bitte die Tür aufschließen?« Stevens Worte klangen bestimmt.

Vor lauter Steven-und-Mary-Anstarren war mir gar nicht aufgefallen, dass wir vor Marys Wohnung angekommen waren.

»Natürlich!« Mit einem Satz spurtete ich an den beiden vorbei und schob den Schlüssel in das Schloss, drehte ihn um und öffnete die Tür.

»Wo befindet sich ihr Schlafzimmer?«, fragte Steven und sah sich suchend im Flur um, nachdem ich das Licht angeschaltet hatte.

»Einfach geradeaus.« Ich deutete mit dem Finger in die entsprechende Richtung, zog die Tür ins Schloss, um die Nachbarn mitten in der Nacht mit unserem Lärm nicht aufzuwecken, und eilte Steven mit der schlafenden Mary auf dem Arm hinterher.

Ich kam dabei nicht umhin, mit meinem Blick an Stevens breitem Rücken hängen zu bleiben. Seine Arme waren ausgesprochen muskulös. Das hatte ich bisher gar nicht bemerkt. Auch hatte er noch kein einziges Mal merklich schnaufen müssen. Er schien ausgesprochen gut in Form zu sein.

Als er Mary vorsichtig auf ihr Laken gelegt hatte, warf ich einen forschenden Blick in sein Gesicht. Er wirkte angespannt und seine Miene war sehr ernst. Die Anstrengung war ihm jedoch nicht anzumerken.

»Wir sollten ihr noch einen Eimer ans Bett stellen. Nur für den Fall, dass sie …«

»Ich erledige das schnell und hole ihr auch noch eine Flasche Wasser aus der Küche und eine Aspirin aus dem Badezimmer. Dann sollte sie alles haben, was sie für die Nacht braucht«, beeilte ich mich zu sagen.

Steven bereute es sicher schon zutiefst, dass er angeboten hatte, Mary und mich nach Hause zu fahren. Er hatte sich die Fahrt wahrscheinlich etwas anders vorgestellt.

Ich verließ Marys Schlafzimmer auf der Suche nach Wasser und Kopfschmerztabletten. Als ich dabei an Marys Garderobenspiegel vorbeikam, fiel mein Blick auf mein desaströses Aussehen. Meine langen blonden Haare wirkten ungekämmt und aufgeplustert. Meine Augen waren müde, die Wimperntusche hatte nachgegeben, sodass ich aussah wie ein Waschbär. Von meinem

Kleid erst gar nicht zu sprechen. Das Rot hatte dank der ungeplanten Whiskeybehandlung unterschiedliche Schattierungen angenommen.

Ich atmete einmal tief durch, ehe ich die Sachen besorgte und zu Mary ins Schlafzimmer brachte. Schließlich war es vollkommen unwichtig, wie ich aussah. Es war ja nicht so, dass ich auf jemanden Eindruck machen wollte. Ganz im Gegenteil.

Nun, da mich Steven so gesehen hatte, würde er sicher nicht weiter an seinem Angebot festhalten. Er hatte bestimmt längst mitbekommen, dass ich eine vollkommene Fehlbesetzung für was auch immer war. Bisher hatte er ja nicht konkretisiert, wofür genau er mich vor der Kamera auserkoren hatte.

Als ich Mary gut zugedeckt und mich davon vergewissert hatte, dass sie nun alles hatte, was sie vielleicht brauchen könnte, bedeutete ich Steven, mit mir die Wohnung zu verlassen. Ein paar Stunden Schlaf, viel Wasser und die ein oder andere Kopfschmerztablette würden hoffentlich schnell wieder richten, was Mary sich selbst angetan hatte.

»Macht sie das öfter?«, fragte Steven.

»Hm?«, fragte ich, weil ich nicht ganz verstand, worauf er hinauswollte.

Der Bewegungsmelder im Hausflur sprang wieder an und erhellte das ganze Haus. Steven und ich stiegen einvernehmlich nebeneinander Stufe um Stufe nach unten.

»Deine Freundin. Mary. Betrinkt sie sich öfter?« Wenn ich es nicht besser wüsste, würde ich fast meinen, dass er Mary für ihren Alkoholmissbrauch tadelte.

»Nein. Das war heute sicher der Aufregung geschuldet«, behauptete ich und spurtete zu der Haustür, um die ganze Sache hier endlich hinter mich zu bringen.

»Welcher Aufregung?«, fragte Steven selten dämlich. Männer!

Ich verdrehte die Augen. »Ich weiß nicht, ob es dir aufgefallen ist, aber im Gegensatz zu mir findet Mary dich ganz nett. Sie hat ihre Nervosität mit Alkohol zu bekämpfen versucht, weil sie dir gefallen wollte. Was ich echt nicht verstehen kann.« Ich ließ keinen Zweifel daran, was ich von Steven hielt. Doch anstatt mich für meine Andeutung zu rügen oder mir Vorwürfe deshalb zu machen, schenkte Steven mir ein schiefes Lächeln und öffnete die Haustür für mich. »Nach dir«, sagte er mit dieser leicht rauchigen Stimmfarbe, die mir eine Gänsehaut über den ganzen Körper jagte.

Ich hob meinen Blick und sah unvermittelt in seine karamellfarbenen Augen. Auch er sah mich an. Sein Mund war leicht geöffnet, als wollte er etwas sagen. So standen wir uns gegenüber, bis das Licht im Gang erlosch und damit den magischen Moment zwischen uns zerstörte.

»Wir sollten jetzt gehen«, sagte ich und meinte damit nicht meine Sorge, im Haus jemanden aufzuwecken.

Wie sich die Sache zwischen Steven und mir gerade veränderte, gefiel mir nicht. Sie gefiel mir ganz und gar nicht. Ich wollte nicht diese Blicke mit ihm austauschen oder dieses merkwürdige Gefühl in meinem Bauch verspüren. Das Einzige, was ich wollte, war, Mr. Wichtig endlich loszuwerden und ein für alle Mal meine Ruhe vor ihm zu haben. So schwer konnte das doch wirklich nicht sein.

»Danke für alles.« Ich wandte mich blitzschnell von Steven ab und wollte schon loslaufen, da hielt er mich an meinem Arm zurück.

»Wohin so schnell? Mein Wagen steht doch an der Straße«, erklärte er mit ruhiger Stimme.

Ich drehte mich abermals zu ihm um. »Ich werde mir ein Taxi nehmen. Du hast schon viel zu viel für uns gemacht. Ich kann und will nicht von dir erwarten, mich auch noch nach Hause zu fahren. Das wäre nicht fair dir gegenüber.«

Und für dieses merkwürdige Gefühl in meinem Bauch wäre es sicher auch nicht förderlich. Es musste schnellstmöglich wieder aufhören.

Steven hielt noch immer meinen Arm mit seinen Fingern umschlossen. Er machte gar keine Anstalten, mich wieder loszulassen. »Das ist doch vollkommener Schwachsinn. Ich werde dich jetzt ganz sicher nicht mitten in der Nacht auf der Suche nach einem Taxi durch San Francisco torkeln lassen.«

»Hey!«, wehrte ich mich, während ich versuchte, meinen Arm aus deinem Griff zu lösen. Vergeblich. »Ich bin noch fast nüchtern.« Dann überlegte ich kurz und gestand mir selbst ein, dass dem nicht ganz so war. »Zumindest kein Vergleich mit Mary, die da oben schnarchend in ihrem Bett liegt.« Mein Blick kletterte an der massiven Steinfassade zu dem Fenster hinauf, das ich für ihr Schlafzimmer hielt.

»Ich würde dich nicht mal hier draußen zu dieser späten Stunde herumlaufen lassen, wenn du tatsächlich nüchtern wärst.« Steven zog seine Augenbrauen entschlossen zusammen und sah mir fest in die Augen. Seine Worte ließen keinen Zweifel daran, dass er es ernst meinte.

Mit der besoffenen und schnarchenden Mary im Auto hatte ich mich bei Steven sicher gefühlt. Doch nun, da ich mit ihm allein fahren sollte, bekam ich ein wenig Angst. Konnte ich dem Mann vertrauen, den ich erst an diesem Tag kennengelernt hatte? War es nicht grob fahrlässig von mir, bei einem fremden Typen ins Auto zu steigen?

Steven schien meinen inneren Kampf zu bemerken. »Ich verspreche dir auch, dich nicht anzurühren. Ich will nur, dass du wohlbehalten zu Hause ankommst. Nicht mehr und nicht weniger.«

Ich haderte noch immer mit mir.

»Ich habe eine Schwester«, erklärte Steven und sah mich dabei an, als würde das alles hinreichend erklären.

Und dann tat ich es doch. Ich stieg zu ihm in den Wagen und schenkte ihm das nötige Vertrauen, ohne zu wissen, ob ich es schon bald bereuen würde.

Kapitel 8

Steven

Der Abend war nicht so verlaufen, wie ich es mir erhofft hatte, als ich Louna im *Cityscape* im Hilton begegnet war. Eigentlich hatte ich geglaubt, das Schicksal wäre auf meiner Seite und würde mir in die Karten spielen. Doch letztlich war ich mittlerweile weiter von meinem Ziel entfernt als noch am heutigen Vormittag.

Es war still im Wagen. Das Radio war aus. Mir war nicht danach, Musik zu hören. Und Louna? Die sah lieber zum Fenster hinaus, als mit mir ein Gespräch zu beginnen. Ich hätte auch etwas tun können, um die beklemmende Stimmung zwischen uns zu beenden.

Allerdings schweiften meine Gedanken immer wieder zu Mary. Was hatte sie sich nur dabei gedacht, so viel zu trinken? Was wäre passiert, wenn sie allein unterwegs gewesen wäre? Wer hätte ihr geholfen? Es gab da draußen auch eine Menge mieser Typen, die keine Skrupel gehabt und die Situation zu ihren Gunsten und ihrem Vergnügen ausgenutzt hätten.

Ich musste an meine Schwester denken. An die Tatsache, dass sie noch nie einen Freund hatte und wahrscheinlich auch in absehbarer Zukunft keinen finden würde. Partys und Alkohol kannte sie nur aus Erzählungen und Filmen. Sie würde nichts riskieren. Nein, sie konnte nichts riskieren. Das war der Unterschied zwischen Mary und ihr.

Die eine konnte mit ihrem gesunden Leben nicht umgehen, die andere würde alles dafür tun, um nur ein einziges Mal in einen Club gehen und dort ausgelassen feiern zu dürfen.

»Das war sehr nett von dir«, durchbrach Lounas Stimme die Stille zwischen uns.

»Hm?«, fragte ich irritiert.

»Na, dass du mir geholfen hast, mich um Mary zu kümmern«, erklärte sie, während sie sich eine der goldenen Locken hinters Ohr schob und verstohlen in meine Richtung linste.

»Das war doch nichts weiter«, sagte ich, bis mir eine Idee kam. Vielleicht war das ja die Chance, auf die ich gewartet hatte. »Du könntest dich dafür revanchieren.«

»Ich?«, fragte Louna und sah mich verwundert von der Seite an. »Wieso denn ich? Schließlich hast du ja Mary geholfen. Und nicht mir.«

»Da hast du recht. Aber Mary ist ja deine Freundin. Und für meine Serie brauche ich dich. Nicht sie.«

Louna atmete hörbar aus. »Was ist das überhaupt für eine Soap, die du da drehst? Und warum möchtest du unbedingt, dass ich dort mitspiele? Ich habe absolut keine schauspielerischen Kenntnisse oder Erfahrungen. Ich habe weder eine entsprechende Ausbildung, noch war ich in der Highschool in einem Schauspielkurs. Also warum ausgerechnet ich?«

Ich schmunzelte über Lounas Widerwillen. Ich beobachtete sie von der Seite und hätte ihr am liebsten gesagt, wie ausdrucksvoll und überzeugend jedes ihrer Worte, jede Geste und jeder Gesichtsausdruck bei ihr war. Sie hatte so viel mehr, als viele Schauspieler erst nach jahrelanger Ausbildung und harter Arbeit erreichten.

Gerade die Tatsache, dass sie sich ihrer Fähigkeiten nicht bewusst war, machte sie noch so viel authentischer. Sie war ein Rohdiamant, den es ein klein wenig zu schleifen galt, ehe er die ganz großen Bühnen dieser Welt für sich einnehmen würde.

Louna brachte mit ihrem strahlenden Aussehen und ihrem Talent alles mit, was man für eine steile Karriere beim Film brauchte.

»Wenn ich sage, dass ich als Regisseur ein Auge dafür habe, würdest du es mir glauben?«

Louna legte ihren Kopf schief. »Ich bin mir nicht sicher.«

Ich konnte sehen, wie es hinter ihrer Stirn zu rattern begann, als sich ihre Augenbrauen etwas enger zusammenschoben. Dann schüttelte sie den Kopf.

»Aber auch wenn ich es glauben würde, ändert das nichts an der Tatsache, dass ich keine Schauspielerin bin und überdies ein Café zu führen habe. Ich kann mich ja schlecht teilen, und schließen kann ich den Laden während der Dreharbeiten auch nicht. Das würde mir die wenigen Stammkunden, auf die ich dringend angewiesen bin, verprellen«, gab Louna offen zu bedenken.

Doch ich spürte, dass nicht mehr viel fehlte, um sie vom Gegenteil zu überzeugen. »Wir finden für alles eine Lösung. Vielleicht kommst du morgen erst mal ans Set und schaust dir alles an.« Als sie die Augen weit aufriss, ruderte ich zurück. »Du verpflichtest dich zu nichts. Aber die Bezahlung ist, wie gesagt, echt gut, und ich könnte mir vorstellen, dass dir die Arbeit Spaß macht.«

Louna schluckte. »Wie heißt die Soap denn, für die du als Regisseur tätig bist?«, fragte sie abermals.

Ich grinste. Der Fisch war an der Angel. Es fehlte nicht mehr viel, und ich konnte ihn einholen. So hatte ich mir das vorgestellt. Endlich bewegten wir uns in die richtige Richtung.

»Die Serie heißt *Love next door*«, ließ ich die Bombe unvermittelt platzen. Mit weit über zehn Millionen Zuschauern war *Love next door* eine der bekanntesten Reihen im amerikanischen Abendprogramm. Jeder kannte sie. So mit Sicherheit auch Louna.

Meine Worte hatten den erwarteten Erfolg: Louna sah mich aus weit aufgerissenen Augen ungläubig an. Ihr Mund war leicht geöffnet.

»Das ist nicht dein Ernst.«

Ich nickte. »Mein voller Ernst.«

»Und wen würde ich dann spielen?«

»Die Hauptrolle.«

Die Ampel vor mir schaltete gerade auf Rot, sodass ich Louna bei meinen Worten beobachten konnte. Wenn sie vorhin schon nicht hatte glauben können, was ich ihr sagte, dann war sie nun offensichtlich der Meinung, ich hätte den Verstand verloren.

»Man hat mir ja schon ein paarmal gesagt, dass ich der Schauspielerin von *Love next door* recht ähnlich sehe. Aber das heißt doch noch lange nicht, dass ich sie ersetzen könnte.« Dann verfinsterte sich ihre Miene. »Was ist denn mit der Schauspielerin passiert?«, fragte sie skeptisch. »Warum spielt sie die Rolle nicht mehr? Hast du sie um die Ecke gebracht?« Louna rutschte auf ihrem Sitz ganz nach außen, sodass der größtmögliche Abstand zwischen uns entstand.

»Was?«, fragte ich entsetzt. »Jetzt mach aber mal halblang. Ich bin beim Film und nicht bei der Mafia«, wehrte ich mich. Es kränkte mich, was Louna mir da unterstellte. Klar, sie kannte mich nicht. Aber nachdem ich mich gerade noch so rührend um ihre Freundin gekümmert und die Schnapsdrossel bis in ihr Bett im vierten Stock getragen hatte, hätte ich mir mehr erhofft. So etwas wie einen Vertrauensvorschuss vielleicht.

»Sorry.« Louna schenkte mir ein entschuldigendes Lächeln.

»Aber ich kenne dich nicht und weiß rein gar nichts von dir. Bisher hatte ich noch nicht oft die Gelegenheit, einem Wildfremden für ein Jobangebot zuzusagen, für das ich mich nicht mal beworben habe. Und so hartnäckig ist mir dabei auch noch keiner an den Fersen kleben geblieben.«

Ich musste lachen. »Nicht? Ich hätte erwartet, dass du jede Woche mindestens ein Angebot aus Hollywood bekommst. Was ist bloß los mit denen? Die sind auch nicht mehr das, was sie mal waren.«

Nun lachte auch Louna. Das Eis war gebrochen.

»Nein, mal im Ernst. Was ist mit der Hauptdarstellerin passiert? Wie hieß sie noch gleich? Mir liegt es auf der Zunge. Brittney …«

»Brittney Swank«, beendete ich ihren Satz. »Sie hat hingeschmissen.«

Louna zog ihre Lider weit nach oben, während ihr Mund ein fragendes O bildete.

»Das tut mir leid«, bekundete sie ihr Mitleid.

Ich winkte ab. »Das braucht es nicht. Brittney ist eine kleine Diva, die mindestens einmal die Woche vom Set verschwand, weil das Licht nicht gut genug für sie ausgerichtet war oder der Fokus in einer Folge zu wenig auf ihr lag.«

Louna überlegte kurz, während die Ampel wieder auf Grün schaltete und ich den Wagen anfuhr.

»Das stelle ich mir wirklich schwierig vor, mit solch einer Person zusammenarbeiten zu müssen. Wie sind die anderen? Und warum bist du dir dieses Mal sicher, dass sie nicht wieder zurückkommen wird?«

Ich seufzte, während ich das Lenkrad nach rechts drehte und

abbog. Nur noch zwei Blocks, dann wären wir bei Lounas Wohnung angelangt. Viel Zeit würde mir also nicht mehr bleiben, um Goldlöckchen um den Finger zu wickeln.

»Beim Film lernt man schnell, mit so einigen Allüren umzugehen. Mal gelingt es mir besser, dann wieder schlechter. Brittney ist heute Morgen abgerauscht, als ich bei dir im Café stand. Mein Assistent Jamie hat mich angerufen und mir ausgerichtet, was vorgefallen ist. Gleichzeitig hat er mir erklärt, dass das ganze Team total angepisst von ihr ist und von mir erwartet, dass ich sie vor die Tür setze.«

»Oh«, erwiderte Louna und brachte mit diesem Laut die Situation auf den Punkt.

Denn einerseits musste ich handeln. Ich konnte nicht länger zusehen, wie Brittney auf Kosten der anderen Schauspieler und meines Drehteams ihre Allüren auslebte. Und andererseits brachte mich ihr Weggang in die Bredouille. Schließlich hatte ich genauso meine Verpflichtungen gegenüber dem Fernsehsender und den Sponsoren einzuhalten. Was beides verdammt schwierig wurde, wenn sich der Star der Serie verabschiedet hatte und der Rest der Crew eine Meuterei anzetteln würde, sollte man nur den Versuch starten, sie zurückzuholen. Es war wirklich wie verhext.

Und dann winkte mir das Schicksal mit einer Lösung für all meine Probleme. Nur leider lieferte es mir die Anleitung nicht mit, wie ich sie davon überzeugen konnte, das zu tun, was ich wollte.

Ich bremste vor Lounas Wohnung, während ich meine Felle davonschwimmen sah. Was zur Hölle musste ich denn noch tun, um ihr die Sache schmackhaft zu machen? Vielleicht sollte ich einen Scheck ausstellen? Ein üppiger Vorschuss konnte Berge des Widerstands und der Skepsis spielend leicht versetzen. Das hatte ich in meiner Karriere schon mehr als einmal erlebt.

Oder war Louna mehr der Typ Frau, der erobert werden wollte? Sollte ich mich um sie bemühen? Ihr Blumen schicken? Sie schick zum Essen ausführen?

Während mein Blick fest auf ihr ruhte und meine Gedanken hohe Wellen schlugen, strich sich Louna verschämt eine ihrer langen goldenen Locken hinters Ohr. Das Mädchen könnte prima Werbung für Shampoo und sonstige Pflegeprodukte fürs Haar machen. Das wäre eine zusätzliche Einnahmequelle, die man unter keinen Umständen vernachlässigen durfte.

Auch wenn Brittney ähnlich schönes Haar hatte. Solch eine Leuchtkraft und dieser besondere Glanz waren mir bei ihr nie aufgefallen.

»Nun, Louna, ich kann es dir nicht verdenken, dass du dir erst noch Gedanken über alles machen willst. Mir würde es da sicher nicht anders gehen.« Ich versuchte es auf die verständnisvolle Tour und hoffte, damit bei Louna zu landen. Ihr angedeutetes Lächeln spornte mich an, meinen Kurs weiterzuverfolgen. So schwer konnte das doch wirklich nicht sein. »Mein Angebot steht: Du kannst uns morgen gerne mal am Set besuchen kommen. Für die kommende Woche drehen wir zuerst andere Szenen, in denen die Hauptdarstellerin nicht vorkommt. Das verschafft uns Zeit.«

Das war auch so ein Punkt, der mir große Bauchschmerzen bereitete. Egal, was ich mir auch einfallen lassen würde, die Leute wollten den Star der Sendung sehen. Wenn sie nun für mehrere Folgen von der Bildfläche verschwand, würde das zwangsläufig dazu führen, dass die Einschaltquoten zurückgingen. Und das wiederum würde schlafende Hunde wecken, die ich lieber nicht aus ihrem Schlummer reißen wollte.

»Sie könnte ihre Granny in Atlanta besuchen«, meinte Louna.

Ich überlegte kurz. »Eine Granny in Atlanta? Von der weiß ich ja noch gar nichts.«

Louna lachte. »Eben. Vicky könnte einen Brief im Nachlass ihrer Mutter finden. Sie ist doch gerade erst gestorben, wenn ich mich recht erinnere. Dort könnte dann stehen, dass ihre Wurzeln doch nicht in der kalifornischen High Society zu finden sind, sondern in den Slums von Atlanta.«

Ich nickte. »Die Idee ist gut.« Dann kam mir ein Gedanke. »Ich lasse meine Schauspieler auch immer wieder am Plot mitwirken.«

Voller Genugtuung sah ich das Leuchten in Lounas Augen. Bingo! Das war es, was sie wollte: Sie wollte Anteil an dem Projekt haben. Ein Teil davon sein.

Louna schenkte mir ein einnehmendes Lächeln. »Vielen Dank fürs Nachhausefahren und gute Nacht.« Im nächsten Moment öffnete sie schon ihre Wagentür.

Das passierte alles so schnell, dass ich nicht gleich darauf reagieren konnte. Es dauerte einen Moment, und dann war es schon zu spät. Louna stand auf dem Gehsteig und war dabei, die Tür ins Schloss zu werfen.

So ein Mist! Damit hatte ich nun wirklich nicht gerechnet. Was sollte ich denn nun bloß tun? Panik wallte in mir auf, und ich verspürte den inneren Drang, meinen Kopf hart gegen das Lenkrad zu schlagen.

Da beugte sich Louna filmreif durch die Tür.

»Ich werde morgen am Set vorbeikommen. Ist das die Adresse, die auf deiner Visitenkarte steht?«, fragte sie mit ruhiger Stimme, während mein Herz neuerlich zu schlagen begann.

Ich nickte.

»Genau. Mein Büro ist direkt bei den Filmstudios. Sag an der

Pforte beim alten Eddy Bescheid, ich kündige dich ihm an und hole dich dann bei ihm ab.«

Mein Herz schlug mir mittlerweile bis zum Hals. Unfähig, überhaupt zu glauben, was gerade vorgefallen war, würde ich am liebsten die ganze Welt umarmen.

Da war wieder ein Licht am Ende des Tunnels. Ein Licht namens Louna.

Kapitel 9

Louna

»Schätzchen? Ich wollte vier von den Macarons mit Rosenfüllung. Nicht zwei. Ist denn heute alles in Ordnung mit Ihnen? Sie scheinen mit Ihren Gedanken ganz woanders zu sein.«

Mrs. Whitehalls Worte klangen in keiner Weise genervt, vielmehr schien sie ehrlich besorgt um mich zu sein.

»Nein, nein, es ist alles bestens. Ich musste nur über etwas nachdenken, das mich schon die Nacht über nicht hat schlafen lassen.« Ich versuchte mich an einem Lächeln, auch wenn mir eher zum Gähnen zumute war.

Schlaf hatte ich in der letzten Nacht tatsächlich nur sehr wenig abbekommen. Was ich auch versucht hatte, immer wieder waren meine Gedanken zu Steven und seinem Angebot gedriftet.

Im Traum sah ich mich dann mit einem weißen Kleid und weißer Pelzstola über einem Lüftungsschacht stehen, ähnlich wie Marilyn Monroe damals in den Fünfzigern. Sexy und leidenschaftlich hatte ich in die Kamera geschaut, um den Regieanweisungen Folge zu leisten.

War das wirklich ich? Konnte ich auf Kommando lachen und dann in der nächsten Szene gleich wieder weinen? Die Welt des Showbusiness war nicht das, wofür sie die meisten Menschen hielten. Der Glamour war ja ganz nett anzusehen, aber hinter jedem Film, hinter jeder Folge einer Soap steckte verdammt viel Arbeit.

Und dann das ganze Textlernen. Es war schon in der Schule

nicht unbedingt meine beste Disziplin gewesen, Gedichte auswendig zu lernen. Wie sollte ich mir da seitenweise Dialoge merken und diese im entscheidenden Moment mit den entsprechenden Emotionen illustrieren?

»Ach, Kind, machen Sie sich keine Sorgen. Am Ende wird immer alles gut.« Mrs. Whitehalls eben noch besorgte Miene klarte auf.

»Tatsächlich?«

Eine Frau wie Mrs. Whitehall konnte schließlich mit einer Menge Lebenserfahrung aufwarten. Ich schätzte sie auf Mitte siebzig. Vielleicht war sie auch schon achtzig. Ihre zierliche Gestalt und die vielen kleinen Fältchen in ihrem Gesicht konnten aber nicht darüber hinwegtäuschen, wie rüstig sie noch war.

»Aber sicher doch, mein Kind. Und wenn es nicht gut ist, dann ist es noch nicht das Ende.« Sie zwinkerte mir vielsagend zu, während ich zwei weitere Macarons mit Rosenfüllung in die Packung schichtete.

Ich reichte ihr die Schachtel mit den Macarons mit einem freundlichen Lächeln auf den Lippen, und Mrs. Whitehall hielt mir dafür eine Zwanzigdollarnote mit den Worten entgegen: »Behalten Sie den Rest, Liebes, Ihre Macarons sind gestern bei meinem Bridgenachmittag so gut bei meinen Freundinnen angekommen, dass sie viel zu unkonzentriert wurden und ich ein ums andere Mal gewinnen konnte.«

Jetzt war es amtlich: Wenn ich einmal so alt wie Mrs. Whitehall war, dann wollte ich unbedingt so werden wie sie. Ihr Charme, ihr Liebreiz und ihre liebevolle Art waren so herzlich, dass ich sie am liebsten als Granny adoptiert hätte.

Mit einem »Vielen lieben Dank, Mrs. Whitehall« nahm ich den Schein entgegen und öffnete meine Registrierkasse.

»Ich habe zu danken und freue mich schon auf den heutigen Nachmittag. Ich treffe mich im Park zum Bocciaspielen.« Sie streckte die Schachtel mit den Macarons in die Luft. »Dank Ihnen habe ich endlich eine reelle Chance, das Spiel zu gewinnen.«

Ich lachte wieder. »Ich drücke Ihnen auf jeden Fall beide Daumen.«

Mrs. Whitehall verstaute die Süßigkeiten in ihrer Handtasche, richtete ihren Hut und nahm den Regenschirm, den sie am Tresen angelehnt hatte, wieder auf. Ein wenig erinnerte mich die Frau an eine ältere Version von Mary Poppins. Fehlte nur die überdimensionierte Koffertasche mit dem Blumenmuster darauf.

Kaum dass Mrs. Whitehall zur Tür hinausgegangen war, klingelte mein Handy, noch bevor mein Gedankenkarussell mich ganz schwindelig machen konnte.

Im Display war Marys breites Lächeln zu sehen. Ich warf einen Blick zu meinen Gästen, die vor dem Café Platz genommen hatten, und zu einem frisch verliebten Pärchen, das knutschend im hinteren Bereich des Ladens saß. Sie alle schienen auch für einige Minuten wunderbar ohne meine Fürsorge auszukommen.

»Mary, wie gehts dir?« Ich bemühte mich um einen einfühlsamen Tonfall. Schließlich kannte ich die Leiden am Morgen danach zur Genüge. Wobei ich mich nicht daran erinnern konnte, je so betrunken wie meine Freundin gewesen zu sein.

»Ah, schrei doch nicht so«, jammerte Mary in den Hörer. Offenbar hatte sie die Kopfschmerztabletten, die ich ihr auf dem Nachttisch zurechtgelegt hatte, noch nicht gefunden.

Ich wies sie leise darauf hin.

»Oh, das ist nett von dir. Danke!« Ein glucksender Laut war zu hören, während Mary ein Glas Wasser mit der Aspirin hinunterspülte.

»Kann ich sonst noch etwas für dich tun?«

In meinem Rücken war der Karottenkuchen mittlerweile ausgekühlt, den ich noch mit einer weißen Glasur überziehen und mit Glitzerstaub bestäuben wollte. Kleine bunte Einhörner würden das Gesamtbild abrunden und hoffentlich dafür sorgen, dass der Kuchen zum Kassenschlager wurde. Schließlich waren Einhörner doch gerade total in.

Ich erwärmte die Glasur und fragte erneut bei Mary nach, die mir noch immer eine Antwort schuldig war. »Alles okay bei dir?«

»Ich denke schon«, erwiderte sie mit piepsiger Stimme. »Ich habe nur irgendwie keine Erinnerung mehr an den gestrigen Abend. Was ist denn passiert? Hab ich mich danebenbenommen? Und das Wichtigste zuerst: Wer hat mich ins Bett gebracht?«

Ich musste lachen, auch wenn Mary gerade sicher nicht zum Lachen war.

»Steven hat dich hochgetragen«, offenbarte ich meiner Freundin schonungslos ehrlich.

»Nicht dein Ernst!«, erwiderte sie schockiert. »Die ganzen vier Stockwerke?«

»Jap«, antworte ich ihr kurz und bündig.

»Puh, das ist … Damit hätte ich jetzt gar nicht gerechnet. Hat er denn … Na ja, hat er denn Andeutungen gemacht, wie er mich findet?«

Ich überlegte kurz, ob ich Mary mit der harten Realität konfrontieren sollte. »Steven war wirklich sehr nett. Er hat sich große Sorgen um dich gemacht.«

Das war ein Mittelweg, den ich ohne schlechtes Gewissen einschlagen konnte. Zwar hatte Steven mir überdeutlich zu verstehen gegeben, dass er nichts von Mary wollte, aber was nicht war, konnte ja noch werden.

»Gott, er fand mich also scheiße.« Marys Stimme kippte.

»Nein!«, rief ich. »Das nicht. Er war nur … Na ja, nachdem du dich auf dem Parkplatz vorm Walmart erbrochen hast, fand er dich vielleicht nicht mehr ganz so sexy wie zuvor.«

»Ich habe was?« Marys Stimme klang schrill. Ihr Kreischen hallte einige Sekunden später noch in meinen Ohren nach, sodass ich mein Smartphone in der Folge etwas vom Ohr weghielt, aus Angst, es könnte erneut passieren.

»Du hast eindeutig zu viel getrunken. Tja, und irgendwann auf der Fahrt nach Hause, meintest du dann, du müsstest dich übergeben. Ich bin mir ziemlich sicher, dass Steven in dem Moment schon wieder bereute, dass er angeboten hatte, uns nach Hause zu fahren.«

Wieder verstummte Mary für den Moment, und ich begann damit, den Kuchen mit der weißen Kuvertüre zu überziehen.

»Das heißt also, Steven hat von sich aus angeboten, uns zu fahren. Das ist doch ein gutes Zeichen, oder?«

Okay, nun war wohl der Moment gekommen, an dem ich ehrlich zu ihr sein musste und mein Wissen mit ihr teilen sollte. Ich konnte Mary nicht länger in dem Glauben lassen, Steven hätte etwa für sie übrig. Das wäre ihr gegenüber einfach nicht fair. Auch wenn ich dann dafür verantwortlich war, dass neben ihren Kopfschmerzen womöglich auch ihr Herz zu leiden hatte.

»Er erhofft sich etwas davon«, begann ich vorsichtig, während ich die Kuvertüre auf dem Kuchen verstrich. Nur bis zur Hälfte. Von da an gingen unterschiedlich lange Striemen bis zum Tortenboden, was ein wenig wie eine Regenfront aussah und dennoch ziemlich cool wirkte.

»Spann mich nicht länger auf die Folter!«, flehte Mary ganz aufgeregt.

Ich ahnte, dass sie von meinen folgenden Worten bitter enttäuscht sein würde. Aber es ging nicht anders.

»Steven ist Regisseur und dreht die Serie *Love next door*«, erklärte ich ganz ruhig. Ich warf dabei einen Blick über die Schulter, ob sich weitere Gäste bei mir eingefunden und ich es vielleicht nicht mitbekommen hatte. Aber es war alles beim Alten.

Das junge Pärchen knutschte, die Gäste vor dem Café genossen die Sonne und schäkerten miteinander. Irgendeine Reisegruppe aus New York. Vielleicht eine *family reunion*. Dank der vielen umherschwirrenden Fragen in meinem Kopf war ich heute etwas weniger aufmerksam, was meine Kunden anbelangte. Für gewöhnlich fragte ich die Touristen, wo sie herkamen und wie es ihnen in San Francisco gefiel, schenkte ihnen ein offenes Ohr für ihre Probleme oder Fragen. Aber heute sah ich mich dazu einfach nicht imstande.

»Nicht dein Ernst!«, schrie Mary so laut in den Hörer, dass ich es schon bereute, ihn wieder direkt auf mein Ohr gelegt zu haben. »Ich liebe die Soap. Mittwochabend nehme ich mir immer nichts vor, damit ich sie sehen kann. Ich liebe Samuel! Er ist ein Gott. Hast du die Folge gesehen, als er nackt unter der Dusche stand? Ich hab mich in dem Moment an meinem Sandwich verschluckt. Der Mann ist Sex pur.«

Ich lachte. »Die Folge muss mir entgangen sein«, erklärte ich unruhig.

Noch immer war ich mir nicht im Klaren darüber, ob ich wirklich das sagen sollte, was mir auf der Zunge lag.

Wenn ich Steven doch noch absagen und die fixe Idee von mir am Set ad acta legen würde, dann wäre die Offenbarung vor Mary gar nicht nötig. Ich könnte die ganze Sache stillschweigend unter den Teppich kehren und vorgeben, dass ich meine Kunden bedienen müsse. Aber so einfach ließ sich meine Freundin nicht abwimmeln. Sie hatte Lunte gerochen und würde nicht eher Ruhe geben, bis ich ihr gesagt hatte, was es mit Steven und der Serie auf sich hatte. Da war ich mir ganz sicher.

»Aber was ist denn jetzt mit Steven und *Love next door*?«, hakte Mary auch schon nach.

Ich seufzte abermals. Aus der Nummer würde ich eh nicht mehr herauskommen, also konnte ich ihr auch erzählen, was bisher vorgefallen war.

»Brittney Swank, die Schauspielerin, die die Vicky spielt, wurde gekündigt.«

Mary blies hörbar die Luft aus. »Au Backe! Das ist sicher hart für Steven. Ich hab schon öfter in den ganzen Celebrity-Sendungen gehört, dass sie eine echte Zicke sein soll. Erst vor einigen Wochen hat sie einer Kollegin Juckpulver ins Shirt gekippt, weil die es gewagt hatte, ihr bei einer Szene reinzureden. Und ihren Ex-Freund hat sie fast kastriert, als er sie wegen eines Spiels versetzt hat. Der Typ spielt in der NBA, wenn mich nicht alles täuscht.«

Marys Kopfschmerzen schienen wie weggeblasen. Sie war so redselig wie eh und je und machte auf mich einen zunehmend besseren Eindruck.

»Ja, sie muss wohl mit einigen Leuten am Set Probleme gehabt haben. Sodass Steven sich dazu gezwungen sah, den Vertrag mit ihr aufzukündigen. Unter den vorherrschenden Bedingungen wollte einfach keiner mehr mit ihr arbeiten.«

»Das kann ich gut verstehen. Wie gesagt, es muss nicht gerade einfach mit ihr sein. Aber was hat das Ganze jetzt mit uns zu tun?

Ich begreife das nicht.«

Ich holte einmal tief Luft und ließ diese dann stoßweise wieder aus meinen Lungen entweichen. Jetzt war der Augenblick gekommen, in dem ich mich erklären musste.

»Steven hätte mich gerne für die Rolle der Vicky«, ließ ich die Bombe unvermittelt platzen. Die Nachricht verfehlte ihre Wirkung nicht. Mary fing unvermittelt zu kreischen an. Wieder hatte ich es nicht geschafft, das Handy schnell genug von meinem Ohr zu entfernen.

»Das sind ja wundervolle Neuigkeiten. Du weißt, ich hab dir schon öfter gesagt, dass du Ähnlichkeit mit ihr hast. Aber ich wusste gar nicht, dass du als Schauspielerin gearbeitet hast? Wie kam er denn gerade auf dich? Gab es ein offenes Casting, bei dem du dich beworben hast? Ohne mir Bescheid zu sagen? Denn falls ja, bin ich wirklich enttäuscht darüber, dass du mich nicht mitgenommen hast.«

Der gespielt eingeschnappte Tonfall, den Mary angeschlagen hatte, war urkomisch. So sehr, dass ich sogar lachen musste, obwohl ich eigentlich noch immer furchtbar angespannt war.

»Steven ist gestern in mein Café hereingeschneit, das weißt du ja, und hat mich da das erste Mal gesehen. Er ist überzeugt, dass ich die Rolle der Vicky ganz wundervoll spielen werde, auch wenn ich null Komma null Erfahrung mit der Materie habe. Ich hab mich nicht einmal für die Theaterkurse an der Highschool interessiert. Außerdem kann ich mir überhaupt nicht vorstellen, wie ich es schaffen soll, mir den ganzen Text zu merken.«

»Hey, beruhig dich wieder!«, unterbrach mich meine Freundin. »Das ist eine Chance, die du unbedingt ergreifen solltest, egal, wie viel Erfahrung du mitbringst oder eben auch nicht. Das ist eines der Dinge, die man später mal seinen Urenkeln auf dem Schaukelstuhl auf der Veranda erzählt, eine heiße Schokolade dazu trinkt und Muffins isst.«

Wieder musste ich lachen. »Du bist wirklich unverbesserlich. Bist du denn gar nicht traurig, dass Stevens Interesse nur mir galt?«

Nun war es an Mary zu lachen. »Er will dich für seine Soap, weil er sonst ein phänomenal großes Problem haben wird. Er will nicht dich, Schätzchen! Wieso sollte er auch, wenn er mich haben kann.«

Nun lachten wir beide.

»Ich hab nur keine Ahnung, wie ich das mit dem Café anstellen soll. Du weißt ja, dass ich den Laden allein schmeiße. Schließen kann ich ihn nicht einfach so. Dummerweise habe ich Steven gestern Nacht noch versprochen, heute bei ihm vorbeizukommen.« Ich biss mir aufgeregt auf die Unterlippe, als mir eine Idee kam. »Könntest du nicht …«

»Deinen Laden übernehmen? Nur über meine Leiche. Ich kenne mich mit dem ganzen Zeug ja überhaupt nicht aus, und deine Kaffeemaschine hat mich einmal verbrüht, als ich mir einen Kaffee machen wollte. Sie hasst mich!«

»Ach, komm schon, Mary«, bettelte ich. »Es wäre nur für heute.« In Wahrheit würde ich mir auch für die anderen Tage jemanden suchen müssen, falls das heute etwas werden und ich mich von Steven tatsächlich für *Love next door* verpflichten lassen sollte. Aber das brauchte ich Mary gegenüber jetzt ja nicht anzuführen. Vielleicht war das mit dieser glamourösen Hollywoodwelt ja überhaupt nichts für mich.

»Na gut«, lenkte Mary ein. »Aber nur, wenn ich mir dafür so

viel Kuchen nehmen darf, wie ich essen kann, und du der Kaffeemaschine gut zuredest.«

»Einverstanden! Du bist meine allerbeste Freundin. Weißt du das eigentlich?«

»Ich hab dich auch lieb, Süße. Bis gleich.«

Kapitel 10

Steven

Als Eddy mich anrief, um mir zu sagen, dass vorne an der Pforte eine junge Dame auf mich warten würde, sank mir das Herz in die Hose. Als er mir ihren Namen nannte, hätte ich in Freudentränen ausbrechen können.

Denn bis zu diesem Zeitpunkt war der Tag keinesfalls so verlaufen, wie ich es mir erhofft hatte. Julia musste weiterhin im Krankenhaus bleiben, obwohl wir davon ausgegangen waren, sie könnte am Wochenende zu mir kommen. Die routinemäßigen Untersuchungen hatten nun doch eine Lungenentzündung diagnostiziert. Um weitere Ansteckungsherde zu vermeiden, hatte mich ihr behandelnder Arzt zudem darum gebeten, sie vorerst nicht zu besuchen.

Larry vom Produktionsteam suchte ebenfalls händeringend nach einer Lösung. Ich hatte ihm bereits die Hölle heißgemacht, aber es wollte sich einfach kein passender Ersatz für Brittney finden lassen. Unterdessen schrieb das Autorenteam fieberhaft an Alternativszenen, um den Ausfall der Hauptdarstellerin aufzufangen.

Ich sah Köpfe rollen. Einer der ersten wäre mit Sicherheit mein eigener. Und dann? Wie sollte ich die vielen Arztrechnungen und Klinikaufenthalte meiner Schwester bezahlen? Wie sollte ich dafür sorgen, dass es ihr gut ging? Wenn ich diese Produktion verlieren würde, dann würde mir niemand mehr eine Chance geben. Nicht mal bei einem zwielichtigen Pornostreifen.

Die Branche kannte kein Erbarmen. Entweder man lieferte ab,

oder man wurde hemmungslos aussortiert. Wer seinen Verpflichtungen nicht nachkam und eine gut laufende Serie auf diese Weise torpedierte, hatte wenig Aussicht auf eine zweite Chance. Um nicht zu sagen: keine.

Seit der Fahrt mit Mary und Louna in meinem Porsche waren gefühlt Lichtjahre vergangen. Meine Situation hatte sich enorm zugespitzt, bis all meine Hoffnungen letztendlich auf Louna ruhten. Seit zwei Stunden saß ich in meinem Büro und beobachtete die unnachgiebig voranschreitenden Zeiger. Doch Louna kam nicht. Als ich schon überlegte, sie ein weiteres Mal in ihrem Café aufzusuchen, rief Eddy an und überbrachte mir die erlösende Botschaft.

Mit neu gefasstem Mut eilte ich zu Eddys Verschlag gleich neben dem großen Tor. Die zuständigen Stellen sollten sich schämen, den alten Mann dort hausen zu lassen. Im Winter hatte der Ärmste nicht mal eine laufende Heizung und behalf sich mit einem Heizlüfter. Das war so erbärmlich. Vor allem, wenn man bedachte, dass auf dem Gelände gut und gerne mehrere Millionen Dollar pro Woche eingespielt wurden.

»Hallo, Mr. Leroy, ich hätte Ihnen die Dame auch bringen können.« Eddy lächelte mich freundlich an. Er war weit über siebzig und sollte zu Hause bei seiner Frau sein und seine Rente genießen. Aber das ging nicht. Er brauchte das Geld, das er hier an der Pforte verdiente.

»Alles bestens, Eddy. Ich wollte mir eh gerade ein wenig die Füße vertreten.«

Erst jetzt richtete ich meinen Blick auf Louna, und es verschlug mir nicht nur sprichwörtlich die Sprache. Wie ein überbezahltes Supermodel schob sie ihre Sonnenbrille von ihrer Nase nach oben ins Haar, schwenkte leicht ihren Lockenkopf und lächelte dabei mit ihren strahlend weißen Zähnen mit der einfallenden Mittagssonne um die Wette.

Ich streckte ihr meine Hand entgegen und begrüßte sie mit einem »Wie schön, dass du es einrichten konntest.«.

Sie erwiderte meine Begrüßung und legte ihre eiskalten Finger in meine Hand, die ich sogleich umschloss. »Vielen Dank für die nette Einladung. Ich weiß allerdings nicht, wie lange ich bleiben kann. Mary ist für mich im Café eingesprungen.«

Ich lachte. »Ging es ihr denn besser?«

Louna lächelte und verdrehte dabei gespielt die Augen. »Sie war noch ziemlich blass ums Näschen. Außerdem spricht sie neuerdings mit meiner Kaffeemaschine, was mir tatsächlich noch ein wenig mehr Sorgen bereitet.«

»Das kann ich gut verstehen. Die arme Kaffeemaschine!«

Louna boxte mich leicht in die Seite. »Hey, wenn Mary nicht wäre, hätte ich gar nicht kommen können.«

Ich hob abwehrend die Hände. »Deine Freundin ist meine Heldin. Besser?«

Louna lächelte. »Schon viel besser.«

»Dann lass uns mal das Gelände erkunden. Später würde ich dir dann gerne einige der Schauspieler vorstellen, mit denen du zusammenarbeiten würdest. Anschließend deine Visagistin und …«

»Steven«, unterbrach mich Louna mit ängstlichem Ausdruck in den Augen. »Ich bin mir noch nicht sicher, ob ich das wirklich machen will. Ich meine, ich habe keinerlei Erfahrung und weiß noch immer nicht, was ich in der Zeit mit meinem Laden machen soll.«

Ich schob Louna aus Eddys kleinem Reich nach draußen, verabschiedete mich von ihm per Handzeichen und nahm mich dann ganz ruhig ihren Problemen an. In meinem Übermut hatte ich ihr viel zu sehr zugesetzt. Aber die Zeit drängte.

Dennoch bemühte ich mich um einen ruhigen Ton und schaltete zwei Gänge runter. Mit Forschheit und Druck würde ich bei Louna gar nichts erreichen.

»Okay, dann zeig ich dir erst mal die einzelnen Hallen und das Set von *Love next door*. Was hältst du davon?«

Auch wenn Louna im Moment meine einzige Hoffnung war, durfte ich ihr dennoch nicht das Gefühl geben, dass alles von ihr abhinge. Das wäre ihr gegenüber nicht fair und würde mich mit Sicherheit nicht an mein Ziel bringen.

»Das klingt gut.« Louna warf mir ein dankbares Lächeln zu, während ein Lufthauch unter ihr Sommerkleid fuhr und den Saum übermütig tänzeln ließ. Das mit der Visagistin konnten wir uns ohnehin sparen. Ihre natürliche Schönheit musste nur ein wenig unterstrichen werden.

»Dort drüben ist Vickys Schlafzimmer aufgebaut.« Ich deutete in die entsprechende Richtung.

»Die Liebe zum Detail ist wirklich beachtlich.« Louna näherte sich dem Bereich und sah mich fragend an, ob sie denn auch einen Schritt hineinwagen konnte.

Ich nickte ihr auffordernd zu, und sie schenkte mir ein glückliches Lächeln.

»Die Requisiten sind eine Wucht. Vicky ist Foodbloggerin, wenn ich mich recht entsinne. Ich würde für die Bücher auf ihrem Schreibtisch töten.« Louna blätterte in einem der Backbücher, nachdem sie sich auch hierfür von mir die Erlaubnis eingeholt hatte.

Ein glucksender Jubelschrei entfuhr ihrer Kehle. »Das ist sogar eine Erstausgabe von Terry Bloomfield. Die Frau ist eine Göttin.

Sie hat die moderne Küche maßgebend revolutioniert. Ohne sie wäre ich nie auf den Gedanken gekommen, zu kochen oder zu backen. Sie ist mein großes Idol.«

Louna wegen eines Buches so euphorisch zu erleben, bestätigte mir meine Einschätzung. Sie war ein bodenständiges Mädchen, das sich über die kleinen Dinge des Lebens freute. Geld, ein schickes Haus oder ein kostspieliges Auto, das waren nicht die Kategorien, in denen sie dachte.

Ich würde Louna nicht mit dem Ruhm und Glamour Hollywoods locken können. Es bedurfte vielmehr einer Erstausgabe von Terry Bloomfields *Cook and bake what you love*, um sie um den Finger zu wickeln.

»Wenn ich mich recht entsinne, ist das Buch sogar signiert.«

Lounas Augen weiteten sich. Sie warf mir einen ungläubigen Blick zu, ehe sie zu blättern begann.

»Tatsächlich! Hier ist eine Widmung. Das ist ja der absolute Wahnsinn.«

Aufgeregt wie ein Kind am Weihnachtsmorgen presste sie das Buch fest an die Brust, als wäre es Terry Bloomfield höchstpersönlich und nicht nur ihre auf Papier gedruckten Worte.

»Weißt du was? Ich schenke es dir.«

Ich beobachtete Louna genau, wie sie ihren Blick von dem Buch zu mir schwenkte und ihre Ungläubigkeit ins Unermessliche wuchs. Ihr Mund öffnete sich leicht, ehe er sich wieder schloss. Unfähig, etwas zu erwidern, stand sie vor mir.

Als sie sich wieder etwas gefasst hatte, räusperte sie sich verlegen.

»Das kann ich auf gar keinen Fall annehmen«, wehrte sie ab.

»Wieso nicht? Es muss keine signierte Erstausgabe auf Vickys

Schreibtisch stehen. Eine der späteren Fassungen reicht da vollkommen aus.«

Louna überlegte kurz. »Wenn das ginge, wäre ich das glücklichste Mädchen auf der ganzen Welt.«

Ich musste bei ihren Worten lachen. Sie klang tatsächlich wie ein Kind, das sich am Weihnachtsmorgen über seine Geschenke im Strumpf freute. Nur mit dem einen Unterschied, dass sie kein kleines Kind mehr war, sondern eine erwachsene Frau, deren Reize mich schier um den Verstand brachten.

Bisher hatte ich es mir nicht eingestehen wollen, aber Louna entsprach genau dem Typ Frau, den ich so mochte. Was ihr Äußeres anbelangte, war sie der absolute Jackpot. Doch ich musste mich von ihr fernhalten. Und das gleich in zweierlei Hinsicht.

Lounas Wesen war rein. Sie war eine bescheidene Frau, der Diamanten und teure Designerkleider nichts bedeuteten. Louna war für das Filmbusiness viel zu schade. Ihre ehrliche Art, ihr Liebreiz würden viel zu schnell von ihrer Umgebung am Set geschluckt werden, die maßgeblich von Neid und Missgunst geprägt war.

Ferner durfte ich ihr nicht zu nahe kommen, da unsere Beziehung nur auf rein beruflicher Ebene funktionieren würde. Louna begann mir zu vertrauen. Dieses Vertrauen durfte ich nicht riskieren. Nicht einmal, wenn dabei der beste Sex meines Lebens lockte.

»Nun, du glücklichstes Mädchen der Welt, was darf ich dir noch zeigen? Worauf hast du Lust?«

Louna verstaute das Buch wie einen kostbaren Schatz in ihrer Tasche und schloss anschließend den Reißverschluss.

»Ich denke, für einen ersten Eindruck reicht deine Führung vollkommen aus. Ich möchte dir nicht noch mehr Zeit stehlen, als ich es ohnehin bereits getan habe.«

Ich sah die Dankbarkeit in Lounas Augen. Sie bezog sich nicht nur auf das Buch in ihrer Tasche. Sie meinte auch den Rundgang. Doch ich konnte noch immer den Zweifel in ihrem Blick erkennen. Ich hatte sie nicht überzeugen können.

Als ihr Magen knurrte, kam mir eine Idee.

»Lass uns doch in der Kantine eine Kleinigkeit essen«, schlug ich vor, während Louna besorgt auf ihr Handy blickte.

»Ich weiß nicht«, gab sie zu bedenken. »Mary ist das erste Mal allein im Café. Ich sollte sie nicht länger einspannen als unbedingt nötig. Schließlich will ich ihre Gutmütigkeit nicht ausnutzen.«

Da musste ich herzhaft lachen. So sehr, dass Louna mich schräg ansah.

»Du hast deiner Freundin gestern die Haare aus dem Gesicht gehalten, während sie sich erbrochen hat, dafür gesorgt, dass sie sicher in ihrem Bett landet, und ihr sogar eine Kopfschmerztablette auf dem Nachttisch bereitgelegt. Ich finde, du bist eine überaus tolle Freundin. Vielleicht sogar die beste.«

Lounas irritierte Miene klarte auf. »Mary hätte dasselbe für mich getan. Da bin ich mir ganz sicher. In einer Freundschaft gibt es eben nicht nur gute Zeiten. Manchmal muss man auch seine betrunkene Freundin ins Bett bringen. So ist das Leben.«

Ich lachte abermals über Lounas herrlich unkomplizierte Art. Ich kannte nicht wenige Frauen, die ihre Freundinnen in einer ähnlichen Situation sich selbst überlassen hätten, sprach es jedoch nicht an.

»Ich hoffe, du hast Hunger. Wenn wir Glück haben, gibt es sogar noch Pancakes. Oder möchtest du lieber etwas Herzhaftes essen?«, fragte ich meinen Gast auf dem Weg zwischen dem Set zu Vickys Schlafzimmer und der Kantine.

Louna strich sich eine ihrer widerspenstigen Haarsträhnen hinters Ohr. »Pancakes wären toll. Am liebsten mit Ahornsirup.«

Ich grinste ihr schelmisch zu. »Sollte machbar sein. Schließlich mag ich sie so auch am liebsten.«

Louna erwiderte mein Grinsen. »Ach, und wenn du das gerne isst, müssen es auch alle anderen so essen? Gibst du hier den Ton an?«

Die kleine Kabbelei gefiel mir. Die Funken, die aus Lounas Augen in meine Richtung stoben, waren wie ein kleines Feuerwerk am helllichten Tag. Wenn es möglich gewesen wäre, hätte ich gerne einige davon eingefangen.

»In der Kantine leider nicht. Dafür sind wir eindeutig zu viele. Aber am Set bin ich tatsächlich derjenige, der das Sagen hat. Ich hoffe, du kommst damit klar.«

Louna hob spöttisch das Kinn in die Höhe. »Das werden wir ja sehen«, erwiderte sie im Brustton der Überzeugung.

Ich wollte die kleine Neckerei zunächst fortsetzen, doch dann kam mir ein anderer Gedanke.

»Heißt das, dass du es dir überlegt hast und unser Team bereichern möchtest?«

Lounas Miene wirkte unentschlossen. »Ich versuche es. Nur die Sache mit dem Laden muss erst mal geklärt werden. Vorher kann ich wirklich nicht.«

»Lass das mal meine Sorge sein. Ich schicke dir morgen früh jemanden ins Café, den du einweisen kannst und der deinen Platz für den Tag einnehmen wird. Falls etwas sein sollte, kann er dich zudem am Set anrufen. Dann machen wir eben eine kleine Pause.«

Was ich Louna soeben anbot, war eine absolute Ausnahme. Niemand, wirklich niemand, durfte an meinem Set sein Handy bei sich tragen. Derjenige, der es wagte, mich mit den aktuellen Liedern aus den Charts aus meiner Konzentration zu reißen, hatte nichts zu lachen.

Auch wenn ich kein Choleriker war, erwartete ich von meinen Schauspielern ein Mindestmaß an Professionalität. Dazu gehörte eben auch, das Smartphone samt dem Privatleben an der Garderobe abzulegen. Das waren meine Regeln am Set.

Aber außergewöhnliche Zeiten erforderten außergewöhnliche Maßnahmen. Und Louna war es wert, eine Sonderregel aufzustellen.

»Das wäre natürlich … wunderbar. Wobei ich nicht dafür garantieren kann, dass die geheimnisvolle Person, die du mir morgen schicken wirst, Molly standhalten wird.«

Ich riss die Augen in die Höhe. »Wer zur Hölle ist denn diese Molly?«

Louna begann schallend zu lachen. »Ein dampfendes und stöhnendes Ungetüm, das seinen Unmut täglich mehrmals kundtut.«

Ich verstand nur Bahnhof. »Nun, ich denke, auch dafür wird sich eine Lösung finden. Gibt es denn einen Trick, wie man sie besänftigen kann?«

Ich würde mir von dieser Molly nicht die Chance nehmen lassen, meinen Arsch zu retten. Koste es, was es wolle. Louna musste morgen früh unbedingt am Set erscheinen. Eine andere Lösung für das Problem hielt ich nicht bereit.

Nun war Louna nicht mehr zu halten. Sie lachte so laut, dass uns meine hungrigen Kollegen, die in die Kantine strömten, neugierig anstarrten und für den Moment innehielten. Und das, obwohl es heute überbackene Tortillas gab.

Ihre Irritation war ihnen deutlich anzumerken. Ihnen war Lounas Ähnlichkeit zu Brittney sicher auch nicht entgangen.

Vielleicht waren sie sogar der Meinung, sie stünde vor ihnen und würde das allererste Mal nicht nur schimpfen und jammern. Oder sie wunderten sich über die offenkundige Gelassenheit, die wir nach außen hin verströmten. Vor allem angesichts der Krisenlage, da die Hauptdarstellerin aus der Serie ausgestiegen war. Denn auch wenn die Welt des Films bunt und glitzernd war, die Arbeit war hart und entbehrungsreich. Louna würde frischen Wind ans Set bringen. Dauerhaft.

Als sich Louna wieder gefangen hatte, sah sie mir fest in die Augen. Tränen waren ihr über die Wangen gekullert. Lachtränen.

»Ja, den gibt es.« Dann prustete sie wieder los und lachte so laut, dass ich ebenfalls meine Mundwinkel nach oben zog. »Einfach den Stecker ziehen«, presste sie zwischen zwei Lachsalven hervor.

Auf meiner Stirn bildete sich eine tiefe Furche, während ich Lounas Blick suchte. »Ich verstehe nicht so recht.«

Louna grinste mich übermütig an. »Molly ist meine Kaffeemaschine«, erklärte sie.

Als der Groschen gefallen war, lachte auch ich so laut und befreit wie schon lange nicht mehr.

Kapitel 11

Louna

»Hey!«

Eigentlich war der Laden noch nicht geöffnet und ich damit beschäftigt, die Vitrinen und Auslage mit Kuchen, Torten, Macarons, Muffins und Cupcakes zu bestücken. Dennoch setzte ich schnell mein freundlichstes Lächeln auf, auch wenn ich heute noch gar nicht in den Genuss von Mollys Künsten gekommen war und mich schrecklich müde fühlte.

»Hey, was darf es denn sein?«

Auch diese Nacht hatte ich wieder wach gelegen und über Stevens Angebot nachgedacht. Die Führung am Set und die Erstausgabe von Terry Bloomfields *Cook and bake what you love* hatten mich geködert und mir vorgegaukelt, ich könnte es schaffen. Doch mit jeder Stunde, die seither vergangen war, war meine Nervosität immer weiter angestiegen.

»Einen Kaffee und eine kleine Einweisung, bitte.«

»Kommt sofort«, sagte ich und drehte mich in Gedanken versunken auch schon zu Molly herum, ehe die Worte des Mannes in mein Unterbewusstsein sickerten.

»Eine kleine Einweisung?«, fragte ich verwundert, während Molly in meinem Rücken ächzend und stöhnend den ersten Kaffee des Tages herausspuckte.

Der Mann Mitte zwanzig sah mich mit einem schiefen Lächeln an. Er trug eine neongelbe Hose und ein regenbogenfarbenes Shirt, das für meinen Geschmack etwas zu eng anlag.

»Als Regieassistent muss man heutzutage verdammt flexibel

sein.« Er legte seine Tasche auf meinen Tresen und setzte sich auf einen der Barhocker. »Dabei mache ich den Job nicht mal besonders gerne. Viel Stress. Schlechte Bezahlung«, sagte er. »Aber seit mein Dad rausgekriegt hat, dass ich auf Männer stehe, wollte ich ihn nicht auch noch mit meinem eigentlichen Berufswunsch emotional vernichten. Der Arme hat mein Outing ganz schlecht verkraftet.«

»Der da wäre?«, hakte ich neugierig nach.

»Dragqueen, Schätzchen!« Dabei legte er die Hände auf seine Wangen und stützte die Arme auf der Theke auf, während er mit seinen Wimpern klimperte.

»Oh«, erwiderte ich überrascht, während ich in Gedanken eine schillernd glitzernde Dragqueen durch meinen Laden schweben sah. Ich hatte keine Vorurteile. Zumindest nicht bewusst. Von mir aus konnte jeder so leben, wie er es wollte. Aber was würden meine Kunden davon halten, wenn hier plötzlich ein verkleideter Mann mit Strapsen, Mini und zehn Kilo Schminke im Gesicht an der Theke stünde?

»Quatsch, das war ein Scherz«, erriet er meine Gedanken. Offenbar stand mir das blanke Entsetzen ins Gesicht geschrieben.

»Nein, nein, das dachte ich gar nicht. Ich …«, ruderte ich händeringend zurück. Schließlich gab es keinen zweiten Versuch für den ersten Eindruck.

»Ich kenne mich ziemlich gut mit der Materie aus. Erst vor ein paar Wochen stand ich für einige Stunden in einem Foodtruck und habe Hotdogs verkauft«, überging Stevens Regieassistent meine Irritation spielend leicht.

Ich schlug mir die Hand vor den Mund. »Allen Ernstes? Steven muss knallhart sein. Du Armer!«

Doch er winkte ab. »Steven ist voll okay.« Er zuckte mit den

Schultern. »Jeder muss seinen Beitrag leisten, damit eine Produktion ein Erfolg wird. Und wie gesagt: Eigentlich mach ich den Job bei *Love next door* meinem Dad zuliebe. Er kennt da so ein paar Filmheinis und hat sich in den Kopf gesetzt, sein Sohn würde prima in die Fußstapfen von Steven Spielberg passen.«

»Oje.«

»Das trifft es ziemlich gut.« Er lachte und sah sich daraufhin in meinem kleinen Laden um. »Aber dank Stevens recht unkonventioneller Art, kann es eben mitunter auch passieren, dass man plötzlich in einem wirklich bezaubernden Café steht und in die Rolle des Ladenbesitzers schlüpft. Was übrigens mein zweitliebster Berufswunsch wäre.« Er zwinkerte mir aufmunternd zu und gab mir das Gefühl, dass es für ihn wirklich keine Qual war, mit mir die Rolle zu tauschen. Ganz im Gegenteil.

»Dann freue ich mich sehr, dass du mich hier im Laden vertreten willst …«

Ich reichte ihm die Hand über den Tresen.

»Jamie«, erwiderte er, während er seine Hand in die meine legte.

»Sehr schön, Jamie. Ich bin Louna, wie dir Steven sicher bereits gesagt hat.« Euphorisch hob ich die Hände in die Höhe. »Willkommen in meinem kleinen Reich, dem *Cakeheaven*. Fühl dich ganz wie zu Hause.« Dann streckte ich mahnend den Zeigefinger hoch. »Aber wehe, es kommen Klagen!«

Jamie lachte. »Keine Sorge, ich verstehe mein Handwerk.« Als ich ihn irritiert ansah, setzte er noch hinzu: »Zumindest, nachdem du mir gezeigt hast, wie alles funktioniert.«

Ich lachte. »Du scheinst dir deiner Sache ziemlich sicher zu sein. Ich wäre froh, wenn ich nur ein Quäntchen von deinem Selbstvertrauen hätte.«

Jamie sah mich verwundert an. »Das verstehe ich jetzt nicht.«

Dabei kratzte er sich am Hinterkopf.

Ich reichte ihm den Kaffee.

»Nicht so wichtig. Wobei … hat Steven dir erzählt, dass ich rein gar keine Erfahrung vor der Kamera habe? Ich werde so versagen. Die kleine Passage, die er mir gestern zum Lernen mitgegeben hat, hört sich bei mir an, als würde ich eine Einkaufsliste herunterrattern. Das wird mir der Zuschauer da draußen vor dem Fernseher nie und nimmer abkaufen. Ich meine …«

Jamie ließ seinen Kaffee stehen und kam um die Theke herum zu mir, nahm mich mit solch einer Selbstverständlichkeit in die Arme, dass es mir überhaupt nicht merkwürdig vorkam. »Schätzchen, erst mal ruhig durchatmen. Hörst du? Alles wird gut. Ich bin mir ganz sicher, dass du deine Rolle ganz wundervoll spielen wirst. Zudem ist noch nie ein Profi vom Himmel gefallen. Es gehört zu allem Neuen, das man anpackt, viel Mut und harte Arbeit. Das wirst du aber alles spielend leicht schaffen«, redete er mir gut zu.

Als Jamie sich wieder von mir löste, sah ich ihn dankbar an.

»Die anderen am Set werden mich hassen, weil ich so langsam bin und alles erst gezeigt bekommen muss. Es muss hart für sie sein, dass ein absoluter Newbie plötzlich die Hauptrolle spielt. Zudem noch jemand, der keinen blassen Schimmer von der Materie hat.«

Jamie schüttelte den Kopf. »Na, na, jetzt mach dich mal nicht kleiner, als du bist. Ich kenne Steven jetzt schon seit mehr als fünf Jahren. Deine bloße Ähnlichkeit mit Brittney wird ihn sicher nicht allein dazu veranlasst haben, dich anzusprechen und dir das Angebot zu unterbreiten. Er sieht etwas in den Menschen. Er weiß, ob jemand für den Beruf taugt oder nicht. Ich war schon bei einigen Castings mit dabei, bei denen er für mich zunächst unverständliche Entscheidungen getroffen hat. Ohne mit der Wimper zu zucken, hat er beispielsweise schon einen der besten Absolventen des Jahrgangs an der *Juilliard School* abgewiesen und einen Schauspieler mit weit weniger Renommee und ganz ohne Abschluss einer der namhaftesten Schauspielschulen ausgewählt. Und ich kann mich nicht daran erinnern, dass er jemals mit seiner Entscheidung danebengelegen hätte. Er weiß, was er tut. Du kannst ihm vertrauen.«

Ich seufzte. »Das tue ich ja in gewisser Hinsicht. Und dennoch … werde ich mich furchtbar blamieren und die Dreharbeiten mit meinem Unwissen nur unnötig in die Länge ziehen.«

Jamie lächelte mir noch immer aufmunternd zu. Er strahlte so viel Ruhe und Gelassenheit aus, dass sie nach und nach auch auf mich überschwappten.

»Du wirst dich ganz wunderbar schlagen und alle am Set spielend leicht in deinen Bann ziehen. Glaub mir, Schätzchen: *A Star is born.*«

Noch ehe ich etwas erwidern oder mir der Schamröte im Gesicht bewusst werden konnte, fiel Jamie die Wanduhr über Molly ins Auge.

»Ach, herrjemine, wir müssen uns beeilen. Steven erwartet dich in einer Stunde am Set.« Dann wandte er sich zur Tür. »Und die ersten Kunden sind auch schon da. Du solltest mir dringend erklären, wie hier alles funktioniert. Denn wenn es etwas gibt, was Steven auf den Tod nicht ausstehen kann, dann ist es Unpünktlichkeit.«

Der eben noch so ausgeglichene Jamie wirkte plötzlich ganz unruhig. Offenbar barg die Zusammenarbeit mit Steven auch Schattenseiten, wenn man bei ihm in Ungnade fiel. Das konnte ja noch heiter werden.

Das war ein weiterer Punkt, um den ich mir Sorgen machte. Ich hatte mich selbstständig gemacht, um mein eigener Herr oder meine eigene Frau zu sein, und nun würde ich wieder lernen müssen, mich unterzuordnen, mich in ein Team einzugliedern. Schließlich war ich in der Highschool oft eines der Mädchen gewesen, das man als Letztes in die Mannschaft gewählt hatte.

Dabei war ich sportlich gesehen eigentlich immer gutes Mittelfeld gewesen. Aber ich war eben keine Cheerleaderin oder der Typ Abschlussballkönigin, dem die Massen reihenweise zu Füßen lagen. Ich forcierte es nicht, im Mittelpunkt zu stehen, und war in meiner Freizeit lieber in den Debattierclub gegangen.

Damals trug ich eine riesige Brille. Eine von der Sorte, von der man glaubte, ihre Gläser wären einst die Böden von Einmachgläsern gewesen, so dick waren sie. Ich hatte wenige Freundinnen gehabt. Die wenigen, die ich hatte, waren toll gewesen. Als sie allerdings aufs College gingen, riss unser Kontakt immer mehr ab. Meine Eltern waren nicht vermögend genug gewesen, um mir ein Studium zu finanzieren, und ich hatte schon früh für mich entschieden, dass ich gerne etwas mit meinen Händen machen wollte, und eine Ausbildung als Konditorin ins Auge gefasst.

Nach und nach war aus dem hässlichen Entlein, das ich einst gewesen war, ein recht ansehnlicher Schwan geworden. Doch ganz tief in mir drin fühlte ich mich noch immer wie das Mädchen von damals, das man lieber nicht ins Team gewählt hatte.

Jamie lernte sehr schnell, war voller Elan und guter Laune.

»Meinst du, du kommst hier zurecht?«, fragte ich mit Blick auf die Uhr. Ihre Zeiger waren unnachgiebig vorangeschritten. Am liebsten hätte ich Jamie noch länger im Kontakt mit meinen Kunden über die Schulter geblickt, aber das ging nicht. Schließlich würde ich in den nächsten Minuten losmüssen, wenn ich Stevens

Zorn nicht schon zu Beginn auf mich ziehen wollte.

In Gedanken ging ich immer wieder die wenigen Zeilen durch, die Steven mich hatte auswendig lernen lassen. Wenn ich die Feuertaufe überleben sollte, winkte der Vertrag, der mich mit einem Schlag meine größten finanziellen Sorgen vergessen lassen würde. Aber zu welchem Preis?

»Schätzchen, mach dir keine Sorgen.« Jamie legte behutsam seine Hand auf meine. »Das hier wird ein Kinderspiel werden. Und falls doch etwas sein sollte, melde ich mich bei dir, wie wir es besprochen haben. Und jetzt geh und verzaubere sie alle, so, wie du es mit mir getan hast.«

Mit einem breiten Lächeln auf den Lippen schüttelte ich leicht den Kopf. »Du bist ein hoffnungsloser Optimist, lieber Jamie.«

Jamie grinste ebenfalls. »Damit kann ich leben. Aber ich weiß auch, was dir blüht, wenn du zu spät am Set erscheinen solltest. Also auf, auf, sieh zu, dass du in ein Taxi steigst und loskommst!«

Jamie scheuchte mich wie ein Huhn zur Tür hinaus. Mir gelang es gerade noch, meine Handtasche zu schnappen und ihn darauf hinzuweisen, dass Molly manchmal nicht nur ächzte und dampfte wie ein kleiner Drache, sondern durchaus auch mal heißes Wasser ausspie. Dann saß ich auch schon im Taxi in Richtung Filmstudio.

»Action!«, brüllte Steven nun schon zum dritten Mal in kürzester Zeit, und ich zuckte unweigerlich zusammen.

Mein Puls beschleunigte sich, Adrenalin flutete meinen Körper. Ich konzentrierte mich auf meine Passagen im Text und bemühte mich dabei, mein angespanntes Inneres nicht nach außen zu tragen. Denn eine angestrengte Vicky, die ihrer besten Freundin zum Geburtstag gratulierte, wollten die Zuschauer nicht sehen.

Zweimal hatte ich meinen Einsatz beim krampfhaften Bemühen, unverkrampft auszusehen, schon verpasst. Ein drittes Mal sollte es mir nicht mehr passieren. Nicht, wenn ich nicht wollte, dass Steven es sich doch noch mal anders überlegte.

Das hier war meine Chance, meine Kredite bedienen zu können und keine Sorge mehr haben zu müssen, auf der Straße zu landen. Und wenn der Scheck, den Steven mir alle zwei Wochen in Aussicht gestellt hatte, wirklich so üppig ausfiel, dann könnte ich sogar Träume wahr werden lassen, über die ich bisher am Tag gar nicht gewagt hatte, überhaupt nachzudenken.

Ich könnte dann jemanden einstellen, der mich im Laden unterstützte, während ich neue Kreationen ausprobierte. Bislang bemühte ich mich zwar stets um ein wechselndes Angebot, was meine Kuchen und süßen Köstlichkeiten anging, aber das war allein einfach nicht zu schaffen.

Gleich war ich wieder dran. Meine Hände waren vor Aufregung ganz nass. Ich versuchte, sie an meiner Jeans abzustreifen, während mein Puls durch die Decke ging. War es das wirklich wert?

Natürlich war es das! Endlich würde ich die dringend benötigten Anschaffungen fürs Café tätigen können. Wer wusste schon, wie lange mir Molly noch gewogen war, nachdem ich sie mit Jamie alleine gelassen hatte? Und meine Einrichtung war aus zweiter, teilweise sogar aus dritter Hand. Auch hier würde ich in naher Zukunft etwas Neues brauchen. Dann die kleine Bücherwand, von der ich schon so lange träumte. Backen und Lesen waren die zwei großen Lieben meines Lebens. Es wäre ein Traum für mich, wenn ich sie beide miteinander verbinden könnte.

Doch all diese Wünsche würden nur in Erfüllung gehen können, wenn ich mich jetzt anstrengte und Steven nicht weiter zur Weißglut trieb. Denn auch wenn er mir noch immer freundlich begegnete, war ich mir im Klaren darüber, dass seine Geduld mit mir nicht endlos sein würde.

»Überraschung!«, rief ich ganz laut und sprang mit den anderen vermeintlichen Partygästen zum Geburtstag meiner besten Freundin Juliette aus meinem Versteck, ehe ich ein »Happy Birthday!« anstimmte und alle anderen Schauspielkollegen um mich herum mit einstimmten.

Dieses Mal gelang mir der Einstieg recht gut. Ich fühlte mich von Minute zu Minute wohler in meiner Haut, auch wenn mir die Anspannung noch immer im Nacken saß.

Meine Film-Freundin Juliette war ganz außer sich. Sie spielte das überraschte Geburtstagskind wirklich glaubhaft und ging voll und ganz in ihrer Rolle auf. Wie lange es wohl gebraucht hatte, bis sie so souverän vor der Kamera gestanden hatte?

Aber das waren Gedanken, die ich mir in diesem Moment nicht erlauben konnte. Schließlich musste ich mich konzentrieren und lernen, meine Gefühle, den Text und meine Mimik unter einen Hut zu bringen und das Ganze mit so viel Leichtigkeit rüberzubringen, dass mir der Zuschauer vor dem Fernseher das Ganze auch noch abkaufte.

Juliette nahm mich in die Arme und küsste mich rechts und links auf die Wange.

»Du bist verrückt, Vicky! Ich sagte doch: keine Party.«

Ich lachte so, wie es im Drehbuch vorgesehen war. »Du hast auch gesagt, *brasilian waxing* wäre die Hölle und bist dennoch zur Behandlung gegangen.«

Die umstehenden Gäste begannen ebenfalls nach Anweisung

zu lachen.

Die Dinge entwickelten sich gut, ich spürte, wie ich immer gelassener wurde. Jetzt nur nicht unaufmerksam werden und den Faden verlieren. Das würde alles zerstören.

»Ihr seid eine echt verrückte Truppe, Leute. Und du, liebe Vicky, bist ihr verrückter Anführer.«

Ich zuckte mit den Schultern. »Hast du mich je etwas Vernünftiges tun sehen?«

Juliette schüttelte mit dem Kopf. »Nein. Nie. Stimmt, ich hätte es wissen müssen.«

»Cut!«, rief Steven, während ich fieberhaft überlegte, was ich dieses Mal verbockt haben könnte.

Nur sehr widerwillig richtete ich meinen Blick in seine Richtung. Er würde mich vor die Tür setzen, noch ehe ich bis drei zählen konnte. Und plötzlich waren die neue Kaffeemaschine und die Teilzeitkraft im Café ein Wunschtraum, der in weiter Ferne wie eine Seifenblase zerplatzte.

Juliette alias Amber warf mir einen bösen Blick zu. Sie konnte mich nicht leiden. Das hatte sie mich bereits in den ersten Minuten unseres Zusammentreffens spüren lassen. Vielleicht war sie ja eine Freundin von Brittney und konnte nicht akzeptieren, dass ich ihren Platz eingenommen hatte. Oder sie hätte gerne selbst die Hauptrolle der Serie gespielt und war wütend darüber, dass sie übergangen worden war und ich an ihre Stelle rückte.

»Perfekt, ihr Lieben! Die Szene ist im Kasten. Ich finde, darauf sollten wir uns eine kleine Kaffeepause gönnen. In fünfzehn Minuten geht es weiter«, verkündete Steven, während alle Schauspieler um mich herum mucksmäuschenstill auf seine Ansage warteten.

Erleichterung machte sich in mir breit, als ich erkannte, dass er mich nicht zurechtwies und ich die Szene offenbar nicht ruiniert hatte. Ein erster Meilenstein war genommen. Ein winziger, um ehrlich zu sein. Aber ich würde lernen, dieses Abenteuer beim Film als Chance zu sehen, über mich selbst hinauszuwachsen. Schließlich hätte ich nie im Leben damit gerechnet, mal bei einer Serie mitspielen zu dürfen.

In gewisser Hinsicht fühlte ich mich sogar geehrt, auch wenn ich mir im Klaren darüber war, dass das hier nicht meine Bestimmung war. Irgendwann würde Steven sich eine andere Lösung für das Problem namens Vicky überlegen müssen. Dann nämlich, wenn ich ausreichend Geld zusammenhatte, um meinen Traum zu leben. Und dieser fand nicht hier im Studio statt, sondern in meinem *Cakeheaven*.

»Bravo! Das war für den Anfang wirklich gut«, schmierte mir Steven Honig ums Maul und zog mich dabei etwas von meinen Kollegen weg.

Mir entging der eifersüchtige Blick nicht, mit dem Amber uns neidvoll hinterhersah. So schnell würden wir sicher keine Freundinnen werden. Nicht dass ich es darauf angelegt hatte, aber die Vorstellung, jemand am Set wünschte mir Übles an den Hals, war nicht unbedingt besonders verlockend. Ganz im Gegenteil.

»Das freut mich«, erwiderte ich mit einem Lächeln, während mir Steven eine Flasche Wasser reichte.

Neben einer kleinen Snackbar standen dem Team kostenlose Getränke während des Drehs zur Verfügung. Das fand ich ausgesprochen nett, auch wenn ich mit Sicherheit keinen Bissen herunterbringen konnte, so aufgeregt war ich noch immer.

»Sorry, dass ich es am Anfang vermasselt habe und ihr wegen mir mehrmals die Szene drehen musstet. Ohne mich wärt ihr jetzt wahrscheinlich schon viel weiter.« Meine Kehle schnürte sich bei meinen Worten immer enger zu, sodass kaum noch ein Wort daran vorbeikam. Ich bemühte mich um eine gewisse Gelassenheit in der Stimme, auch wenn diese mir alles abverlangte.

Das hier war vermintes Neuland für mich. Eine Umgebung, die ich nur schlecht einschätzen konnte. Aber die Schecks, die vierzehntägig für meinen Einsatz lockten, waren einfach zu verführerisch. Die konnte ich nicht achtlos in den Wind schlagen. Auch wenn ich Angst vor dem Neuen und Ungewissen hatte.

Steven winkte ab. »Ich hatte schon wesentlich schlechtere Schauspielerinnen am Set, die dafür sogar an einem College studiert hatten.« Dann berührte er meinen Arm und sah mir tief in die Augen.

Meine nackte Haut brannte an der Stelle lichterloh, und ich verfluchte gleichermaßen die Ankleiderin, die mich angewiesen hatte, ein kurzes Spaghettiträgertop zu tragen, und die Schmetterlinge in meinem Bauch, die plötzlich Loopings drehten.

Diese kleinen Biester hatten sich den denkbar schlechtesten Augenblick ausgesucht, um aus ihrem Winterschlaf zu erwachen. Und dann hatten die Idioten auch noch bei einem Mann Alarm geschlagen, der ganz und gar nicht in mein Leben passte.

Steven war erfolgreich, von sich überzeugt und offensichtlich ein Mann für nur eine Nacht. Der würde nicht plötzlich sesshaft werden, abends mit mir auf der Couch liegen und sich über unseren Nachwuchs freuen.

Hatte ich gerade allen Ernstes über gemeinsamen Nachwuchs nachgedacht? Gott, mir war wirklich nicht mehr zu helfen. Was zur Hölle war bloß los mit mir? Ich mochte Steven doch nicht einmal besonders. Warum dann diese heftige Reaktion auf eine winzig kleine Berührung?

Ich schob es auf die neue Umgebung, die Aufregung und die

Ungewissheit, was mich hier noch alles erwarten würde. Meine Gefühle fuhren Achterbahn, während ich nach und nach an Zurechnungsfähigkeit einbüßte.

Als ich mich wieder gefasst hatte, trank ich einen Schluck aus der Flasche und brachte etwas Distanz zwischen uns. Steven und ich, das war keine gute Idee. Vor allem nicht im Hinblick darauf, dass wir miteinander arbeiten mussten und ich mir fest vorgenommen hatte, nicht noch einmal auf diesen Typ Mann hereinzufallen.

Doch beim Blick in seine leidenschaftlichen dunklen Augen spürte ich, wie ich mich zunehmend weniger gegen das Gefühl wehrte. Vielmehr wollte ich wissen, wie es sich anfühlen mochte, mit meinen Lippen von seinen zu kosten, in seinen Armen zu liegen und mich von ihm ganz festhalten zu lassen.

»Louna?«, fragte Steven. »Ist alles in Ordnung mit dir?«

»Was?«, rief ich ertappt, während ich spürte, wie mir die Röte ins Gesicht schoss.

Steven lachte unverhohlen bei meinem Anblick. »Ein Cent für deine Gedanken.«

Ich fuhr mir nervös durchs Haar, das man mir zu meinem Leidwesen zu einem Zopf gebunden hatte. Das Zwirbeln einzelner Strähnen hatte für gewöhnlich eine beruhigende Wirkung auf mich. Aber ich würde es nicht wagen, ihn zu lösen oder auch nur im Geringsten etwas an meinem Outfit oder dem Make-up und dem Styling zu verändern.

Denn am Set war ich nicht Louna, sondern Vicky, die beste Freundin von Juliette. Ich hatte diese Rolle mit Leib und Seele zu spielen, wenn ich erfolgreich sein und im vierzehntägigen Rhythmus diesen fabulösen Scheck abholen wollte.

Also reiß dich endlich zusammen!, forderte mich meine innere

Stimme auf. Und ich gab ihr schließlich nach.

»Die sind gar nicht so spannend«, versuchte ich, die ganze Situation zu überspielen. »Müssen wir nicht langsam wieder zu den anderen?«

Ich hatte mich bereits gewundert, warum sie nicht auch zu dem kleinen Büfett gekommen waren, um sich etwas zu trinken und zu essen zu nehmen. Entweder lag es daran, dass die Kaffeemaschine an der gegenüberliegenden Seite der großen Halle einen wesentlich größeren Reiz auf sie ausübte, oder sie wussten, wie sie sich zu verhalten hatten, wenn einer zum Rapport bei Steven antanzen musste.

Steven lachte und sah mich amüsiert an. »Da ich hier das Sagen habe, sollte das alles so in Ordnung gehen.« Dann wurde er wieder ernster. »Sag mir bitte, wenn dir etwas Sorgen oder Kummer bereitet. Okay?« Dabei legte er wieder wie beiläufig seine Hand auf meinen Arm, und die Schmetterlinge in meinem Bauch sausten abermals wie wild um die Wette.

Ich löste mich geschickt aus seiner Berührung und bemühte mich um ein freundliches Lächeln. »Aber sicher doch. Bisher ist alles wirklich toll. Die Kollegen sind toll. Das Set ist toll.«

Steven bedachte mich mit einem schiefen Grinsen. »Sollte irgendwann, egal wann, mal nicht mehr alles *toll* sein, dann denk an mich!«

Mein Blick hing an seinen dunklen Augen und war kaum dazu in der Lage, sich wieder von ihnen zu lösen. Steven hatte die Fähigkeit, jemanden voll und ganz für sich einzunehmen, ohne dass man dabei in Panik verfiel. Das geschah irgendwie unterschwellig, kaum spürbar. Erst wenn es eh schon passiert war, kapierte man, wo man sich durch das viele Nicken und Lächeln hineinkatapultiert hatte.

Aber ich würde den aufkommenden Frühling in meinem Magen nicht dazu hernehmen, um über meine Vorsätze hinwegzusehen. Steven war tabu. Das hier am Set würde ganz professionell ablaufen.

Fieberhaft versuchte ich, mir unsere erste Begegnung ins Gedächtnis zu rufen. Den arroganten, aufgeblasenen Steven, der nichts auf andere gab und sein Wohl über das aller stellte. So wollte ich an ihn denken, wenn er mich mit seinem durchdringenden Blick das nächste Mal ganz verrückt machte. So und nicht anders.

»Die Pause ist vorbei!«, verkündete Steven, während er mir noch immer fest in die Augen sah.

Er spürte meine Zurückhaltung und verstand, dass es bis hierhin und keinen Schritt weiter ging. Jamie hatte nicht gelogen. Steven schien wirklich ein Gespür für Menschen zu haben. Und das nicht nur, was ihre schauspielerischen Fähigkeiten betraf.

Kapitel 12

Steven

Drei Tage waren nun schon vergangen, seit Louna mit uns für *Love next door* drehte. Und nach diesem dritten Tag konnte ich bereits eine Entwicklung bei ihr feststellen. Sie sah nicht mehr wie ein verschrecktes Eichhörnchen drein, ihr Selbstvertrauen wuchs und sie bekam ein Gespür für das, was sie tat.

Ich hatte mich nicht geirrt: Sie war wirklich ein Naturtalent. Trotz allem blieb sie die Louna, die ich in ihrem Café kennengelernt hatte. Sie war zu allen freundlich, bemühte sich um Anschluss, auch wenn das in manchen Fällen gar nicht so einfach war.

Amber hatte sich insgeheim Hoffnungen auf die Hauptrolle gemacht. Aber sie spielte nun mal die Juliette, und diese Rolle wollte ich nicht umbesetzen. Ein oder zwei ganze Mal hatte ich mich gehen lassen und war mit ihr ins Bett gegangen.

Das hätte ich nicht tun sollen, es hat sie nur in ihrer fixen Idee bestärkt, bald die Hauptrolle zu ergattern. Aber ich war auch nur ein Mann. Und Gelegenheit machte ja bekanntlich Sex. Zumindest war das in meinem Fall so. Meist war ich gar nicht auf etwas in dieser Richtung aus. Es passierte einfach von ganz allein. Gänzlich ohne mein Zutun.

Aber ich war mir sicher, dass Louna auch diese Eifersüchteleien in den Griff bekommen würde. Sie ließ den Neid und die Missgunst vereinzelter Kollegen nicht an sich ran. Das war gut. Äußerst professionell, wenn man so wollte.

Wenn sie so weitermachte, stand ihr eine glänzende Karriere

bevor. Eines Tages würde sie einen Stern auf dem *Walk of Fame* in L.A. bekommen, und ich konnte mich dann damit brüsten, sie entdeckt zu haben.

Bis dahin war es noch ein weiter Weg. Dank Louna hatte ich meinen Hals vorerst aus der Schlinge gezogen. Die Produktion ging weiter. Nun musste die neue Vicky sich nur noch vor den Zuschauern behaupten. Auch wenn Louna Brittney zum Verwechseln ähnlich sah, würde der ein oder andere Zuschauer vor der Mattscheibe sicher bemerken, dass etwas anders war.

Es blieb nur zu hoffen, dass die Veränderung nicht störend sein würde und die Einschaltquoten auf Kurs blieben. Mein Boss sah es nicht gern, wenn diese einbrachen, das kam dem Armageddon gleich.

Müde quälte ich mich durch die Rushhour von einem Ende der Stadt zum anderen. Heute durfte ich endlich wieder zu Julia. Die Ärzte hatten ein Einsehen mit mir gehabt und mir erlaubt, meine Schwester zu besuchen. Dies allerdings nur mit entsprechendem Schutzanzug und einem Mundschutz. Aber das war okay für mich.

Um meine kleine Schwester sehen zu können, würde ich fast alle Widrigkeiten in Kauf nehmen.

»Komm schon!« Ich hupte, um den Fahrer vor mir darauf hinzuweisen, dass die Ampel wieder auf Grün geschaltet hatte.

Wieder flogen meine Gedanken zu meiner Schwester. Hoffentlich würde sie dieses Mal nicht wieder so unheimlich viel abnehmen. Sie war jetzt schon kaum mehr als Haut und Knochen.

Wenn ich da an Louna dachte, stiegen mir Tränen in die Augen. Sie war beinahe im gleichen Alter wie meine Schwester und lebte wie ich auch ein vollkommen unbeschwertes Leben, ohne ständig mit dem Gedanken konfrontiert zu werden, dies könnte ihr letzter Tag sein.

Wir alle hatten unsere großen und kleinen Probleme. Viele winzig kleine Schwierigkeiten wuchsen in unserer Vorstellung ins Unermessliche, raubten uns die Luft zum Atmen und brachten uns nachts um den Schlaf. Und dann sahen wir Menschen, die an einer Beatmungsmaschine hingen, Kinder, die im Rollstuhl saßen, oder ältere Mitbürger, denen durch die Demenz ihre Erinnerung genommen wurde. Schritt für Schritt tappten sie immer weiter ins Dunkel, ohne Hoffnung auf einen Weg, der sie da herausführte.

Auf dem Parkplatz des Klinikgeländes versuchte ich, all meine unwichtigen kleinen Probleme aus meinem Kopf zu verbannen. Ich wollte meinen alltäglichen Ballast nicht zu meiner Schwester mit ins Krankenhaus nehmen und ihn dort womöglich abladen. Sie sollte nicht gezwungen sein, sich über meine Problemchen Gedanken machen zu müssen.

Zumal diese sich nach und nach in Luft auflösten. Louna würde ihre Sache gut machen. Zumindest war sie auf einem verdammt guten Weg. Außerdem schien sie schon in den wenigen Tagen Blut geleckt zu haben. Sie bemühte sich, immer ihr Bestes zu geben, bat manchmal selbst um die Wiederholung einer Szene, wenn sie nicht zufrieden damit war.

Ihr Ehrgeiz war geweckt, und von dem Eifer, den sie an den Tag legte, sollte sich so manch einer aus der übrigen Crew ein riesiges Stück abschneiden. Erst heute Morgen war Roger mal wieder mit einer Fahne zur Arbeit gekommen. Rose hatte sich verspätet, weil ihre Kleine krank und die Granny nicht gleich erreichbar gewesen war.

Für Rose hatte ich Verständnis. Sie kam nicht zu spät, weil sie nach einer durchzechten Nacht verschlafen hatte. Aber auch sie sorgte durch ihr Zuspätkommen für Schwierigkeiten im Ablauf am Set. Jeder meiner Schauspieler war wie ein Zahnrad eines riesigen Uhrwerks.

Rogers Frau hatte ihn wegen eines anderen verlassen. Das war vor ungefähr fünf Monaten gewesen. Seither war Rogers Leben komplett aus den Fugen geraten. Er fiel immer tiefer, schien nirgends mehr Halt zu finden. Auch in dieser Angelegenheit hatte ich in gewisser Hinsicht Verständnis, aber das nur bedingt. Er würde lernen müssen, mit der Trennung umzugehen. Wenn er noch ein weiteres Mal betrunken am Set aufschlug, konnte ich für nichts garantieren. Auf ewig würde ich ihm die Sicherheit, die ihm sein Job noch gab, nicht bieten können. Jedenfalls nicht, wenn ich dem restlichen Team gegenüber fair sein wollte.

Mit einem tiefen Seufzer stieg ich aus meinem Porsche. Auch wenn man es mir nicht unmittelbar ansah, zermürbten mich derlei Gedanken. Die Sorge um den Einzelnen und das Wohl des gesamten Teams war nichts, was ich auf die leichte Schulter nahm. Dennoch bemühte ich mich darum, mir meine Zerrissenheit nicht anmerken zu lassen. Denn diese war ein Zeichen von Schwäche und das konnte ich mir in meiner Position nicht leisten.

Ständig schrieben Drehbuchautoren neue, ja fantastische Serien. Der stetige Kampf um die meisten Zuschauer war wie das Hinaufrollen des Steins bei Sisyphos. Kaum dass man die Zuversicht hatte, alles würde gut werden, kam da eine neue Produktion und der obligatorische Anruf des Produzenten, der der neuen Soap nicht ganz so gelassen gegenüberstand.

Auch wenn ich meinen Job für nichts auf der Welt aufgeben wollte, wäre es gelogen, wenn ich behauptete, er würde mich nicht auch nach Drehschluss beschäftigen.

Als ich auf das Krankenhausgebäude zulief, kam mir eine junge Frau entgegen. Sie lüftete ihre Sonnenbrille und sah mir direkt in die Augen. Dabei schenkte sie mir ein aufforderndes Lächeln. Die Signale waren eindeutig, und noch vor wenigen Tagen hätte ich sie angesprochen und nach ihrer Nummer gefragt, um mit ihr ein wenig Zerstreuung von dem zu finden, was mich belastete. Um meinem Kopf etwas Ruhe zu gönnen und wieder Kraft zu tanken für meinen Alltag und meine geliebte Schwester.

Heute erwiderte ich ihr Lächeln lediglich und lief weiter in Richtung Haupteingang. Auch wenn ich es nur ungern zugab, schwirrte mir seit Tagen nur das Gesicht einer einzigen jungen Frau durch den Kopf und ließ mich über keine andere nachdenken.

Als ich auf der Intensivstation angekommen war, sah ich mich nach Jacky, der korpulenten Mittfünfzigerin um, die mir die liebste Krankenschwester in dieser sterilen Atmosphäre war. Auch wenn es keiner offen zugeben würde, konnte man den Tod in den Gängen spüren, wie er an die Tür klopfte, um sich leise sein nächstes Opfer zu holen.

Julia würde er nicht bekommen. Nicht, wenn ich es verhindern konnte.

»Na, Steven, heute so nachdenklich.«

Ich erschrak zu Tode, als ich Jackys Stimme ohne Vorwarnung in meinem Rücken vernahm. Ansonsten war es in den Fluren so still, dass man eine Stecknadel zu Boden fallen hören konnte.

»Jacky, noch so ein Überraschungsangriff, und ich bin der Nächste, den ihr auf Station aufnehmen müsst.« Ich griff mir theatralisch an die Brust, während Jacky mich mit einer Mischung aus Belustigung und Zurechtweisung ansah.

»Warum bist du denn so schreckhaft?« Sie grinste mich abfällig an und stemmte dabei ihre Hände in die Seiten. »Für gewöhnlich bist du es doch, der mir hier die Streiche spielt. Also komm mir jetzt nicht so, nur weil ich den Spieß ein einziges Mal umgedreht habe.«

Ich wusste gar nicht mehr, wie es dazu gekommen war, dass ich damit begonnen hatte, Jacky aufzuziehen. Am Anfang waren es nur Kleinigkeiten gewesen, wie das Heranpirschen und Erschrecken, einmal hatte ich sogar ein Furzkissen mitgebracht und ihr auf den Stuhl gelegt. Ein anderes Mal hatte ich mir einen Spaß daraus gemacht, ihre Kaffeetasse an den unmöglichsten Orten auf der Station zu verstecken.

Jacky lachte dann immer so herzlich und voller Lebensmut, dass die bedrückende Stimmung auf der Intensivstation für mich ein wenig von ihrem Schrecken verlor. Lachen war ein gutes Mittel, um dem Tod die Stirn zu bieten. Und Jackys Lachen war dazu in der Lage, ihn gänzlich von hier zu vertreiben. Leider immer nur zeitweise. Aber es war ein Anfang.

Ich zuckte mit den Schultern. »Zu viel Dramen am Set. Du kennst das ja«, erwiderte ich mit einem Grinsen auf den Lippen.

Jacky sah sich zum Schwesternzimmer um. »Oh, das kenne ich wirklich nur zu gut. Zwei meiner Kolleginnen sind unglücklich in Dr. Macintosh verliebt, und die dritte wurde eben von ihrem Freund wegen Dr. Macintosh verlassen. Offenbar fischt unser Chefarzt am anderen Ufer, was keine von uns für möglich gehalten hätte.«

Da war es mal wieder: Die besten Geschichten schrieb tatsächlich noch immer das Leben selbst. Allein, was mir Jacky in den vergangenen Jahren zugetragen hatte, wenn Julia mal wieder auf ihrer Station logierte, füllte Bände.

»Der arme Dr. Macintosh.«

Jacky sah mich verwundert an. »Wie meinst du das?«

»Na, er hat offenbar vor niemandem Ruhe. Weder vor den Frauen noch vor den Männern. Das muss ziemlich anstrengend sein.«

Nun lachte auch Jacky, aber nur hinter vorgehaltener Hand. Wahrscheinlich wollte sie nicht, dass eine der übrigen Schwestern etwas von unserem Gespräch mitbekam.

»Julia ist heute gut drauf. Das Schlimmste ist überstanden«, wechselte sie unvermittelt das Thema und zog sich ihre Akte aus dem Schrank unterhalb des Empfangstresens. »Ihre Sättigungswerte im Blut haben uns ein wenig Sorgen gemacht.« Als sie die steile Falte auf meiner Stirn bemerkte, setzte sie schnell hinzu: »Aber Julia gibt nicht so leicht auf. Sie ist zäh und wild entschlossen, ihren Bruder endlich unter die Haube zu bringen.«

Reflexartig riss ich die Augen bei Jackys Worten auf. »Bitte was? Das höre ich ja zum ersten Mal. Julia will, dass ich heirate? Wie kommt sie denn auf diese abstruse Idee?«

Jacky wurde ernst und zog mich ein wenig vom Flur zur Seite, sodass uns niemand hören konnte.

»Steven, auch wenn Julia sich immer sehr positiv gibt, merkt sie auch, dass jede weitere Lungenentzündung, jeder Keim oder sonst eine Viruserkrankung ihr stetig mehr zusetzt. Du weißt, dass ihre Lebenserwartung nicht mit deiner vergleichbar ist. Und du weißt hoffentlich auch, wie sehr sie dich liebt und wie sehr sie sich wünscht, dass du ein glückliches Leben führst.«

Meine Gedanken flogen in meinem Kopf wild durcheinander. »Aber ich führe doch ein glückliches Leben. Ich bin nicht derjenige, der in diesem Krankenhausbett festsitzt.«

Diese Unterhaltung veränderte die locker-heitere Stimmung,

die sonst zwischen Jacky und mir vorherrschte. Ich konnte spüren, wie wichtig ihr die Worte waren, die sie mit mir wechselte, auch wenn sie damit eine imaginäre Linie überschritt.

Sie war bereit dazu, die Ausgelassenheit für etwas wirklich Wichtiges zu opfern. Ich konnte ihr deutlich ansehen, wie sehr sie das Thema beschäftigte und wie gern sie diesbezüglich einen Weg zu mir finden wollte.

»Nein, du bist nicht an das Bett gefesselt. Das ist richtig. Aber du hast keine Kinder oder eine Frau, die dich liebt. Du verbringst so viel Zeit hier bei uns auf den Gängen, dass ich sogar bezweifeln möchte, dass du besonders viele Freunde hast. Ob du das Leben neben der Arbeit genießt, kann ich nicht sagen. Doch was ich dir sagen kann, ist, dass Julia sich Sorgen um dich macht. Vor allem beschäftigt sie der Gedanke, was wohl mit dir sein wird, wenn sie nicht mehr da ist.« Jacky rollte mir ihren Schreibtischstuhl unter den Hintern. Keine Sekunde zu früh.

»Aber ich dachte, es ginge ihr wieder besser. Du hast doch gesagt, das Schlimmste wäre überstanden?« Ich geriet in Rage und fuhr mir mit den Händen durchs Haar.

Julia würde nicht sterben. Nicht, solange ich da war und für sie sorgen konnte. Wir würden die besten Spezialisten für sie auftreiben. Es wurde doch ständig an neuen Heilmitteln geforscht. Ich konnte und wollte die Hoffnung nicht aufgeben.

Julia war alles, was mir von meiner Familie geblieben war. Sie war der rettende Anker, der mich bei Sturm und Wetter im Hafen festhielt. Sie war die Erinnerung an früher, an unsere Familie, Granny, unseren Kater Bob. Wenn ich Julia ansah, dann war da so viel, was uns verband. Wenn sie nicht mehr war, gab es niemanden mehr auf dieser Welt, für den ich ebenso empfand. Wenn Julia starb, würde sie mich mit sich nehmen.

»Steven, jetzt beruhige dich doch erst mal wieder.« Jacky reichte mir ein Glas Wasser und legte beschwichtigend ihre Hände auf meine Schulter. »Julia ist über den Berg. Das hast du schon ganz richtig verstanden. Ich spreche von der Zukunft. Von der nahen, aber unabwendbaren Zukunft.«

Ich winkte ab und entwand mich ihrer Umarmung. »Jacky, bitte, ich will das nicht hören. Julia ist noch jung. Wir finden einen Weg, sie zu retten. Eine Lungentransplantation kann sie retten. Wir werden einen passenden Spender finden, und dann kann …«

»Julia möchte keine neue Lunge«, sagte Jacky ernst und sah mir dabei fest in die Augen.

Wenn ich nicht bereits gesessen hätte, wäre jetzt ein verdammt guter Zeitpunkt gewesen.

Julia wollte keine Lungentransplantation? Warum? Was war bloß los mit ihr? Seit wann sprach sie sich gegen diese lebensverlängernde Maßnahme aus?

Ich musterte Jacky argwöhnisch. »Hast du ihr keine Hoffnungen auf eine passende Lunge gemacht? Ist sie deshalb der Überzeugung, es gäbe keine Hilfe für sie?«

Jacky sah offen bestürzt über meine Worte aus. »Wenn du tief in dich hineinhörst, dann wirst du sicher wissen, dass ich so etwas nie tun würde. Julia hat ihre Entscheidung ganz allein gefällt. Sie möchte nicht mehr leiden müssen, als sie es ohnehin schon tut. Die Hoffnung auf eine entsprechende Spende schwindet, und die Zeit läuft ihr davon. Sie spürt das. Sie sieht es ein. Und sie will die Zeit, die ihr noch geblieben ist, nutzen. Sie will nicht traurig sein oder Trübsal über all die verpassten Chancen in ihrem Leben blasen. Sie möchte Frieden finden, Steven. Und das kann sie nur, wenn du sie gehen lässt.«

Zunächst bemerkte ich gar nicht, wie mir die ersten Tränen über die Wangen rannen. Der Stoff meiner hellen Jeans färbte sich dunkel. In mir war so viel Traurigkeit, dass ich nicht wusste, wohin damit. Gleichzeitig legte sich etwas um meinen Hals und hinderte mich daran, weiterhin gleichmäßig zu atmen. Ich würde jeden Moment ersticken.

Panik wallte in mir auf und gab mir einen Vorgeschmack auf das, was Julia bereits so viele Male erlebt haben musste. Die Luft wurde immer weniger. Je mehr ich versuchte, gleichmäßig ein- und auszuatmen, desto weniger Sauerstoff gelangte in meinen Körper.

»Steven, sieh mich an!«

Ich wusste nicht, wie oft Jacky das schon gesagt hatte, ehe sie mir eine weiße Papiertüte in die Hand drückte und mich aufforderte, über diese zu atmen. Meine Finger umschlossen die Tüte träge, mir drohte das Bewusstsein zu schwinden, als es mir endlich gelang, in das Papier hineinzuatmen.

»So ist es gut«, bekräftigte mich Jacky in dem, was ich tat. »Immer weiter. Schön gleichmäßig, dann ist die Panikattacke gleich überstanden.«

Mit kreisenden Handbewegungen fuhr sie mir über den Rücken und half mir so dabei, mich nach und nach zu beruhigen. Ich wollte mir gar nicht vorstellen, wie es mir ergangen wäre, wenn Jacky nicht da gewesen wäre.

Dann musste ich an Julia denken. Wie oft hatte sie solche Momente schon erlebt? Wie oft hatte sie das Gefühl gehabt, es würde gleich mit ihr zu Ende gehen? Wie oft konnte ein Mensch diesen Augenblick durchstehen, ohne daran zugrunde zu gehen?

Als ich mich etwas gefasst hatte, reichte mir Jacky erneut das Wasserglas.

»Geht es dir etwas besser?«, fragte sie mit noch immer gefurchter Stirn. Ihr war deutlich anzusehen, wie sehr auch sie die letzten Minuten mitgenommen hatten und wie sehr sie es bereute, mich so direkt mit den unausweichlichen Tatsachen konfrontiert zu haben.

Ich nickte, darum bemüht, die Fassung wiederzuerlangen und die neu aufkommende Panik in mir zu unterdrücken. Es war nicht einfach für mich, mit der Flut an Informationen umzugehen. Bisher hatte ich mir nie Gedanken darüber gemacht, dass meine Schwester irgendwann aufgeben könnte. Nicht Julia.

Schließlich war sie mit Abstand der positivste Mensch, den ich kannte. Trotz ihrer Krankheit hatte sie nie Zweifel verlauten lassen, dass sie auf Linderung ihrer Leiden hoffte und sich ein ganz normales Leben wünschte. Wir hatten uns viel und oft darüber unterhalten, wie es weitergehen würde. Zumindest früher. Wenn ich so darüber nachdachte, dann hatten diese Gespräche in letzter Zeit kaum noch stattgefunden.

Julia war mir gekonnt ausgewichen, wenn ich auf das Thema Zukunft zu sprechen gekommen war. Das fiel mir jetzt erst auf. Sie hatte dann versucht, über etwas anderes zu reden, oder mich gefragt, was es Neues bei mir gab. Ich erinnerte mich an ihre bemüht strahlenden Augen und meine innere Unruhe, die mir signalisiert hatte, dass irgendetwas nicht stimmen konnte.

Doch Julia wäre nicht Julia gewesen, wenn sie mich nicht mit ihrer ganz eigenen ruhigen und besonnenen Art davon abgehalten hätte, dem Hauch eines Zweifels nachzuspüren. Dass sie jedoch so weit gehen würde, hätte ich nie für möglich gehalten.

»Sie darf nicht einfach aufgeben«, platzte es aus mir heraus. Kaum dass die Worte meinen Mund verlassen hatten, kam ich mir furchtbar egoistisch vor.

Denn im Grunde wollte ich damit sagen, dass Julia nicht das Recht hatte, mich im Stich zu lassen.

Jacky sah mich milde an. »Ich spreche ja nicht davon, dass sie sich umbringen möchte. Und sie hat mit Sicherheit nicht aufgegeben. Ich kenne keine, die so sehr kämpft wie sie. Aber Julia stirbt bei jeder Lungenentzündung auf Raten. Ihre Kräfte reichen momentan nicht einmal mehr aus, sich selbst zu beatmen. Du hast keine Vorstellung davon, wie es sein muss, dem Tod tagtäglich ins Gesicht schauen zu müssen und nicht zu wissen, wann er einen endlich zu sich holt.«

Ich nahm einen tiefen Atemzug. »Was mache ich jetzt?«

Wieder einmal kam ich mir so schrecklich hilflos vor. Ich wusste nicht mehr, was zu tun war oder wie ich mich in Gegenwart meiner Schwester verhalten sollte. Wäre es angebracht, sie auf das, was Jacky mir eben im Vertrauen erzählt hatte, anzusprechen? Oder musste ich nicht vielmehr darauf hoffen, dass sie mich selbst mit ihrer Entscheidung konfrontierte?

Ferner fragte ich mich gleichzeitig, inwieweit ich Julias Meinung hinnehmen musste. In ihrer Situation war sie wahrscheinlich nicht einmal mehr dazu in der Lage, noch klar zu denken. Musste ich sie letztlich nicht vor sich selbst beschützen? Oder würde ich damit einen riesigen Graben zwischen uns aufreißen? Einen von der Sorte, die man nur schwerlich überwinden konnte?

»Nun, zunächst solltest du die Schutzkleidung und den Mundschutz anziehen und deine Schwester besuchen. Bemühe dich darum, nicht allzu verkrampft zu wirken, und hör ihr zu. Versuche nicht, sie wie eine unmündige Patientin zu behandeln, denn das ist sie nicht. Und das weißt du auch.« Jacky konnte offenbar Gedanken lesen. Und sie traf mit ihren Worten den Nagel auf den Kopf. Nur weil Julias Entscheidung sich schrecklich anfühlte und mich die Tatsache, dass sie aufgeben wollte, mit hundertachtzig Sachen gegen eine Backsteinmauer rasen ließ, war das noch lange kein Grund, sie wie ein kleines Kind zurechtzuweisen.

Julia war eine starke Person. Viel stärker, als ich es je sein würde. Sie war so tapfer und gleichzeitig so unglaublich zerbrechlich. Es war meine Pflicht, mich um sie zu kümmern.

»Ich werde meinen Job kündigen.«

»Das wirst du schön bleiben lassen!«, wies mich Jacky mit Nachdruck in der Stimme zurecht. »Du brauchst deinen Beruf, um nicht durchzudrehen. Wenn du dir vierundzwanzig Stunden Sorgen um deine Schwester machst, zerstörst du das bisschen Normalität, das Julia noch hat. Außerdem brauchst du das Geld für ihre Behandlung.« Jackys Stimme wurde milder, während sie mir erneut eine Hand auf die Schulter legte. »Nimm es als ihre Entscheidung hin, aber hör nicht auf zu hoffen. Okay? Das klingt in deinen Ohren wahrscheinlich gerade nicht besonders hilfreich. Aber wenn du jetzt zu Julia gehst, dann ist keinem von euch damit geholfen, wenn du in ihr nur noch die Schwester siehst, die vermutlich bald sterben wird. Versuche es auszublenden. Für sie. Und für dich.«

Ich raufte mir das Haar, während ich zwischen den Punkten auf dem Linoleumboden Linien zog, wie um daran Halt zu finden.

Als ich die Klinik betreten hatte, glaubte ich, mein größtes Problem sei es, wieder Ruhe am Set einkehren zu lassen und dafür zu sorgen, dass Louna sich bei uns wohlfühlte.

Bei diesen Gedanken musste ich über mich selbst lachen. Aber es war ein bitteres Lachen. Wie hatte ich das nur als ernst zu nehmende Schwierigkeiten einstufen können? Wie hatte ich zulassen können, dass diese läppischen Sorgen mich gänzlich einnahmen, während meine Schwester auf der Intensivstation lag und mal wieder um ihr Leben kämpfte?

Vielleicht lag es an den vielen Malen, die Julia bereits dort Quartier bezogen hatte. Womöglich stumpfte man nach einer gewissen Zeit einfach gegen seinen Willen ab. Gut möglich, dass ich auf diese Weise zu verdrängen versucht hatte, mich der Situation stellen zu müssen.

Nun würde das nicht mehr gehen. Ich konnte und durfte die Augen nicht länger davor verschließen, wie ernsthaft meine Schwester erkrankt war. Auch wenn es mich sicher um den Verstand bringen würde, mir einzugestehen, wie schlecht es wirklich um sie bestellt war. Gewissheit war wichtiger als die aufgedunsenen rosa Wattebäusche, in die ich mein Leben schützend eingehüllt hatte.

»Was schlägst du dann vor? Was soll ich deiner Meinung nach machen?«

Jacky schenkte mir ein aufheiterndes Lächeln. »Lass zu, dass Julia eine Frau für dich sucht.«

Meine Lider schossen in die Höhe. »Bitte was? Kommt gar nicht infrage.«

Die Vorstellung war grotesk.

Doch Jacky hob abwehrend ihre Hände in die Höhe und forderte mich damit auf, ihr Gehör zu schenken. »Julia braucht eine Aufgabe in ihrem Leben, etwas, was ihr Freude bereitet und was ihr neuen Mut schenkt. Ich denke, ihr Wunsch, für dich eine Frau zu finden, lenkt sie zudem von ihren eigenen trüben Gedanken ab. Und das wollen wir ja gerade. Wir sollten alles dafür tun, dass Julia das Bedürfnis hat, bei uns zu bleiben.«

Ich schluckte bei Jackys Worten. Natürlich würde ich alles dafür tun, was nötig war, um Julia bei mir zu halten. Sie war alles, was mir von meiner Familie noch geblieben war.

Aber wie stellte sich Jacky das denn vor? Was verstand meine Schwester überhaupt darunter, mich unter die Haube zu bringen? Wie sollte das vonstattengehen? Hatte sie vor, mich bei einem Dating-Portal anzumelden? Würde sie mich zwingen, mich mit Frauen zu treffen, die in ihren Augen gut zu mir passten?

Doch die entscheidende Frage war ja, wie ich mich auf dieses Spiel einlassen sollte. Ich wollte weder heiraten noch eine eigene Familie gründen. Der Gedanke war mir von Grund auf zuwider. Allein die Vorstellung daran trieb mir eiskalten Schweiß auf die Stirn.

Ich würde keinen liebenden Ehemann abgeben und schon gar keinen guten Vater. Meine Freiheit war mir wichtig und ich liebte die Tatsache, niemandem Rechenschaft über mein Handeln ablegen zu müssen. Eine Frau bedeutete eine gewisse Lebenseinschränkung wie ein Rollstuhl, der einem plötzlich den Weg in das erste Obergeschoss abschnitt.

Nie und nimmer würde ich Julia glaubhaft versichern können, dass ich bereit dazu war, von meinem bisherigen Weg abzukommen. Das würde sie mir niemals abnehmen. Schließlich mochte ich das Leben, das ich mir ausgesucht hatte.

Ich wollte keine unnötigen Verpflichtungen eingehen oder gar Kinder in die Welt setzen, um die ich mich kümmern musste. Das waren Punkte, die mich in meiner Kreativität einschränken und mir die Luft zum Atmen rauben würden. Das war nicht ich.

Jacky reichte mir eine Schale mit Schokopralinen.

»Was soll ich denn damit?«

»Deine Nerven beruhigen. Was sonst?«, erwiderte Jacky mit einem wissenden Lächeln auf den Lippen.

Mein Blick schweifte zu den üppigen Rundungen an ihrer Hüfte. Das war wohl Jackys Art, mit Kummer umzugehen. Schokolade konnte Sorgen kleiner erscheinen oder unnötige Gedanken verschwinden lassen. Sie konnte helfen, wo nichts anderes mehr Halt gab. Aber sie konnte mich nicht über die Realität hinwegtäuschen.

»Ich kann das nicht, Jacky.«

Die Augenbrauen der Krankenschwester schoben sich eng zusammen.

»Ich kann Julia auf gar keinen Fall vorspielen, glücklich verliebt zu sein und die Frau fürs Leben gefunden zu haben. Das wäre Betrug. Ja, das wäre es! Egal, wie gut gemeint das ganze Vorhaben auch sein mag. Letztlich würde ich meiner Schwester nur etwas vormachen. Von meiner armen Frau gar nicht erst zu sprechen.«

Jacky zog sich ebenfalls einen Stuhl heran und griff beherzt in die Schokoladenschachtel. Offenbar nahm sie sich meine Worte sehr zu Herzen und überlegte zunächst, was sie darauf erwidern sollte.

Ein Klingeln war zu hören, und eine von Jackys Kolleginnen eilte aus dem Schwesternzimmer auf den Flur. Sie schenkte uns einen irritierten Blick, ging aber schnell weiter, als der Laut abermals ertönte.

Jacky ließ sich davon nicht beeindrucken. »Im Grunde bräuchtest du nur ein Mädchen, das bereit wäre, für Julia eine kleine heile Welt zu inszenieren. Jemanden, der verblüffend gut darin ist, Emotionen offen zur Schau zu stellen, im richtigen Moment zu weinen und dich so verliebt anzusehen, als wärst du der einzige Mann auf dieser Welt.«

Ich überlegte kurz, während mir Abertausende Gedanken wie Lichtblitze durch den Kopf schossen.

Emotionen … weinen … verliebt … einziger Mann auf dieser Welt, hallten Jackys Worte in mir wider, ehe sich ein Puzzleteil zum nächsten fand und sich ein Bild ergab: Louna.

Nein!

Oder doch?

Noch ehe ich dem Gedanken weiter nachgehen konnte, stupste Jacky mich unsanft in die Seite, sodass ich aus dem Gleichgewicht geriet und mit meinen Armen zu rudern begann. Die Rollen meines Stuhls setzten sich von ganz allein in Bewegung, sodass ich gegen die Tischkante des Empfangstresens knallte.

Mein vorwurfsvolles »Aua!« nahm Jacky nicht mal zur Kenntnis, als sie mit einem lauten Knall ihre Handfläche auf besagten Tisch hinunterfahren ließ.

»Ich habs! Du fragst eines der Mädchen aus deiner Serie.«

Jacky nickte eifrig und lächelte dabei wie ein Honigkuchenpferd. Doch noch ehe sie etwas sagen konnte, bremste ich ihre Euphorie.

»Das geht auf gar keinen Fall. Julia kennt sie doch alle. Bis auf …« Ich winkte ab. »Sie würde mir das Schauspiel nicht abnehmen.«

Jackys freudige Miene fiel wie ein Kartenhaus in sich zusammen. »Auch wieder wahr. Es müsste natürlich jemand sein, den sie bisher noch nicht kennt. Eine Schauspielerin von einem anderen Dreh, die dir vielleicht noch einen Gefallen schuldig ist, oder jemand, der neu am Set ist und den Julia noch nicht getroffen hat?«

Bei Jackys letztem Satz wippten goldene Locken vor meinem inneren Auge auf und ab. Würde sie mir helfen? Und wenn ja, zu welchem Preis? Wollte ich das überhaupt? Wollte ich dem warmen Gefühl in meinem Bauch, welches ich in ihrer Gegenwart verspürte, wirklich nachfühlen? Oder öffnete ich damit nicht vielmehr die Büchse der Pandora?

Kapitel 13

Louna

»Also verstehe ich dich richtig? Jamie verkauft am Tag die Sachen in deinem Café, die du in den frühen Morgenstunden gebacken hast, und kaum dass er da ist, gehst du ans Set und drehst für *Love next door*?«

Ich hörte den vorwurfsvollen Unterton in Marys Stimme ganz deutlich und sah nicht zu ihr auf, sondern gab mich ganz vertieft in das Dekorieren der Cupcakes. Das Frosting war rosa mit lilafarbenen Glitzerpartikeln darin. Eine neue Kreation, die ich bisher noch nicht verwendet hatte, die mir auf den ersten Blick allerdings sehr gut gefiel. Schließlich war das Törtchen in Regenbogenfarben gebacken, sodass sich die Farben herrlich ergänzten, wenn man es im Querschnitt betrachtete.

»Es ist nicht so dramatisch, wie du es gerade hinstellst. Ich drehe meist nur bis zum frühen Abend. Es bleibt mir also noch genügend Zeit, mich im Café blicken zu lassen und Gebäck und Kuchen für den Folgetag vorzubereiten. In den frühen Morgenstunden habe ich nur zweimal backen müssen, da auf den allerletzten Drücker zwei Großbestellungen bei mir eingegangen sind.«

So ganz aus heiterem Himmel, wie ich es Mary glauben ließ, waren die Aufträge nicht bei mir ins Haus gesegelt. Ich war mir ziemlich sicher, dass Steven in beiden Fällen seine Finger im Spiel gehabt hatte. Es wäre nämlich schon ein riesiger Zufall gewesen, wenn die Organisatoren des alljährlichen Visagistentreffens in

San Francisco urplötzlich von mir und meinem Café Wind bekommen hätten. Und auch die Sache mit dem Meeting einer Marketingfirma, die sich auf die Vermarktung von Filmen spezialisiert hatte, kam mir mehr als offensichtlich vor.

So schön es ja auch war, dass Steven mir neue Auftraggeber beschaffte, umso schwieriger wurde es für mich, alles unter einen Hut zu bekommen. Neben dem täglichen Dreh musste ich den Text lernen und eben auch für meinen Laden sorgen und Nachschub produzieren. Das alles machte mein Leben momentan nicht unbedingt einfacher. Oft war es ein wahrer Balanceakt, alles so hinzubekommen, dass ich am Ende des Tages beruhigt einschlafen konnte.

Eine große Entlastung war mir in dieser Hinsicht Jamie, der nach wie vor jeden Morgen auf der Matte stand und mein Café übernahm, damit ich ans Set konnte. Lange würde mir Steven diesbezüglich bestimmt auch nicht mehr unter die Arme greifen können. Schließlich brauchte er seinen Assistenten am Set. Die freundliche Leihgabe würde mir bald nicht mehr zur Verfügung stehen, und dann würde es wirklich schwer werden, Café und Film miteinander zu vereinbaren.

Denn um eine neue Aushilfe anzulernen, fehlte mir die Zeit. Jamie war ein Naturtalent. Das musste ich, ohne ihn über die Maßen zu loben, offen zugeben. Er hatte mich bisher nur ein einziges Mal angerufen, um nachzufragen, wo ich den Kaffeenachschub für Molly gebunkert hatte. Ansonsten meisterte er seine Aufgabe im Laden ganz vorbildlich. Sogar Mrs. Whitehall lobte ihn in den höchsten Tönen und kam, wenn das überhaupt noch möglich war, noch eine Spur öfter ins *Cakeheaven*.

Jamie war nicht irgendeine Aushilfe. Er hatte riesigen Spaß an der Arbeit und war genau das, was ich mir immer für mein Café und dessen heimelige Atmosphäre erhofft hatte: Er erledigte seine Arbeit ohne Probleme, nahm sich Zeit für die Leute und unterhielt sich mit ihnen. Genau das machte das *Cakeheaven* aus. Ich wollte einen Ort schaffen, an dem man sich wie zu Hause fühlte, an dem man sich gerne aufhielt.

Jamie hier zu wissen, war so eine unglaubliche Erleichterung. Er hatte mir selbst gesagt, dass er am liebsten für immer bleiben und sogar in Kauf nehmen würde, seinem Dad gegenüber einzugestehen, dass das mit Film nichts für ihn war. Ich musste dringend mit Steven sprechen. Vielleicht gab es ja eine Möglichkeit, dass wir uns Jamie zunächst teilten. Wenn der denn wollte. Mittlerweile verdiente ich mit der Serie so gut, dass ich mir keine Sorgen mehr über unbezahlte Kreditraten machen musste.

Neben den geplanten Anschaffungen würde ich einfach ein wenig Geld in die Hand nehmen, um Jamie für seine Arbeit bei mir im Laden bezahlen zu können. Ich hatte bereits eine Kalkulation erstellt, die diesen Schritt erlaubte. Denn so ungern ich es vor Steven auch zugeben würde, ich wollte meine Rolle der Vicky nicht wieder aufgeben müssen.

Als die ersten Schwierigkeiten überstanden waren, hatte ich tatsächlich Blut geleckt und freute mich immer mehr auf den Folgetag, an dem ich wieder vor der Kamera stehen durfte.

Die Arbeit war ähnlich kreativ wie die in meinem Café. Ich mischte nicht nur Zucker, Mehl und all die anderen Zutaten zusammen, um einen Kuchen zu erschaffen, nein, ich packte auch ganz viel Liebe und Freude an dem, was ich tat, in meine Kreationen. So war es auch am Set. Ich bemühte mich neben dem zu lernenden Text stets auch darum, die entsprechenden Emotionen vorab zu üben, sie wahrheitsgetreu wiederzugeben und dem Zuschauer so das Gefühl zu vermitteln, ich durchlebte dort am

Set die große Liebe mit tränenreichen Eifersuchtsdramen.

In der Kürze der Zeit war ich zu Vicky geworden. Und die Einschaltquoten gaben mir recht. Ich machte meine Arbeit gut. Seit die neuen Folgen mit mir ausgestrahlt wurden, hatten sich sogar noch mehr Zuschauer vor dem Fernseher eingefunden, um *Love next door* anzusehen und mit Vicky mitzufiebern.

Mary legte mir eine Hand auf den Arm und zwang mich so, zu ihr aufzusehen. »Süße, ich will dir das mit der Schauspielerei auf gar keinen Fall madigmachen. Ganz im Gegenteil. Ich freue mich riesig für dich, dass du etwas gefunden hast, das dich so glücklich macht. Allerdings mache ich mir auch so meine Sorgen um dich.«

Ich lächelte Mary an und legte den Spritzbeutel zur Seite, mit dem ich das Frosting auf die Törtchen gegeben hatte.

»Du hast ja recht. Es ist momentan eine etwas stressige Phase. Aber der liebe Gott hat vor den Erfolg den Schweiß gestellt. Warum sollte er da bei mir eine Ausnahme machen?«

Nun lachte Mary, während sie sich auf einen der Hocker setzte, die um die riesige Arbeitsplatte in der Mitte meiner kleinen Backstube standen, und griff sich eines der fertigen Törtchen.

»Du weißt, wie ich es meine, Liebes. Wenn ich dir irgendwie helfen kann, dann sag es mir bitte.« Dann senkte sie den Blick und löste mit der einen Hand ein Stück von dem Kuchen. »Momentan läuft es bei mir leider nicht ganz so gut. Ich habe weniger Aufträge, als ich benötigen würde, um problemlos über die Runden zu kommen.«

Es schmerzte mich in der Seele, meine beste Freundin so bekümmert zu sehen. Gleichzeitig ärgerte ich mich darüber, dass ich viel zu wenig Zeit für sie hatte. Seit unserem Abend im *Cityscape* im Hilton war es mir zeitlich einfach nicht mehr möglich gewesen, mich mit ihr zu treffen. Das musste sich dringend wieder ändern.

»Das wusste ich ja gar nicht.«

Ich setzte mich neben Mary auf den freien Hocker und nahm sie in den Arm, als ich bemerkte, dass ihr die ersten Tränen über die Wangen kullerten. Sie liebte ihren Dekorationsservice mindestens genau so sehr wie ich mein kleines Café. So fiel es mir nicht schwer, ihr nachzuempfinden, was in ihr vorging, wie sehr sie die Zukunftsängste quälten.

Die Vorstellung, das aufgeben zu müssen, was man mit so viel Herzblut machte, um sich einen anderen Job zu suchen, war grausam. Man war nicht nur gescheitert, man hatte das vermasselt, was man sich mit eigenen Händen aufgebaut hatte.

Mary legte das Törtchen zurück auf die Arbeitsplatte und wischte sich eilig die Tränen aus dem Gesicht.

»Ist nicht weiter schlimm«, versuchte sie, ihre Situation herunterzuspielen. »Das ist bestimmt wieder nur eine Phase. Sobald …«

Für gewöhnlich machte sie sich damit Mut, in der Heiratssaison wieder mehr Aufträge zu bekommen. Doch in diesem speziellen Fall befanden wir uns bereits mitten in den Monaten, in denen in San Francisco eine Hochzeit nach der anderen stattfand. Es war Hochsaison, und meine beste Freundin wusste trotzdem nicht, wie sie über die Runden kommen sollte. Wie schrecklich!

Wenn das jetzt schon der Fall war, dann mochte ich mir gar nicht erst ausmalen, wie es im Herbst oder Winter weitergehen sollte. Mary hatte also allen Grund dazu, verängstigt zu sein. Mein schlechtes Gewissen nahm von Sekunde zu Sekunde immer mehr zu.

Ich hätte es wissen, ja für sie da sein müssen. Was war ich nur für eine furchtbare Freundin? Anstatt mich nach Mary und ihren

Problemen zu erkundigen, hatte ich mein neues Leben in vollen Zügen genossen. Ja, es war stressig, aber es war diese Art von Stress, von der man nicht genug bekommen konnte, die reich an Glückshormonen war und einem das Gefühl gab, unabkömmlich zu sein.

In meinem Delirium hatte ich nicht bemerkt, dass Mary dabei auf der Strecke geblieben war.

Ich nahm sie ganz fest in die Arme, als sie neuerlich zu weinen begann. Dieses Mal viel heftiger und ohne den Versuch, es vor mir zu verheimlichen. Offenbar war sie sich dessen bewusst, wie aussichtslos ihre Lage wirklich war.

»Du könntest mir hier im Laden helfen«, schlug ich vor und überlegte, wie ich das in meiner Kalkulation berücksichtigen konnte, wenn ich Jamie ebenfalls nicht verlieren wollte.

Mary löste sich von mir und sah mich mit einem angedeuteten Lächeln an. »Wirklich?«

Ich sah die Hoffnung in ihren Augen und pfiff auf die Kalkulation. Vielleicht würde Steven mir Jamie auch noch eine bestimmte Zeit unentgeltlich überlassen, bis er ihn zurückforderte. Gut möglich, dass sich Marys Lage dann etwas entspannt hatte.

Ein Großauftrag nur, und sie war wieder im Rennen. Oft ergaben sich danach durch Mundpropaganda Folgeaufträge, die Mary nachts wieder gut schlafen ließen. Darauf mussten wir nur warten. Es brauchte ein wenig Geduld, und die würden wir schon aufbringen können. Wäre doch gelacht!

»Ich hatte tatsächlich schon mit dem Gedanken gespielt, jemanden in der Backstube einzustellen«, log ich. »Jamie ist im Umgang mit den Gästen wundervoll, aber was das Backen angeht, hat er einfach zwei linke Hände. Das kann ich weder ihm noch den Gästen zumuten.«

Mary lachte, was ich in dieser Situation gar nicht mehr für möglich gehalten hätte.

»Was meinst du? Kannst du dir vorstellen, Karottenkuchen, Macarons und Cupcakes mit wechselndem Frosting zu backen?«

»Ja, ich will«, hörte ich Mary ohne Umschweife sagen.

Die Erleichterung in ihrer Stimme war überdeutlich zu vernehmen. Dieses Mal war es offenbar wirklich brenzlig gewesen.

»Fein! Dann lass uns hier gleich mal weitermachen. Ich muss später noch meinen Text üben und wollte heute mal früh ins Bett.«

Mary sah mich besorgt von der Seite an. »Ich freue mich, dass ich dir hier ein bisschen unter die Arme greifen darf. Das werde ich dir nie vergessen, Louna!«

Ich nahm Mary abermals in die Arme. »Dafür sind Freunde doch da«, sagte ich ganz dicht an ihrem Ohr und erntete dafür einen tiefen Schluchzer.

»Ich bräuchte noch ein paar von deinen Cupcakes, Liebes. Die Leute rennen mir die Bude ein.« Jamie kam wie aus dem Nichts in die Backstube gewirbelt, drehte sich dabei mit einem runden Silbertablett in der einen Hand um die eigene Achse. Er strahlte dabei so viel Freude und Zuversicht aus, dass ich ihn einfach nur freudig anlächeln konnte. Es ging gar nicht anders.

Als er bemerkte, wie Mary und ich uns in den Armen lagen, schaute er besorgt zwischen uns beiden hin und her. Er tänzelte nicht mehr, sondern blieb wie angewurzelt auf der Stelle stehen.

»Ich wollte nicht …«, versuchte er prompt, sich für seine gute Laune zu entschuldigen.

»Alles ist gut«, beeilte ich mich zu sagen, da ich es nicht richtig fand, Jamie das Gefühl zu geben, er hätte sich in dieser Situation falsch verhalten. Er konnte schließlich nicht wissen, was hier vor sich ging. »Mary wird uns ab sofort in der Backstube unterstützen.«

Noch während ich das sagte, nahm Mary Jamie das Tablett aus der Hand und lud wie selbstverständlich die fertigen Cupcakes darauf.

Jamies Miene, die sich noch vor wenigen Minuten schlagartig verfinstert hatte, klarte wieder auf. »Das sind ja wundervolle Nachrichten. Endlich bin ich nicht mehr alleine mit Molly. Und ich werde unsere Kunden nicht mehr bis zum nächsten Tag vertrösten müssen, wenn uns etwas ausgeht.«

Jamie strahlte mit dem glitzernden Cupcakefrosting um die Wette, während ich Mary im Auge behielt. Die beiden wären wirklich ein schönes Paar. Nur zu schade, dass Jamie lieber unseren männlichen Kunden hinterherschaute. Doch Mary freute sich ebenso sehr wie Jamie über unser Dreiergespann, und eine schwere Last fiel mir damit vom Herzen.

»Ich finde auch, dass das ganz wundervoll wird«, stimmte ich Jamie zu.

Mary schenkte uns ihr dankbarstes Lächeln, das mit Gold gar nicht aufzuwiegen war. Die Erleichterung in ihrem Gesicht war mir um einiges wichtiger als die Neuanschaffungen, die ich in Gedanken bereits wieder von meiner Liste gestrichen hatte.

Aber was waren neue Tische und Stühle schon wert, wenn man dabei seine Freunde auf der Strecke ließ? Was für ein Mensch wäre ich, wenn ich meine Lieben vergessen würde, jetzt, wo es mir besser ging? Einer, mit dem ich selbst nichts zu tun haben wollte. Definitiv!

Kapitel 14

Steven

Jackys Worte gingen mir einfach nicht mehr aus dem Kopf. Julias Ablehnung eines Spenderorgans und ihre Sorge um meine Zukunft schnürten mir die Kehle zu.

Das Band zwischen meiner Schwester und mir war von jeher besonders stark. In den guten Tagen ihrer Kindheit hatten wir viel Zeit zusammen verbracht und einander alles anvertraut. Julia war wie mein Zwilling. Sie wusste stets, wie ich mich fühlte, was in meinem Kopf vor sich ging oder was mir Kummer bereitete.

Schon in dieser Zeit hatte sich ihr besonderes Gespür für das Innenleben ihrer Mitmenschen entwickelt. Ihre Empathie war so weit ausgeprägt, dass ich nur zur Tür ins Haus hereinkommen musste, und sie wusste schon, dass mich etwas bedrückte. Wie sehr ich mich auch bemühte, es vor ihr zu verstecken, es gelang mir nie.

Doch dass sie jetzt schon von Bedürfnissen von mir wissen wollte, die ich selbst nicht einmal verspürte, war neu. So neu, dass ich mich unweigerlich fragen musste, ob sie im Zusammenhang mit der geänderten Dosierung ihrer Medikamente zusammenhing. Was, wenn sie ihre lebensverlängernden Maßnahmen nicht mehr wollte, weil sie nicht mehr klar denken konnte?

Das ewige Hin und Her in meinem Kopf brachte mich letztlich immer wieder zu dem Punkt, vor dem es kein Entkommen gab: Gesetzt den Fall, Julias Entscheidungen waren unbeeinflusst von irgendwelchen Pillen, musste ich lernen, sie zu akzeptieren. Mehr noch, ich musste damit umgehen und mich ihrem letzten

Wunsch öffnen.

Die heile Welt, die sie sich für mich ausmalte, war ihre Vorstellung für meine Zukunft. Eine Zukunft, die ich ohne sie erleben würde. Allein der Gedanke ließ mir die Kehle enger werden, sodass ich kaum noch schlucken konnte.

»Steven?«

Eine glockenhelle Stimme durchdrang den Nebel aus Ängsten und Hoffnungslosigkeit. Ein Engel kam auf mich zugelaufen. Ja, so musste es sein. Ich blickte gegen die Sonne und konnte nur seine Umrisse erkennen. Das lange goldene Haar, die Wärme, die von ihm ausging.

»Hast du kurz Zeit für mich?«, fragte Louna, ehe sie wenige Meter vor mir zum Stehen kam.

»Bitte.« Ich deutete auf den Stuhl vor meinem Schreibtisch. »Setz dich doch!« Dabei versuchte ich, nicht so verkrampft zu wirken, wie ich mich fühlte.

Was ich bei der momentanen Situation am Set überhaupt nicht gebrauchen konnte, war Gerede. Gerade jetzt, da endlich so etwas wie Normalität eingetreten war, wollte ich alles dafür tun, dass es auch so blieb. Reichte schon, dass Amber nicht müde wurde, gegen Louna zu wettern. Bisher äußerst subtil und planlos, aber ich kannte Amber besser. Sie würde nicht eher Ruhe geben, bis ich ihrem Drängen nachgab und Louna aus der Soap nahm.

Amber konnte einfach nicht verkraften, dass ich jemanden für die Hauptrolle engagiert hatte, der auf keinerlei schauspielerische Erfahrung zurückgreifen konnte, geschweige denn studiert hatte. Sie war vom Glauben abgefallen, als sie davon Wind bekommen hatte.

Doch Amber würde sich schon bald wieder einkriegen. Sie war

zum Glück nicht so zickig und durchtrieben wie Brittney. Sobald sie einsah, dass ihre Anspielungen bei mir mit hundertachtzig Sachen gegen eine Betonwand aus Vertrauen und Zuversicht gegenüber meiner neuen Vicky fuhren, würde auch die letzte Querulantin am Set endlich Ruhe geben.

Louna setzte sich auf den gewiesenen ledernen Schwingstuhl, ließ die Hände schwer wie Blei in ihren Schoß fallen und senkte den Blick gen Boden, als würde sie auf die Verkündung ihres Urteils warten. Ihr Mund war leicht geöffnet, und doch kam ihr kein Wort über die Lippen.

Ich klappte den Laptop zu, der heute eh mehr zur Tarnung gedient hatte, und lehnte mich in meinem Stuhl zurück. Louna biss sich leicht auf die Unterlippe. Ihr innerer Kampf war unverkennbar.

Sie war eine gute Schauspielerin, da sie Gefühle glaubhaft darstellen konnte, und dazu in der Lage war, sich den entsprechenden Text zu merken. Was jedoch das Verbergen ihrer eigenen Empfindungen anbelangte, war sie eine absolute Niete. Ich konnte in ihrem Gesicht, an ihrer Haltung, ja allein schon daran, wie sie ihre Beine ineinander verschlungen unter meinen Schreibtisch stellte, sehen, dass ihr etwas von immenser Wichtigkeit auf dem Herzen lag.

»Ist es wegen Amber? Soll ich mal mit ihr reden?«

Zu den Aufgaben eines guten Regisseurs gehörte es auch, seine Crew unter Kontrolle zu haben und Zwistigkeiten im Keim zu ersticken.

Louna hob den Kopf und sah mit verkniffener Miene in meine Richtung. Aus ihren Augen sprach Verwunderung zu mir. Das war es also offensichtlich nicht, weshalb sie zu mir gekommen war.

»Das mit Amber ist schon okay«, versuchte sie, mir glaubhaft zu versichern. Doch ich wusste es besser. Ich las in ihrem Gesicht wie in einem offenen Buch. Ich konnte die Enttäuschung über ihre Zurückweisung spüren, die Sorge darüber, was sich Amber noch so einfallen lassen würde, um Louna in Misskredit bei mir zu bringen.

Nicht nur Julia war empathisch. Auch mir war es offenbar in die Wiege gelegt worden, aus der Mimik und der Gestik meiner Mitmenschen so viel mehr über sie zu erfahren, als sie gewillt waren, mir preiszugeben.

Louna war ... sie war die Frau, die ich mir von allen, die ich kannte, noch am ehesten an meiner Seite vorstellen konnte. Und das nicht, weil sie besonders schön und über die Maßen nett war. Besonders das letzte Attribut hatte in meiner Branche Seltenheitswert. Nein, Louna war ehrlich, warmherzig und sie liebte ihr Café. Dafür war sie sogar bereit, einen neuen Weg einzuschlagen und in Schuhe zu schlüpfen, die sie zuvor nicht einmal in Erwägung gezogen hatte.

»Was kann ich dann für dich tun?«, fragte ich weiter, um die Stille zwischen uns zu bekämpfen und den Gedanken in meinem Kopf nicht die Möglichkeit zu geben, ihre Pläne weiterzuspinnen.

Denn ich hatte eine ziemlich genaue Vorstellung davon, wo sie hinführen würden. Von da aus gab es keinen Weg mehr zurück.

Louna seufzte schwer und strich sich mit der Zunge über die trockenen Lippen. Abermals senkte sie den Blick. Offenbar hatte sie ihr Mut wieder verlassen. Ich konnte ihr deutlich ansehen, wie sehr sie sich an einen anderen Ort oder, besser gesagt, weit weg von mir wünschte. Wie sehr sie ihre Entscheidung bereute, zu mir gekommen zu sein.

»Ich beiße übrigens nicht.«

Ich legte eine gewisse Leichtigkeit in meine Worte und lächelte, um Louna endlich davon zu überzeugen, dass sie mir alles sagen konnte und ich ihr nichts übel nehmen würde. Nein, das würde ich tatsächlich nicht. Die Erkenntnis traf mich wie mit einem Vorschlaghammer.

Doch noch ehe ich darüber nachdenken konnte, fasste sich Louna endlich ein Herz.

»Das weiß ich doch.« Sie bemühte sich um ein Lächeln, das ihre Augen jedoch nicht erreichte. Für den geneigten Zuschauer vor dem Fernseher hätte es vielleicht gereicht, doch mich konnte sie damit nicht täuschen.

Wieder legte sich bleierne Stille zwischen uns, während das monotone Ticken der Uhr über der Tür unnachgiebig andauerte. Eigentlich war ich nur ins Büro gekommen, um die Termine der folgenden Tage abzusagen. Ich wollte mir neben dem Dreh für *Love next door* weitestgehend den Rücken freihalten, um so viel Zeit wie nur möglich mit Julia verbringen zu können.

Heute sollte sie wieder auf eine normale Station verlegt werden. Es ging ihr besser. Allein das war schon ein Anlass, um in die Luft zu springen und erleichtert dem Herrn zu danken. Aber ich war weder gläubig noch so naiv, wirklich zu glauben, dass es von nun an nur noch bergauf gehen würde. Der Weg meiner Schwester war vorgezeichnet, auch wenn ich mich wie ein bockiges Kind dagegen zur Wehr setzte.

Irgendwann würde ich mich der Realität stellen müssen. Aber nicht heute oder morgen. Wenn ich es irgendwie verhindern konnte, dann auch noch nicht übermorgen. Ich wollte den Traum von einer alternden Julia, die glücklich in ihrem Schaukelstuhl auf der Veranda saß, noch nicht begraben. Nicht, wenn es noch Hoffnung gab. Egal, wie klein sie auch sein mochte.

»Gibt es Probleme im Café?«, fragte ich ins Blaue hinein und erntete dafür Lounas schockierten Blick. Offenbar hatte ich mitten ins Schwarze getroffen.

»N-nein«, stotterte Louna. »So kann man das nicht sagen. Also … Ich bin froh, dass Jamie … Aber ich weiß natürlich auch …«

Wo Louna wenige Sekunden zuvor noch wie versteinert gewirkt hatte, fuchtelte sie nun wild mit ihren Händen durch den Raum, wie um etwas zu greifen zu bekommen, was man mit bloßem Auge nicht sehen konnte.

»Beruhige dich erst mal, Louna! Ich kann dich nicht verstehen, wenn du so hektisch und abgehackt sprichst. Was ist mit Jamie?«

Louna schluckte und nickte mir zu. Dann hob sie erneut zu sprechen an. Die Unruhe und Nervosität in ihrer Stimme waren so präsent wie das Gefühl der Verbundenheit, das mich einfach nicht loslassen wollte, sosehr ich mich auch dagegen wehrte. Louna und ich waren weder Seelenverwandte, noch sollte ich sie für gewisse Pläne auswählen, um meiner Schwester einen letzten Wunsch zu erfüllen. Das war total hirnrissig, da Julia überhaupt nicht sterben würde. Nicht, solange ich etwas dagegen tun konnte. Und doch war da diese leise Stimme in mir, die mich nach dem *Was-wäre-Wenn* fragte.

Hatte ich denn nicht die Pflicht, alles dafür zu tun, meiner Schwester die wenige Zeit, die ihr noch blieb, so angenehm wie möglich zu gestalten? Warum fiel es mir dann so schwer, ihr diesen einen verdammten Wunsch zu erfüllen? Warum konnte ich nicht über meinen Schatten springen und für sie die perfekte Show abliefern? Eine passende Darstellerin hatte ich längst gefunden. Sie saß hier in meinem Büro. Es fehlte mir nur der Mut oder der Wink des Schicksals. Irgendein Zeichen, das mich darin bestärkte, den angestrebten Weg auch zu gehen.

»Jamie ist ganz wundervoll. Er macht seine Arbeit einfach unglaublich gut und liebt es richtiggehend, im Café zu sein. Ich würde ihn gerne fragen, ob er längerfristig für mich arbeiten möchte, und jetzt … Nun, ich frage mich, wann du ihn wieder hier am Set haben willst. Und wie wir das alles regeln könnten. Schließlich bin ich mir durchaus im Klaren darüber, dass du deinen Regieassistenten auch irgendwann wieder an deiner Seite brauchst.« Daher wehte der Wind. Louna hatte Sorge, ich könnte ihr Jamie wieder wegnehmen. Und diese Sorge war nicht ganz unbegründet. Schließlich war ich auf meinen Regieassistenten angewiesen, auch wenn ich momentan auch ohne ihn auskam.

»Er macht seine Sache also gut?«, hakte ich nach.

Louna nickte. »Sehr gut sogar. Ich könnte mir keine bessere Vertretung für mich vorstellen.« Lounas Euphorie war kaum mehr zu bremsen. Sie strahlte bei jedem ihrer Worte wie ein Glühwürmchen in der Nacht.

»Es freut mich, das zu hören«, antwortete ich eine Spur zu unterkühlt, während sich in meinen Gehirnwindungen die Pläne verfestigten.

»Könntest du dir vorstellen, mir Jamie gänzlich zu überlassen? Natürlich nur, wenn er das möchte und du Ersatz gefunden hast.« Es war kaum zu überhören, wie sehr Louna wirklich an meinem Regieassistenten hing. Die Wehmut in ihrer Stimme klang ganz danach, als würde ich ihr ein geliebtes Haustier wegnehmen wollen. Ich überlegte kurz, ob nun der Moment gekommen war, um meine fixe Idee mit Louna zu besprechen. Wollte ich mir die Blöße geben und sie in kürzester Zeit bereits um den nächsten Gefallen bitten? Oder wäre es nicht besser, noch etwas abzuwarten?

Zeit war ein Faktor, der in meiner Gleichung leider immer geringer ausfiel. Ferner hatte ich keine Ahnung, wie viel meiner Schwester davon wirklich noch blieb. Was ich aber ganz genau wusste, war, dass ich ihr das geben wollte, wonach sie sich so sehr für mich sehnte: ein bisschen heile Welt, Liebe so groß, dass sie bis zum Himmel reichte, und Glühwürmchen, deren Lichter nie erloschen.

»Ich hätte da eine Idee.«

Kapitel 15

Louna

Voller Ungeduld wartete ich auf das, was Steven gleich sagen wollte. Mein rechtes Bein ließ sich nicht mehr davon abhalten, unkontrolliert zu zappeln, während mein Herz ein so rasantes Tempo angeschlagen hatte, dass jeder Formel-1-Pilot neidisch darauf gewesen wäre.

»Es gibt da ein Mädchen«, begann er zu sprechen, während mir der Atem stockte.

Stevens Bekenntnis schockierte mich und warf mich im Handumdrehen aus der Bahn. Hier sollte es doch um Jamie gehen. Warum erzählte er mir jetzt von seiner Freundin?

Es gab also doch eine Frau in seinem Leben. Wie hatte ich nur so naiv sein und glauben können, dass er solo war? Und wie verdammt noch mal hatte ich es nur zulassen können, dass die Schmetterlinge in meinem Bauch in seiner Gegenwart so übermütig wurden? Die Erkenntnis versetzte mir einen Stich mitten ins Herz.

Gerade jetzt, wo ich mich endlich in dieser Stadt angekommen fühlte. Die Sache war die: Ich wohnte jetzt schon seit einigen Jahren in San Francisco. Bis auf Mary waren meine Bekanntschaften eher oberflächlicher Natur. Wirkliche Freunde hatte ich bisher neben Mary noch keine gefunden. Doch ich war ein Gefühlsmensch. Ich brauchte Menschen um mich herum, die mich mochten und in deren Gegenwart ich mich gerne aufhielt. Jamie war in kürzester Zeit einer davon geworden. Und auch in Stevens Gegenwart fühlte ich mich zunehmend immer wohler.

Die Vorstellung, dass Jamie wieder aus meinem Leben verschwinden könnte, war schmerzlich. Natürlich konnten wir weiterhin Freunde bleiben, uns beteuern, dass wir uns treffen und via WhatsApp schreiben würden. Aber leider hatte ich in der Vergangenheit allzu oft erlebt, dass aus den fest vorgenommenen Anrufen nichts wurde. Zunächst wurde ich vertröstet, dann vergessen.

Es wäre zu schade, wenn es mir mit Jamie nun ähnlich ergehen sollte. Gerade im Moment konnte ich wirklich etwas Zuspruch und wahre Freunde gebrauchen. Allein an Marys zarte Schultern wollte ich mich in dieser Hinsicht nicht lehnen. Sie hatte selbst so viel um die Ohren, dass ich ihr mit meinem Kummer nicht auf die Nerven gehen wollte.

Denn auch wenn ich gegenüber Steven die Streitereien zwischen Amber und mir herunterspielte, setzten sie mir mehr zu, als ich bereit war, offen zuzugeben. Amber war ein intrigantes Miststück, das nur darauf wartete, dass ich einen Fehler machte. Sie lauerte im Hintergrund und beobachtete jeden meiner Schritte aufs Genaueste. Ferner hatte sie keinen Zweifel daran gelassen, dass sie mich schon noch wie eine Staubwolke vom Set fegen würde.

Entweder war sie eine verdammt gute Schauspielerin, oder ich war leicht zu blenden, aber ich kaufte es ihr ab. Ich glaubte ihr, dass sie einen Weg finden würde, mich bei Steven schlechtzumachen, damit ich meinen Job verlor.

Anfangs war es mir gar nicht so wichtig gewesen, meine Rolle in *Love next door* längerfristig zu behalten. Ich war gekommen, um mir das Ganze einmal anzusehen, hatte Blut geleckt und immer mehr Gefallen an der Tätigkeit als Schauspielerin gefunden. Mittlerweile ging es allerdings nicht mehr nur um mich.

Wenn ich die Vicky nicht mehr spielen durfte, dann würde ich Mary nicht mehr bezahlen können. Vielleicht würde sie in absehbarer Zeit wieder einen größeren Auftrag bekommen und ihre Sorgen würden sich über Nacht in Luft auflösen, aber das war nichts, womit wir planen konnten. Es wäre grob fahrlässig, mir die Chance, die Steven mir hier geboten hatte, entgehen zu lassen.

Mary wirkte von Tag zu Tag ausgelassener. Die quälenden Fragen, wie sie ihre Wohnung oder Lebensmittel bezahlen sollte, waren zunächst ins Off gerückt. Sie war voller Elan in meiner Backstube im Einsatz und arbeitete weit mehr, als ich von ihr erwarten konnte, damit ich mehr Zeit für die Serie und das Lernen der Texte hatte.

So ungern ich es zugab, da ich Sorge hatte, die Seifenblase, die ich mir da geschaffen hatte, könnte wieder zerplatzen: Ich liebte die kleine heile Welt, die ich mir fern meines eigenen Elternhauses aufgebaut hatte. Sehr sogar.

Außerdem war es ein unbeschreibliches Gefühl, plötzlich Mitstreiter zu haben, die sich ebenfalls neue Kreationen für den Laden ausdachten oder sich ebenso über gewisse Marotten der Kunden lustig machten.

Es gab da beispielsweise diesen Mittfünfziger, der stets sein eigenes Geschirr und sein eigenes Besteck mitbrachte. Nicht einmal eine Serviette nahm er sich aus dem Spender. Dann gab es da noch die *Hundelady*, wie ich sie scherzhaft nannte. Sie kaufte stets ein Stück Apfelkuchen, das sie ausschließlich ihrem Chihuahua zum Fressen gab. Ich hatte noch nie erlebt, dass sie einen meiner Kuchen selbst probiert hatte.

Die Leute hier an der Westküste waren wirklich ziemlich merkwürdig. Umso wichtiger war es für mich, Gefährten zu finden, die mich längerfristig in meinem Café unterstützten und mit mir gemeinsam eine Bastion der Normalität errichteten, um dem Wahnsinn vor der Ladentür zumindest zeitweise zu entkommen.

»Sie ist schwer krank«, berichtete Steven, der jedes seiner Worte mit Bedacht wählte.

»Das tut mir sehr leid«, erwiderte ich voller Mitgefühl und versuchte, das Gefühlswirrwarr in meinem Inneren unter Kontrolle zu halten.

Während sich Steven wieder in Schweigen hüllte oder den nächsten geeigneten Worten nachspürte, schossen mir abermals Abertausende Fragen durch den Kopf. Von welchem Mädchen sprach er da genau? War es seine Freundin? Oder nur eine Bekannte? Hatte er mal was mit ihr? An welcher Krankheit litt sie? Würde sie vielleicht sogar daran sterben müssen? Ich bekam Mitleid mit ihm.

Steven schenkte mir ein zaghaftes Lächeln, womit er sich für meine Anteilnahme bedankte. Dann konnte er meinem erwartungsvollen Blick nicht länger standhalten und sah zum Fenster hinaus.

Mein Blick folgte dem seinen. Der Himmel über San Francisco war an diesem Sommertag wolkenverhangen und spiegelte unverkennbar meine Stimmung wider. An Sonnenschein mochte ich an dieser Stelle noch gar nicht denken. Bisher war in meinem Kopf alles grau in grau.

»Das Mädchen ist meine Schwester, und ihr bleibt nicht mehr viel Zeit.« Steven sah mich nicht an, während er sprach, doch nun schien es, als hätte sich seine Zunge gelockert. Wie bei einem Wasserfall prasselten seine Worte auf mich hernieder, sodass ich große Mühe hatte, der Flut an Informationen zu folgen.

»Julia ist eines der Mädchen, das in allem nur das Gute sieht.

Sie weigert sich standhaft, ihre Situation zu beklagen. Während ich schon längst aus der Haut gefahren wäre und alles und jeden für mein Schicksal verantwortlich gemacht hätte, bleibt sie die Ruhe selbst, lächelt, als wäre nichts passiert, und sieht wagemutig in die Zukunft.« Stevens Stimme zitterte am Ende leicht. Ich hatte ihn noch nie so mitgenommen erlebt. Noch immer wagte er es nicht, in meine Richtung zu sehen. Aber das brauchte er auch gar nicht. Ich konnte auch von der Seite erkennen, wie sehr er litt.

Unfähig, etwas auf seine Offenbarung zu erwidern, starrte ich ihn an, obwohl mir bewusst war, wie unhöflich ich mich verhielt. Doch ich konnte nicht anders. Die Tragweite seiner Worte nahm mich völlig mit. Zu wissen, dass seine Schwester sterben würde und er nichts daran ändern konnte, musste die Hölle für ihn sein.

Ich selbst hatte zwar keine Geschwister, mochte mir aber nicht ausmalen, was solch eine Diagnose bei meinen Eltern in mir auslösen würde. Mein Herz wurde schwer – allein beim Gedanken daran. Wie musste es da erst Steven ergehen?

»Wenn ich irgendetwas für dich tun kann …«, setzte ich zu dieser abgedroschenen Phrase an, die in jedem Hollywoodklassiker mit viel Herzschmerz in der Stimme zum Besten gegeben wurde und doch nichts weiter war als heiße Luft.

Was konnte ich schon für einen Mann tun, den ich nicht einmal wirklich kannte? Bisher war Steven für mich der aufgeblasene Kerl gewesen, der sein Wohl über das der anderen stellte, einen protzigen Schlitten fuhr und als Regisseur am Set eine Machtposition einnahm, die seinem Ego gerecht wurde.

Nach seinem Bekenntnis schämte ich mich dafür, ihn auf das Klischee reduziert zu haben, ohne ihm die Chance zu geben, mir eine andere Seite von ihm zu zeigen. Nie im Leben hätte ich es für möglich gehalten, dass er sie mir freiwillig präsentieren würde. Nicht jetzt. Nicht morgen. Nie.

Und dann musste ich mich fragen, wieso ich nicht tiefer geblickt, sondern ihn nur auf das reduziert hatte, was ich sehen wollte. Zwischen Mitgefühl und Sorge, Verwunderung und Enttäuschung über mich selbst richtete Steven erneut das Wort an mich.

»Julia leidet schon ihr ganzes Leben an einer genetisch bedingten Stoffwechselerkrankung, die unheilbar ist. Der zähe Schleim, der bei dieser Krankheit im Körper der Betroffenen entsteht, stört die Funktion einiger Organe – wie beispielsweise die der Lunge, der Leber, der Bauchspeicheldrüse und des Darms. Ihre Lebenserwartung liegt zwischen dreißig und vierzig Jahren. Sie verbringt mehr Zeit im Krankenhaus als zu Hause.« Er lachte bitter und schloss dabei die Augen. »Wenn ich ehrlich bin, hat sie gar kein Zuhause mehr. Die wenigen Wochen, manchmal nur Tage, die sie die Klinik verlassen darf, verbringt sie bei mir.«

Er sah mir in die Augen, wie um darin zu lesen, was ich von seiner Geschichte hielt, wie ich dazu stand. Mein Herz quoll über vor Mitleid für den Mann, den ich so vollkommen falsch eingeschätzt hatte. Und ich musste wieder an den Abend zurückdenken, als er Mary ohne Murren bis in den vierten Stock zu ihrer Wohnung getragen hatte und nicht eher hatte gehen wollen, bis er wusste, dass sie in ihrem Bett sicher sein würde.

Damals hatte ich mir nichts weiter dabei gedacht. Heute verstand ich, warum ihm die Situation so sehr zugesetzt hatte. Es musste schrecklich für ihn gewesen sein, mitzuerleben, wie jemand freiwillig sein Leben riskierte, während seine Schwester alles dafür tat, überleben zu können, und letztlich doch viel zu früh sterben würde.

Während ich überlegte, was ich darauf erwidern sollte und mir jedes meiner Worte viel zu einfältig und bedeutungslos erschien, senkte Steven schwer den Kopf, stützte ihn auf seinen Händen auf und atmete hörbar aus.

Am liebsten wäre ich aufgesprungen, um zu ihm zu eilen, ihm mit meiner Hand über den Rücken zu streichen und ihn in den Arm zu nehmen. Aber das stand mir nicht zu. Schließlich kannten wir uns kaum. Abgesehen von den anfänglichen Spannungen zwischen uns und diesem merkwürdigen Gefühl in meiner Magengegend, das er von Zeit zu Zeit hervorrief, gab es nichts, was uns miteinander verband.

Plötzlich fühlte ich mich völlig fehl am Platz. Nicht, dass ich nicht bereit wäre, ihm beizustehen, ihm eine helfende Hand zu reichen. Aber wie sollte ich das leisten können, wenn ich ihn doch nicht einmal wirklich kannte?

»Meine Schwester wartet seit Jahren auf ein Spenderorgan. Eine neue Lunge ist ihre letzte Chance. Aber sie wird ihr wohl verwehrt bleiben. Und vor einigen Tagen hat sie mir gesagt, dass …« Dann brach seine Stimme, ein unterdrückter Schluchzer war zu hören, während er den Kopf noch immer gesenkt hielt.

Wie angewurzelt saß ich auf meinem Stuhl. Nichtig und klein kamen mir meine Probleme neben seinen vor. Ich schämte mich regelrecht für das Anliegen, weswegen ich zu ihm gekommen war. Was hatte ich mir nur dabei gedacht? Hatte ich Stevens Gutmütigkeit nicht schon über die Maßen strapaziert?

Natürlich hatte er auch seinen Nutzen daraus gezogen, dass ich am Set eingesprungen war. Aber letztlich hatte ich aus unserer Übereinkunft so viel mehr gewonnen, als ich es je für möglich gehalten hätte. Ohne Steven säße ich nicht hier. Ohne ihn gäbe es vielleicht das Cakeheaven schon gar nicht mehr. Ohne ihn könnte ich neben dem Kredit meine Wohnung nicht bezahlten und müsste mir einen Job in einem Diner oder im Supermarkt suchen.

Jetzt war es an mir, einmal tief durchzuatmen und mir meiner Lage bewusst zu werden. Wenn dieser aufgeblasene Gockel vor wenigen Wochen nicht in meinen Laden geplatzt wäre und sich aufgeführt hätte, als gehöre ihm die Welt, hätte ich ganz schön dumm aus der Wäsche geschaut. Und heute? Heute war es an der Zeit, etwas von dem, was Steven mir geschenkt hatte, zurückzugeben. Ich hatte zwar keine Ahnung, wie das aussehen könnte, doch ich würde für ihn da sein.

Ich fasste mir ein Herz und erhob mich von meinem Platz. Der Schwingstuhl knarzte, als ich meine Hände schwer auf die Lehnen stemmte und mich hochzog. Doch Steven sah nicht zu mir. Er rang noch immer um Fassung.

Dabei hatte er jedes Recht der Welt, seinen Kummer lauthals herauszuschreien. Er brauchte sich nicht dafür zu schämen. Nicht vor mir oder sonst jemandem. Seine Schwester würde sterben. Das war ein Grund, an allem und jedem zu zweifeln, mit dem Schicksal zu hadern und seinen Gefühlen freien Lauf zu lassen.

Langsam bewegte ich mich auf den Mann zu, von dem ich glaubte, er würde sich selbst als den Nabel dieser Hemisphäre sehen. Mit jedem Schritt, den ich überwand, wurde ich mir meiner Fehleinschätzung bewusst.

Ohne ein weiteres Wort legte ich meine Hände auf seine Schultern. Steven wandte sich nicht von mir ab. Im Gegenteil. Kaum dass meine zittrigen Finger seinen Nacken berührt hatten, legte er seine Hände um meine Taille und zog mich ganz fest an sich.

Völlig überrumpelt stand ich da, starrte ihn an, ohne auch nur ansatzweise zu verstehen, was hier vor sich ging. Dann fuhr ich ihm ganz vorsichtig mit den Fingern durch sein dichtes dunkles Haar und strich ihm anschließend einfühlsam über den Rücken. Als ich spürte, wie sich der Stoff meines Shirts mit seinen Tränen tränkte, hätte ich am liebsten eine dieser Floskeln verwendet, die behaupteten, alles würde wieder gut werden. Aber das schien mir an dieser Stelle unangebracht.

Worte waren nicht genug, um das auszudrücken, was ich für ihn fühlte. Und Worte waren auch nicht in der Lage, ihm seinen Kummer zu nehmen oder diesen zu mildern. Es waren hohle Phrasen, die sich die Menschheit überlegt hatte, um Anteil zu nehmen. Doch wie konnte man Anteil nehmen, wenn man selbst nicht betroffen war? Wenn man den Schmerz nicht teilen konnte?

Für einige Minuten standen wir einfach nur da. Stevens Atmung ging nach einiger Zeit wieder gleichmäßiger. Noch immer umschlangen seine Arme meine Taille, als wäre ich die rettende Boje, die ihn vor dem sicheren Ertrinken bewahren konnte. Ich ließ ihn gewähren und war einfach nur für ihn da.

Auch wenn ich keine Ahnung hatte, ob das richtig war, spürte ich doch, wie sich Steven allmählich entspannte, wie er ruhiger wurde und sich wieder fasste.

Als er sich abrupt von mir löste, hatte ich nicht damit gerechnet. Steven schob seinen Stuhl etwas von mir weg, um mir wieder in die Augen sehen zu können. Ich konnte Dankbarkeit in seinem Blick erkennen und einen Hauch Scham darüber, sich vor mir so gehen lassen zu haben. Aber das war vollkommener Unsinn. Er hatte jedes Recht, traurig zu sein und seine Gefühle zu zeigen. Der Vorfall machte ihn in meinen Augen nur sympathischer.

»Julia hat sich dafür entschieden, nicht länger auf das Transplantat zu warten. Sie hat … mit ihrem Leben abgeschlossen und … ähm … scheint damit vollkommen im Reinen zu sein.« Er lacht schmerzvoll auf. »Während ich nicht weiß, wie ich damit umgehen soll. Sie … Gott, es tut mir leid, dass ich dich mit meinen Problemen konfrontiere, dir das alles erzählt habe. Ich hätte … Es …«

»Nein, ist schon gut«, versuchte ich, ihm die Sorge zu nehmen, mir fälschlicherweise sein Herz ausgeschüttet zu haben. Das war genau das, was ich auf gar keinen Fall wollte. Ich wollte ihm nicht das Gefühl vermitteln, dass er mir von seinem Kummer nicht hätte erzählen dürfen.

Natürlich standen wir uns bisher nicht sonderlich nahe. Aber vielleicht konnte manchmal ein Fremder mehr für einen tun als ein Freund. Ich wollte mir nicht anmaßen, für ihn eine Stütze sein zu können. Ihn sich selbst zu überlassen, war allerdings auch keine Option. Nicht, nachdem er mir von seiner Schwester erzählt hatte. Was wäre ich für ein Mensch, wenn ich achtlos zur Tagesordnung übergangen wäre?

Steven blinzelte die übrigen Tränen, die ihm noch in den Wimpern hingen, weg und sah dabei zur Decke, als könnte er dort die Antworten auf all seine Fragen geschrieben stehen sehen.

»Julia ist schon immer die Tapferere von uns beiden. Ihr Glaube an das Gute im Menschen und die Art, wie sie in sich ruht, treiben mich nicht selten in den Wahnsinn.« Dann sah er mich schuldbewusst an. »Kannst du das verstehen? Oder klinge ich wie das miese Arschloch, für das du mich bei unserem ersten Aufeinandertreffen gehalten hast?«

Meine Wangen wurden bei seinen Worten schlagartig heiß. Plötzlich war mir die Nähe zu meinem Boss unangenehm. Die

Vertrautheit zwischen uns zu viel. Ich brauchte Abstand, um selbst wieder atmen zu können und die Dinge in meinem Kopf zu ordnen.

»N-nein«, stotterte ich verlegen, als mir bewusst wurde, wie leicht ich zu durchschauen war.

Dabei hätte es mich nicht wundern dürfen. Stevens Job lag darin, Menschen zu studieren, ihre Empfindungen zu deuten und sie richtig einzuschätzen. Auf einmal wurde mir klar, dass er mich so viel besser kannte, als ich bisher geglaubt hatte.

Sein Blick ruhte fest auf mir, brannte sich förmlich in meine Iris ein. Das zwischen uns war beängstigend und aufregend zugleich. In meinem Magen regte sich erneut der zaghafte Flügelschlag eines Schmetterlings, während ich mühevoll nach außen zu verbergen versuchte, was in mir vor sich ging.

Steven lächelte ein warmes Lächeln. Eines von der Sorte, die einem gewogen waren, auch wenn das Gegenüber genau über einen Bescheid wusste.

»Ist Julia hier in San Francisco im Krankenhaus?«, fragte ich vorsichtig, um mein Interesse an seinem Schicksal zu zeigen.

Steven überlegte kurz, wie viel er bereit war, mir zu offenbaren, entschied sich dann jedoch, offen mit mir zu sprechen. Wahrscheinlich leuchtete ihm ein, dass er mir ohnehin bereits alles gesagt hatte.

»Sie liegt im *Saint Francis Memorial Hospital*«, erklärte Steven, der sich wieder ganz und gar gefasst hatte. Sein durchdringender Blick bohrte sich tief in mich hinein. Ich hatte das Gefühl, auf dem Prüfstand zu stehen, und verstand nicht, wie es dazu hatte kommen können.

»Meine Schwester hat einen riesigen Wunsch, den ich ihr nicht ohne Weiteres erfüllen kann.« Stevens Blick haftete noch immer fest auf mir, als könnte ich Abhilfe schaffen.

»Was wünscht sie sich denn?«, fragte ich behutsam, während ich mich im Rücken mit den Händen an Stevens Schreibtisch festklammerte.

Steven sprach nicht gleich.

»Julia ist eine sehr harmoniebedürftige junge Frau. Sie liebt schnulzige Liebeskomödien mit Happy End. Als sie sich irgendwann eingestehen musste, dass sie es wohl selbst nie erleben würde, hat sie sich in den Kopf gesetzt, die perfekte Frau für mich zu finden.« Stevens Stimme klang gefasst. Zu meinem Leidwesen hatte er seine Gefühle mittlerweile wieder unter Kontrolle. Ich mochte seine einfühlsame Seite, würde es jedoch nie offen zugeben. Dieser intime Moment zwischen uns würde mir immer in Erinnerung bleiben, auch wenn ich das Gefühl hatte, so schnell nicht wieder in den Genuss zu kommen.

»Oh!«, antwortete ich wenig einfallsreich auf Stevens Offenbarung. Damit hätte ich nun wahrlich nicht gerechnet. Und mittlerweile war ich mir auch nicht sicher, ob ich es gut fand, davon zu erfahren.

»Louna, ich brauche jemanden, der dazu bereit ist, Hollywood nach San Francisco zu verlegen. Genauer gesagt ins *Saint Francis Memorial Hospital*.«

In mir schrillte eine laute Alarmglocke los, die mich zum Rückzug anhielt. Das hier war feindliches Sperrgebiet, aus dem ich schleunigst verschwinden sollte. Denn ich wusste genau, worum Steven mich in wenigen Sekunden bitten würde. Und ich wusste ebenfalls, dass ich nicht in der Lage sein würde, abzulehnen, auch wenn ich eine entsetzliche Fehlbesetzung für dieses Stück sein würde.

Ich konnte keiner sterbenskranken Frau vorspielen, bis über

beide Ohren in ihren Bruder verschossen zu sein. Das widersprach allem, woran ich glaubte. Es war eine Lüge, auch wenn sie nur gut gemeint war. Aber es blieb letztlich eine Lüge.

»Ich verstehe, worum du mich bitten willst, aber ich denke, ich bin nicht die Richtige für diese Aufgabe. Ich kann Julia nicht vorgaukeln, unendlich in dich verliebt zu sein, ohne es wirklich und wahrhaftig so zu empfinden. Das wäre ein Fehler.«

Steven erwiderte nichts auf meine Bedenken, erhob sich blitzschnell von seinem Stuhl, umfasste abermals meine Taille und zog mich fest an sich, während er seine Lippen auf meine legte. Zunächst ganz vorsichtig, dann immer fordernder küsste er mich, bis mir die Luft wegblieb. Überrumpelt erwiderte ich den Kuss erst nicht. Doch als die Schmetterlinge in meinem Bauch mich mit ihren Flügelschlägen kitzelten, konnte ich es nicht mehr aushalten.

Ich gab mich dem Gefühl hin, schloss meine bis eben noch vor Panik und Entsetzen geweiteten Augen und genoss den Kuss, ohne ihn zu bereuen. Ich verstand nicht, was da gerade vor sich ging, aber ich spürte, dass das nicht wichtig war.

Das böse Erwachen würde erst einsetzen, wenn ich meine Lider wieder hob. Doch bis dahin gab es nur Steven, mich und diesen einen Kuss.

Kapitel 16

Steven

Ich redete mir ein, dass ich Louna nur geküsst hatte, um sie zum Schweigen zu bringen, ihre Zweifel im Keim zu ersticken. Dabei wusste ich es doch so viel besser.

Verschämt blickte ich ihr in die Augen, doch das war gar nicht nötig. Ich wusste, was ich darin entdecken würde, und wurde nicht enttäuscht. Verwunderung, gemischt mit blankem Entsetzen und einer Prise Leidenschaft. Wohlgemerkt, nur einer leichten. Auch wenn ich alles darangesetzt hatte, das Feuer zwischen uns zu entfachen, war es mir dennoch nicht ausreichend gelungen. Nicht so, wie ich es mir erhofft hatte.

Aber mal ehrlich? Hatte ich wirklich geglaubt, ein Kuss – unabhängig davon, wie leidenschaftlich und gefühlvoll er auch gewesen war – würde Louna ihre Bedenken über Bord werfen lassen? Einfach so?

Ich kannte die Frau, die mich mit ihren blauen Kulleraugen ansah. Immer mehr bekam ich ein Gespür dafür, wie sie tickte, was sie ausmachte und wie sie fühlte.

»Entschuldige! Das war vollkommen falsch von mir«, ruderte ich zurück, um zu retten, was längst untergegangen war.

Louna war die einzige Hoffnung gewesen, die einzige Frau, mit der ich mir solch eine Scharade hätte vorstellen können.

All die nichtssagenden Dates und One-Night-Stands, die ich in den vergangenen Jahren gehabt hatte, dienten einzig und allein dem Zweck, meine Sorgen für den Moment zu vergessen und mich fallen zu lassen. Ich pflegte diese Kontakte nicht, traf mich selten mit einer Frau öfter als einmal. Als könnte ich sie und mich damit vor Schlimmerem bewahren.

Ich war kein Idiot. Ich war mir im Klaren darüber, dass mein Plan in der Vergangenheit viel zu oft nicht aufgegangen war und gebrochene Herzen meinen Weg pflasterten. Aber ich wusste auch, dass ich nicht anders konnte. Ich konnte mein Herz nicht für jemanden öffnen, ihm einen Platz darin gewähren, während all die Menschen, die fest darin verankert waren, nicht mehr lebten.

Bis auf Julia. Sie war mir noch geblieben. Aber für wie lange?

»Es ist schon okay«, hörte ich Louna mit leicht zitternder Stimme sagen.

Noch immer umklammerte sie mit beiden Händen die Tischplatte in ihrem Rücken, während sie zu rekapitulieren versuchte, was da eben vorgefallen war.

Wie ein Tier war ich über sie hergefallen. Ich hatte ihr nicht einmal die Möglichkeit gegeben, sich darauf einzustellen. Aber wie hätte ich sie denn auch darauf vorbereiten sollen? Der Kuss war schließlich lediglich Mittel zum Zweck gewesen. Nichts weiter. Oder?

Ich gebot der aufkommenden Wärme in meinem Inneren Einhalt und versuchte, dem Gefühl nicht nachzuspüren, das die Berührung unserer Lippen in mir ausgelöst hatte. Wenn ich das Chaos bisher noch im Zaum gehalten hatte, dann war es soeben wie ein wildes Pferd über das Gatter der Koppel gesprungen und davongaloppiert.

»Vergiss, was ich gesagt habe. Es war dumm von mir, dich in die Sache mit reinzuziehen«, bemühte ich mich um Schadensbegrenzung. »Das ist ganz allein mein Problem. Es soll dich nicht belasten.«

Wie ein schwerer Stein ließ ich mich zurück in meinen Stuhl fallen, unfähig, ein weiteres Mal in Lounas unschuldige Augen zu blicken.

»Wie … wie hast du dir das Ganze denn vorgestellt?«, hörte ich Louna plötzlich mit entschlossener Stimme fragen.

Mein Herz rutschte mir bei ihren Worten in die Hose. Ich bemühte mich, mir einzureden, dass das noch lange nichts zu bedeuten hatte, dass sie lediglich Interesse an dem Schicksal meiner Schwester zeigte. Und dass ich ihr vermutlich in gewisser Hinsicht leidtat. Und das, obwohl ich sie soeben ohne Vorwarnung und aus dem Hinterhalt heraus geküsst hatte.

»Ich …«, hob ich zu sprechen an und wurde mir im selben Augenblick der Tatsache bewusst, dass ich auf Lounas Frage keine rechte Antwort parat hatte.

Allein der Gedanke daran, dass ich mich für meine Schwester auf Zeit an eine Frau binden musste, war derart verstörend für mich, dass ich mir über die Einzelheiten der kleinen Scharade keinerlei Gedanken gemacht hatte.

»Ich denke«, setzte ich zu einem neuerlichen Versuch einer Erklärung an, ohne Louna dabei anzusehen. Mein Blick haftete fest auf einem Gemälde, das mir Mr. Sharman vor einigen Jahren zum Geburtstag geschenkt hatte. Das Bild war eine Katastrophe. Die Kritzeleien darauf erinnerten mehr an die ersten Malversuche eines Kleinkindes als an das Schaffen eines bedeutsamen Malers. Dennoch war es Kunst und hatte meinen Boss somit sicher eine ganze Stange Geld gekostet.

Der Wert eines Gegenstandes lag oft im Auge des Betrachters. Was für mich keine Bedeutung hatte, bedeutete für einen anderen Menschen die Welt. Und plötzlich wusste ich, was ich Louna antworten sollte.

Ich rang mich dazu durch, ihr erneut in die Augen zu sehen. Das war ich ihr schuldig. »Ich habe leider keinen blassen Schimmer davon, was wir machen müssten, um Julia das perfekte Paar vorzuspielen. In meinem bisherigen Leben hatte ich nie wirklich lange Beziehungen.« Das war die Untertreibung des Jahrhunderts. Schließlich hatte ich mich noch nie dazu hinreißen lassen, mit ein und derselben Frau mehrmals auszugehen. »Aber letztlich geht es auch nicht um mich, sondern um meine Schwester. Ich möchte ihr ein bisschen Hollywood vorgaukeln, wenn sie sich dann besser fühlt. Verstehst du, was ich meine?«

Louna sah mir noch immer fest in die Augen, überlegte kurz, ehe sie dann nickte.

»Ich habe keine Ahnung, warum ich dir helfen will, aber irgendwas sagt mir, dass ich es tun sollte. Also, was schlägst du vor, bevor ich wieder zu klarem Verstand komme und die Sache noch mal überdenke? Sollen wir zu ihr ins Krankenhaus gehen und ihr erklären, wer ich bin? Brauchen wir dafür nicht noch eine gute Kennenlernstory?«

»Danke, ich weiß gar nicht, was ich dazu sagen soll.« Ohne es zu wollen, verbogen sich meine Lippen ganz von allein nach oben. Ich rang um Fassung und konnte mein Glück kaum glauben.

»Ich würde so weit wie möglich an der Wahrheit dranbleiben, ihr erzählen, dass wir uns in deinem Café kennengelernt haben und du die Vicky in *Love next door* spielst. Die Lüge, unsere Beziehung betreffend, ist schon groß genug, als dass ich hier noch glamouröser ausschmücken würde als unbedingt nötig. Je länger die Sache läuft, desto schwieriger wird es werden, sich an die Details zu erinnern.«

Louna zog die Augenbrauen in die Höhe und sah mich abschätzig an. »Na, du musst es ja wissen. Es scheint dir nicht neu zu sein, jemandem etwas vorzuspielen.«

»Das kann man so …«, versuchte ich das Bild, das sie sich von mir gemacht hatte, zu revidieren. Doch sie ließ mich nicht aussprechen.

»Wie lange soll das Ganze laufen?«

Louna klang plötzlich so geschäftlich. Verschwunden war das Mitgefühl aus ihrer Stimme, und auch ihre Augen hatten den wässrigen Glanz verloren. Ich wusste nicht, ob mir ihre Verwandlung gefiel. Allein die Tatsache, dass ich darüber nachdachte, war falsch.

Schließlich war das zwischen Louna und mir nichts Echtes. Wir würden Julia eine gute Show bieten und ihr das geben, wonach sie sich sehnte. Das war ein guter Akt für einen Menschen, der mir unglaublich am Herzen lag und für den ich wahrlich alles tun würde. Nicht mehr und nicht weniger. Letztlich hatte Louna gar nichts damit zu tun. Sie war ersetzbar – wie all die Frauen, die ich vor ihr kennengelernt hatte und die ich nach ihr kennenlernen würde.

»Das kann ich dir schlecht sagen.« Ich bekräftigte meine Ahnungslosigkeit mit einem Schulterzucken.

Louna nahm es stoisch zur Kenntnis und nickte nochmals.

»Wann fahren wir zu ihr?«

Je länger wir uns unterhielten, desto mehr hatte ich das Gefühl, dass ich Louna vor den Kopf gestoßen hatte. Lag es an dem Kuss? Hatte ich damit eine unsichtbare Linie überschritten und das eben erst sich zum Guten entwickelnde Verhältnis zwischen uns längerfristig wieder gestört? Oder hatte ich etwas gesagt oder getan, was ihr missfiel?

»Morgen Nachmittag wäre eine gute Gelegenheit.«

Genau das war der Grund, warum ich mich nicht auf Dauer auf eine Frau einlassen konnte und wollte. Es kam mir so vor, als lebten Frauen und Männer in zwei verschiedenen Welten. Was den Sex anbelangte, funktionierte das Miteinander ziemlich gut. Mal besser, mal schlechter. Aber eine Beziehung zwischen beiden Geschlechtern war einfach gegen unsere Natur. Dazu waren wir viel zu verschieden.

Noch während ich meine Gedanken so klar formulierte, wie ich das Leben zwischen Mann und Frau einschätzte, schob sich der kaum zehn Minuten zurückliegende Kuss zwischen Louna und mir vor mein geistiges Auge. Voller Wehmut erkannte ich, dass es wohl der erste und letzte Kuss war, den ich mir von ihren Lippen gestohlen hatte. Ich versuchte, die Erinnerung an das blumige Parfüm mit der Vanillenote zu verdrängen.

Es würde nicht funktionieren. Außerdem ging es hierbei nicht um uns beide, sondern um meine kleine Schwester, die im Sterben lag. Um nichts und niemanden sonst.

Kapitel 17

Louna

»Hey, sind Sie eine neue Krankenschwester?«

Julia hatte absolut keine Ähnlichkeit mit Steven. Bis auf das kleine Grübchen am Kinn konnte ich auf den ersten Blick nichts erkennen, was sie als Geschwister identifizierte.

»N-nein«, stotterte ich.

Steven hatte mich mit den Worten »Geh schon mal rein! Ich komme gleich nach!« in den Raum geschoben und war verschwunden, noch ehe ich die Sprache wiedergefunden hatte, um ihn daran zu hindern.

Nun stand ich also bei Julia im Zimmer, hielt die Hände ineinander verschränkt wie beim Gebet und starrte die junge, ausgemergelte Frau mit den weichen Gesichtszügen und den warmen Augen schamlos an. Ich konnte einfach nicht anders.

»Wer sind Sie dann?«, fragte sie folgerichtig, während in meinem Kopf noch immer vollkommene Leere vorherrschte.

All die Gedanken, die ich mir zu unserem ersten Treffen gemacht hatte, all die Worte, die ich mir zurechtgelegt hatte, waren mit einem Wimpernschlag davongewischt worden. Ich fühlte mich völlig fehl am Platz und verfluchte Steven dafür, dass er mich mit seiner Schwester alleine gelassen hatte. Sobald ich hier raus war, würde ich mir eine Voodoo-Puppe besorgen.

»Steven hat …«

Ja, was hat er denn? Mich ins Zimmer geschoben? Mich ausgesucht, seine Freundin zu spielen? Etwas im Wagen vergessen? Die Nerven verloren und ist davongerannt?

»Ah, dann sind Sie also eine Freundin von Steven?« Ein Lächeln breitete sich von ihren zarten Lippen über ihr ganzes Gesicht aus. Ihr Strahlen war so herzlich und ehrlich, dass der triste weiße Raum, in dem sie lag, regelrecht zu leuchten begann. Doch es täuschte nicht über ihren wahren Gesundheitszustand hinweg. Vor mir lag eine zierliche Frau, die so dünn war, dass ich Sorge hatte, der nächste Windstoß könnte sie davonwehen.

Julia musste husten. Ihr eben noch so schönes Lächeln verschwand, während ein lautes Scheppern den Raum einnahm. Als wollte sie ihren Brustkorb vor den harten Stößen bewahren, legte Julia beide Hände darauf. Ich war kurz davor, nach der Schwester zu rufen, als der Anfall vorbei war.

»Geht es wieder?«, fragte ich besorgt nach.

Julia winkte ab. »Das passiert mir mehrmals am Tag. Ich bin da mittlerweile Profi drin.« Sie lächelte wieder, auch wenn sie in diesem Moment viel zerbrechlicher wirkte als noch Minuten zuvor.

»Also, sind Sie eine Freundin von Steven?«, beharrte sie.

»Das könnte man wohl so sagen«, erwiderte ich wenig geistreich, während ich die Tür in meinem Rücken regelrecht anflehte, sie möge sich schnellstmöglich wieder öffnen und Steven ins Zimmer lassen.

Es war das eine, mit ihm gemeinsam für seine Schwester das perfekte Paar zu spielen. Doch es war etwas ganz anderes, mich der Situation und damit Julia ganz allein zu stellen. Das war unfair von Steven. Wenn ich mich nach diesem Besuch noch in der Lage dazu sah, Julia ein weiteres Mal zu besuchen, dann musste Steven mir versprechen, mir das nicht noch einmal anzutun.

Noch immer lächelte mich Julia freundlich an, als würden wir uns schon ewig kennen. Nach und nach verlor sich die Panik, die sich schlagartig in mir breitgemacht hatte, als Steven mich ins

Zimmer geschubst und mich alleingelassen hatte. Ich musste zugeben, Julia machte es einem einfach, sie zu mögen. Sie war wirklich ganz anders als ihr Bruder.

»Nimm dir doch einen Stuhl und setz dich zu mir. Dann müssen wir uns nicht mehr über den ganzen Raum hinweg anschreien.«

Noch immer lächelte Julia bei ihren Worten, doch ich konnte auch erkennen, wie sehr ihr die Unterhaltung zusetzte. Was war ich nur für eine Idiotin? Ich hatte doch gerade erst miterlebt, was solch ein Hustenanfall mit ihr anrichtete.

Auch wenn Julia nach außen hin so voller Leben und Tatendrang wirkte, war sie schwach und krank. Es behagte mir zwar nicht, mich ihr zu sehr zu nähern, da ich mir sicher war, dass man in meinem Gesicht wie in einem offenen Buch lesen konnte, aber mir blieb keine andere Wahl.

Es wäre unhöflich gewesen, ihre Bitte abzuschlagen. *Steven würde sicher gleich kommen*, sagte ich mir in Gedanken, während ich mir einen der Besucherstühle schnappte und ihn neben Julias Bett stellte.

»Wie geht es dir …?«, fragte Julia.

Ich ließ meine Handtasche zu Boden gleiten und widerstand der Versuchung, Steven eine Nachricht zu schicken. Schließlich war ich mir nicht sicher, ob ich das Smartphone hier im Krankenhaus überhaupt benutzen durfte.

»Louna«, erklärte ich und rang mich ebenfalls zu einem Lächeln durch.

Julias dunkle Augen strahlten bei der Nennung meines Namens. Doch ich konnte nicht sagen, woran das lag. Mochte sie den Namen? Oder hatte ihr Steven bereits von mir erzählt? Herrgott, ich hasste es, hier so ahnungslos dazusitzen und nicht zu wissen, was ich sagen oder besser verschweigen sollte.

»Mein Name ist Julia. Aber das weißt du bestimmt schon. Wo hast du denn meinen Bruder gelassen?«, fragte sie vollkommen zu Recht, während mir kalter Schweiß auf der Stirn ausbrach. »Oder bist du allein gekommen?«

In ihren Worten lag kein Argwohn. Da war nichts als Offenheit und Interesse aus ihrer Stimme herauszuhören. Auch wenn ich Julia noch nicht wirklich kannte, konnte ich doch von ihr behaupten, dass sie das reinste Wesen war, das ich bisher kennengelernt hatte. Sie strahlte so viel Freude und Nächstenliebe aus, dass ich in ihrer Nähe nach und nach meine Sorgen über Bord warf.

»Er musste nur noch schnell etwas besorgen. Er wird gleich da sein.«

Julia lachte. »Typisch mein Bruder. Da bringt er seit Menschengedenken mal jemanden mit zu mir ins Krankenhaus und vergisst darüber alles andere.«

»So oder so ähnlich«, erwiderte ich kaum hörbar.

»Woher kennt ihr euch?«

Und damit waren wir mitten in der Vorstellungsrunde, ohne dass derjenige, der für das ganze Chaos hier verantwortlich war, anwesend gewesen wäre. Das würde Steven mir noch büßen. Haarklein würde ich mir erklären lassen, wie ich die Voodoo-Puppe anzuwenden hatte, damit es ihm höllische Schmerzen bereitete. Überall auf seinem Körper.

»Wir arbeiten zusammen«, antwortete ich wahrheitsgetreu. Ich war mir nicht sicher, ob es das war, was Steven erzählt hätte, aber der war ja nicht da und hatte somit kein Mitspracherecht. Das hatte er sich durch seine Aktion von gerade eben verwirkt.

Dabei war ich mir ziemlich sicher, dass Steven in erster Linie auf mein Café zu sprechen gekommen wäre. Er hätte die Situation unseres ersten Aufeinandertreffens womöglich noch etwas aufgebauscht und das Knistern, das hörbar in der Luft gelegen hatte, in Worte gepackt, anstatt sie wie ich unausgesprochen zu lassen.

Aber das war nicht meine Schuld. Er hatte ja seine Chance gehabt und diese freimütig aufgegeben. Jetzt musste er eben mit dem leben, was ich Julia gegenüber bereit war zu erzählen.

Keine Ahnung, ob es mir gefiel, die Zügel in der Hand zu halten. Schließlich wurde ich ja nicht danach gefragt. Am liebsten wäre es mir natürlich gewesen, Steven hätte den Arsch in der Hose gehabt und wäre mit mir bei Julia aufgeschlagen. Was für ein Weichei! Das hätte ich wirklich nicht von ihm gedacht.

»Oh, bist du im Filmteam oder arbeitest du vor der Kamera?«

Julias Neugierde war nicht gespielt. Sie war ehrlich an mir und meiner Geschichte interessiert. Kein Wunder, wenn man bedachte, dass sie offenbar nicht allzu oft Besuch bekam.

»Ich spiele die Rolle der Vicky in *Love next door*. Es gab wohl einige Probleme mit meiner Vorgängerin, sodass Ersatz hermusste. Et voilà! Hier bin ich.«

»Jetzt, wo du es sagst. Ich hatte gleich das Gefühl, dass ich dich von irgendwoher kenne.« Julia lachte. »Ich mag dich. Du bist so anders als die Frauen, die Steven vor dir gedatet hat. Er denkt zwar, ich habe keine Ahnung von seinem Liebesleben. Aber nur weil ich sehr oft im Krankenhaus von der Außenwelt abgeschnitten bin, heißt das noch lange nicht, dass ich auch nichts von ihr mitbekomme. Es gibt Handys und Laptops und all den Kram. Aber pst.« Sie hob den Zeigefinger ihrer rechten Hand vor ihre Lippen. »Verrat es bloß nicht meinem Bruder. Er denkt, ich würde hier wie eine Klosterschwester mein Leben fristen. Dabei gibt es da diesen einen Physiotherapeuten, der ziemlich heiß ist.« Sie kicherte übermütig wie ein Teenie.

Nun war es an mir, schallend zu lachen. Julia war genau der Typ Mädchen, mit dem ich mich an der Highschool blendend verstanden hätte. Sie wäre mir die Freundin geworden, die ich dort nie wirklich gehabt hatte. Diese eine wichtige Person, ohne deren Meinung man abends nicht das Haus verlassen wollte, um auf eine Party zu gehen, und der man alle wichtigen Geheimnisse anvertraute.

Mit ihr hätte ich über Michael, den Footballspieler, reden können, in den ich so unendlich verliebt gewesen war. Meinen Freundinnen an der Highschool hatte ich es nicht erzählt, da ich immer Sorge hatte, sie könnten ihr Wissen irgendwann gegen mich verwenden. Wir waren zwar befreundet, aber das war mehr so ein lockeres Miteinander gewesen, nichts, worauf man im Ernstfall wirklich bauen konnte. Julia hätte mein Leben dort wirklich bereichert. Da war ich mir ganz sicher.

»Keine Sorge, ich kann schweigen wie ein Grab«, behauptete ich und senkte verschwörerisch die Stimme, bis sie kaum mehr ein Flüstern war.

»Du gefällst mir«, meinte Julia plötzlich aus dem Nichts heraus. »Die Frauen, von denen ich Fotos mit meinem Bruder im Netz gefunden habe, sind alle irgendwie nicht das Wahre für ihn gewesen.« Dann hob sie abwehrend die Hände. »Das hört sich jetzt in deinen Ohren bestimmt furchtbar an. Schließlich hat Steven mir nie von ihnen erzählt und somit habe ich sie auch nie wirklich kennengelernt. Aber er sah immer so todunglücklich auf den Bildern aus. Auch wenn er vorgab, in die Kamera zu lächeln, oder sich cool gab, konnte ich doch am Ausdruck seiner Augen erkennen, wie es wirklich um ihn stand.«

Plötzlich wurde mir ganz flau im Magen. Mit dem riesigen Vertrauensvorschuss, mit dem mich Julia überschüttete, hatte ich ganz und gar nicht gerechnet. Ganz im Gegenteil. Ich hätte vermutet, sie wäre mir gegenüber skeptischer gewesen. Schließlich kam es doch nicht von ungefähr, dass ihr Bruder sich gerade jetzt eine Freundin nahm und sie seiner Schwester vorstellen wollte. Betonung lag auf *wollte*, da er ja vorher doch lieber die Biege gemacht und mich meinem Schicksal überlassen hatte.

Bei diesem Gedanken sollte ich mir dringend noch ein paar Nadeln auf die nächste Einkaufsliste setzen. Ein Hunderterpack sollte ausreichen, um Steven anhand der Voodoo-Puppe eine Abreibung zu verpassen.

Unsicher, was ich auf Julias Worte erwidern sollte, flog mein Blick hoffnungsvoll zur Tür, als ich irgendwo auf den Gängen ein Geräusch vernahm. Doch Steven war es leider nicht. Anscheinend bekam ein weiterer Patient der Station Besuch oder die Visite stand an.

Als das Schweigen zwischen uns etwas Bedrückendes annahm, legte Julia vorsichtig ihre Hand auf die meine. »Du musst dir keine Sorgen machen. Er wird bestimmt gleich wieder da sein.«

Offenbar interpretierte Julia meinen flehentlichen Blick in Richtung Ausgang fehl. Sie war wohl der Ansicht, ich hätte Sehnsucht nach ihrem Bruder. Was in gewisser Hinsicht ja auch stimmte. Aber nicht so, wie sie es wahrscheinlich vermutete.

Mein Blick flog durch den Raum, wie um etwas anderes darin zu finden, worauf ich sie ansprechen konnte, um den leidigen Fokus endlich von mir zu nehmen. Zunächst glitt mein Blick an nichtssagenden weißen Wänden vorbei, die mir wenig Hoffnung auf einen Themenwechsel machten.

Ich vermied es, in Julias Augen zu schauen, da ich mir sicher war, dort auch keine Antwort auf meine Suche zu finden. Auf ihrem Nachttisch lag ein Buch, von dem ich auf Instagram nur Gutes gehört hatte.

Ich liebte es, in fremde Welten einzutauchen, neuen Charakteren zu begegnen und mich mit der Protagonistin in den *love interest* zu verlieben. Leider blieb mir in letzter Zeit nicht mehr allzu viel Zeit zum Lesen. Meinen *Mr. Darcy* trug ich schon eine ganze Weile mit mir spazieren. Was auch mit Steven zusammenhing. Doch ich warf den Gedanken an ihn schnell wieder über Bord und kam auf das Buch zu sprechen.

»Wie gefällt es dir bisher? Ich habe gehört, dass es ausgesprochen gut sein soll.«

Julia verstand erst nicht, doch dann blickte sie in die gewiesene Richtung.

»Ah, du meinst *Keep on loving*?« Sie griff nach dem Buch und strich ganz vorsichtig über den Softcovereinband. So wie ich es auch tun würde. Verrückt, wie ähnlich man jemandem sein konnte, den man nicht wirklich kannte.

»Ja, genau.«

Julia überlegte kurz. »Es hat sehr viel Tiefe, aber Steven ist der Meinung, es würde mich nur traurig machen. Wenn es nach ihm ginge, würde ich nur noch heitere Komödien lesen und Dramen weit von mir weisen. Er wird wohl nie begreifen, dass ich nicht so schwach bin, wie er es von mir glauben möchte. Ich liebe es, bei einem Buch zu weinen, mich komplett darin zu verlieren. Ich liebe es, mit den Protagonisten zu hoffen, mit ihnen zu bangen und mich mit ihnen zu verlieben. Das Leben ist nicht nur Kummer und Leid oder Freude und Heiterkeit. Es ist alles. Alles gehört dazu.«

Ich lächelte Julia aufmunternd zu, als ich bemerkte, dass ihre

Augen wässrig schimmerten. »Im Gegensatz zum Buch oder Film ist unser Schicksal noch nicht besiegelt. Wir kennen die letzte Seite unserer Geschichte noch nicht. Bei jedem Tag, den wir wie eine neue Seite aufschlagen, werden wir nie wissen, ob es …«

Ich verstummte sogleich, als ich mir der Tragweite meiner Worte bewusst wurde. Ich hatte mich unter Julias Erläuterung dazu hinreißen lassen, über das Leben zu philosophieren. Doch damit hatte ich genau den wunden Punkt angesprochen, der mich zu ihr gebracht hatte.

Denn das Offensichtliche, der Tod, der auf jeden am Ende seines Lebens wartete, schien Julia um so vieles fester in seinen Armen zu halten als uns Übrige. Das Damoklesschwert über ihrem Kopf konnte jeden Moment nach unten sausen. Während wir die meiste Zeit unseres Daseins keinen Gedanken an den Tod verschwendeten, war er für sie omnipräsent. Schon ihr ganzes Leben lang.

Erst jetzt wurde ich mir der Bedeutung meiner Entscheidung bewusst. Erst jetzt verstand ich, wozu ich mich Steven gegenüber bereit erklärt hatte. Das hier war keine Abfolge von Floskeln und lockeren Gesprächen, die wir führen würden. Nein, ich lernte einen Menschen kennen, den ich in kürzester Zeit ins Herz schließen würde und der mit hoher Wahrscheinlichkeit schon sehr bald sterben würde.

Bei diesen Gedanken schnürte es mir die Kehle zu. Es war so ungerecht, dass Julia sterben musste. Sie war doch noch so jung. Hatte das ganze Leben noch vor sich.

»… vielleicht der letzte ist«, beendete Julia meinen Satz. Doch ich erkannte keine Wehmut oder Verzweiflung über ihr Schicksal in ihrem Gesicht. Ganz im Gegenteil. Sie schien gefestigt und im

Reinen mit sich selbst zu sein.

Ich an ihrer Stelle würde mich im Selbstmitleid suhlen und Gott und die Welt für meine Krankheit verantwortlich machen. Nie im Leben würde ich die Größe besitzen, die Julia an den Tag legte. Trotz ihrer hageren Gestalt, den eingefallenen Wangen und den tiefer liegenden Augen strahlte sie so viel Stärke und Zuversicht aus, wie ich sie noch nie an einem anderen Menschen gesehen hatte.

»Tut mir leid. Ich wollte nicht …«

Doch Julia winkte ab. »Dir braucht nichts leidzutun. Du hast mit dem, was du gesagt hast, vollkommen recht. Und du brauchst dir ganz sicher keine Sorgen darüber zu machen, dass ich dich falsch verstanden haben könnte. Die Leute packen mich nur allzu gern in Watte und merken dabei gar nicht, dass sie sich nur selbst schützen wollen.«

Julias Worte stimmten mich nachdenklich, denn sie hatte recht. Wie oft wollte man sein Gegenüber vor der harten Realität bewahren, indem man Fakten verheimlichte oder Dinge unter den Tisch fallen ließ, damit sie keine Wunden aufreißen konnten? Nicht selten schützte man in diesen Fällen zu einem gewissen Maß sich selbst. Auch wenn man vordergründig nur das Wohl eines geliebten Menschen ins Auge gefasst hatte.

»Du bist verdammt tapfer. Das haben dir bestimmt schon viele Leute gesagt. Aber ich bin so froh, dich kennenlernen zu dürfen. Fast müsste ich Steven dankbar dafür sein, dass …«

Als mir klar wurde, was ich da gerade im Begriff war, ihr zu sagen, schoss mir die Röte ins Gesicht, und ich musste furchtbar husten. Meine Kehle fühlte sich plötzlich staubtrocken an.

Was war nur mit mir los? Ich konnte Julia gegenüber doch nicht erzählen, dass ich nur hier war, weil ihr Bruder mich darum gebeten hatte. Dann wäre der ganze Plan dahin und Steven sicher ziemlich böse auf mich. Und mit meiner Rolle in der Soap wäre dann bestimmt auch Schluss. Steven hatte schon einmal eine neue Besetzung für die Vicky gefunden. Er würde sicher auch ein zweites Mal so viel Glück haben.

Aber was war dann mit Mary und Jamie? Wir hatten uns für heute Abend zum Essen verabredet, und ich mochte mir nicht ausmalen, was es bedeuten würde, wenn ich Mary kündigen musste und Jamie wieder für Steven am Set arbeiten würde. Dann war das zarte Band der Freundschaft, das wir drei soeben erst geknüpft hatten, nichts als lose Fäden, die der Wind in alle Himmelsrichtungen davonwehen konnte.

Julia reichte mir ihr Wasserglas, und ich trank einen riesigen Schluck daraus. Nach und nach fasste ich mich wieder und drängte die vielen Fragen und Sorgen in meinem Kopf in die hinterste Ecke. Sicherheitshalber würde ich gleich zwei Voodoo-Puppen kaufen, um Steven zu verdeutlichen, was er mir hier angetan hatte.

Geschlagene dreißig Minuten waren mittlerweile vergangen und der Kerl war noch immer nicht bei uns aufgetaucht. So langsam verstand ich beim besten Willen nicht mehr, was mit ihm los war. Schließlich hatte er doch vorgeschlagen, dass wir heute gemeinsam zu Julia gehen sollten.

Als Vorbereitung auf das erste Aufeinandertreffen hatte er mich kurz im Wagen gebrieft und mir erklärt, worüber wir bedenkenlos sprechen konnten und was lieber nicht zum Thema werden sollte. Er hatte sich so viel Mühe gegeben, dass ich mir mittlerweile, da meine Wut etwas verraucht war, nicht vorstellen konnte, dass er mich grundlos hier allein der Situation ausliefern wollte. Es musste etwas vorgefallen sein. Etwas, das ihn daran hinderte, zu uns zu kommen. Blieb nur zu hoffen, dass ihm nichts passiert war.

»... dass er dich gebeten hat, seine Freundin zu spielen«, vollendete Julia schon wieder folgerichtig meinen Satz.

Meine eben noch aufgekommenen Sorgen wegen Stevens Verbleib wurden schlagartig nichtig und klein. Schließlich waren wir hier in einem Krankenhaus. Falls er bewusstlos auf dem Flur liegen sollte, würde ihn sicher sofort jemand finden und behandeln.

»Julia ... es ist nicht so, wie du denkst. Steven ... Er macht sich Sorgen um dich.«

Wider Erwarten war in Julias Gesicht weder Enttäuschung noch Bitterkeit zu erkennen. Sie lächelte mich noch immer freundlich an. Nichts hatte sich verändert.

»Du wusstest es von vornherein, oder? Schon, als ich das Zimmer betreten hatte«, hakte ich nach.

Julia strich ihre Bettdecke glatt und entfernte einen Faden darauf.

»Ich weiß, dass mein Bruder mich sehr liebt und beinahe alles für mich tun würde. Als ich ihm erklärt habe, dass ich nicht weiter auf etwas hoffen möchte, was nie eintreten wird, ist er so verzweifelt gewesen, dass ich Angst um ihn hatte.« Julia faltete ihre Hände ineinander. Die bisher so ruhige und in sich ruhende junge Frau schien sich der Tragweite ihrer Entscheidung bewusst zu sein. Sie ahnte, was sie bei Steven ausgelöst hatte und wie schlecht er damit umgehen würde.

Doch ich verstand auch, warum sie ihm hatte reinen Wein einschenken müssen. Sie wollte Frieden finden und nicht ständig auf etwas hoffen, was nicht eintreten würde. Nichts war schlimmer als die Erkenntnis, dass all das Hoffen und Bangen umsonst gewesen war.

Auch wenn ich Julia eben erst kennengelernt hatte, konnte ich mir doch vorstellen, wie sie sich in ihrer Haut fühlen musste. Ihr ganzes Leben hing schon immer am seidenen Faden. Eigentlich hatte sie sich mit ihrem Schicksal arrangiert, aber die ständige Suche nach einem Transplantat und die damit in Aussicht gestellte lebensverlängernde Maßnahme hinderten sie daran, zur Ruhe zu kommen.

Während Julia ihren Bruder auf ihr Ende vorbereiten wollte, hörte er nicht zu und klammerte sich an die Aussicht auf eine Spenderlunge. Er war so darauf fixiert, dass er Julia nicht damit in Ruhe lassen konnte. Er kämpfte für etwas, was Julia längst aus der Hand gegeben hatte.

»Steven mag nach außen hin vielleicht tapfer und unerschrocken wirken. Er ist stark, groß und hat ein breites Kreuz. Wie eine Wand, an der man sich problemlos anlehnen möchte. Doch ich kenne ihn besser. Ich weiß von seiner Angst, sich an jemanden zu binden. Ich weiß, warum er sich auf nichts Festes einlassen kann, warum ihn die Vorstellung, er könnte letzten Endes ganz allein dastehen, völlig um den Verstand bringt.« Julia holte Luft und senkte das erste Mal an diesem Tag den Kopf. »Unsere Eltern sind schon vor einigen Jahren gestorben, genauso wie unsere Granny. Wir beiden haben nur noch uns. Für Steven ist mein Schicksal fast noch schwerer zu ertragen als für mich selbst. Er weigert sich mit Händen und Füßen, auch nur zu akzeptieren, was nun mal offensichtlich ist. Ich bin krank und werde sehr wahrscheinlich an dieser Krankheit sterben. Bald. Punkt. Ich weiß das. Er leugnet es und macht es somit für mich so viel schwerer.« Dann hob sie ruckartig den Kopf und sah mir wieder direkt in die Augen. Weder Hoffnungslosigkeit noch Trauer waren in ihrem Blick zu erkennen, sondern Entschlossenheit. Bedingungslose Entschlossenheit. »Ich glaube, nein, ich weiß, dass er jemanden braucht, der sich um ihn kümmert, wenn ich nicht mehr da bin. Jemanden, für den er bereit ist, sein Herz zu öffnen. Wenn er so weitermacht wie bisher, dann wird er verbittern und einsam und allein enden. Das ist die größte Sorge, die ich noch habe. Ich möchte meinen Bruder glücklich sehen.«

Tränen stiegen gegen meinen Willen in meine Augen. Ich kämpfte gegen den Drang an, sie herausquellen zu lassen. Julia war so stark und herzlich. Das Einzige, was ihr wirklich etwas bedeutete, war, Steven wohlbehalten in dieser Welt zurückzulassen. Sie wollte für ihn ein sicheres Auffangnetz, gesponnen aus Liebe und Hoffnung, das ihn tragen würde, wenn sie nicht mehr war.

Allein der Gedanke an ihr großes Herz brachte den letzten Schutzwall, den ich gegen meine Tränen errichtet hatte, zum Einsturz. Ungehindert flossen sie über meine Wangen, perlten an meinem Kinn ab und landeten schließlich auf meiner hellen Jeans. Der Stoff tränkte sich mit meinen Tränen, wurde an den Stellen dunkler. Ich schämte mich für meine Schwäche, während Julia neben mir so viel Stärke bewies.

Zu allem Überfluss legte sie nun auch noch ihre Hand auf meine. Sie tröstete mich. Verkehrte Welt. Das war einfach zu viel, so ungerecht, so falsch. Julia sollte nicht mit dem Tod ringen, sondern mit mir draußen in Buchhandlungen nach guten Büchern stöbern, sie lesen und im Anschluss daran mit mir besprechen können. Sie hatte ein verdammt normales Leben verdient. Wie jeder andere auch. Nicht diese vier weißen Wände, die sie von der Welt abschnitten.

»Entschuldige bitte … Es ist nur … Ich finde dich so unglaublich willensstark. Du weißt ganz genau, was du vom Leben hältst, was du davon zu erwarten hast. Bis vor einigen Wochen war meine größte Sorge noch, ich könnte mein kleines Café wieder verlieren. Aber wenn ich von deinem Schicksal höre, dann kommen mir meine Probleme so nichtig, ja regelrecht albern vor. Ich schäme mich dafür, mir um meine mickrige berufliche Existenz Sorgen gemacht zu haben, während du hier um dein Leben kämpfst.«

Noch immer lag Julias Hand auf meiner. Sie war warm und leicht.

»Erst einmal musst du dich für nichts rechtfertigen, was dir Kummer bereitet. Nur weil es dabei nicht um Leben und Tod geht, heißt das noch lange nicht, dass du kein Recht darauf hättest, dich deshalb verrückt zu machen. Und. Oh. Mein. Gott. Du hast ein eigenes Café? Wie cool ist das denn bitte schön? Wo ist es? Wie sieht es aus? Hat es einen besonderen Namen?«

Julia war wirklich ein Phänomen. Sie schaffte es im Handumdrehen, die Tristesse des Raumes ins Gegenteil zu verwandeln. Ihre aufgeheiterte Stimmung sorgte für Farbe in dem schmucklosen Raum. Sie füllte ihn mit Wärme und ihre herzlich ehrliche Aufgeregtheit war ansteckend.

Ich lächelte sie dankbar an. Sie machte es einem wirklich leicht, sie zu mögen. Man konnte gar nicht anders.

»Es ist unten am Pier, ziemlich einfach eingerichtet, da mir leider das nötige Kleingeld fehlt. Noch. Vielleicht ändert sich das jetzt, da ich deinen Bruder kenne und er mir einen Job beim Film verschafft hat.« Ich stockte kurz. »Also, er kam auf mich zu. Nicht dass du denkst, ich würde ihn nur ausnutzen. Wir haben nichts … Wir sind nur rein beruflich …«

Julia begann schallend zu lachen. »Ist schon okay. Du scheinst mir nicht der Typ Frau zu sein, der sich an einen Mann ranmacht, um ihn wie eine Weihnachtsgans auszunehmen. Dazu kenne ich meinen Bruder auch viel zu gut. Das Spiel würde er nicht mitspielen. Dafür ist er zu gewieft. Vielleicht sieht er aber auch einfach lieber das Schlechte in den Menschen. Wie gesagt, wir sind uns trotz der familiären Bande nicht besonders ähnlich.«

»Aber ihr liebt einander und seid für den anderen da. Das ist viel mehr, als ich habe.«

Als Julia mich mit zusammengeschobenen Augenbrauen ansah, ergänzte ich noch: »Ich habe leider keine Geschwister und beneide euch sehr für das, was euch verbindet. Ach ja, mein Café heißt übrigens *Cakeheaven*.«

»Das hört sich toll an. Gibt es dort auch eine kleine Leseecke? Vielleicht sogar mit einem Regal, in dem man sich Bücher entleihen oder gegen mitgebrachte Bücher ersetzen kann?«

Ich schüttelte den Kopf. »Nein, aber das ist eine tolle Idee. Ich würde das tatsächlich sehr gerne baldmöglichst so einrichten.«

Dass dies maßgeblich an die Zahlungen geknüpft war, die ich von ihrem Bruder erhielt, verkniff ich mir an dieser Stelle wohlweislich. Schließlich war meine Abhängigkeit von Stevens Schecks mit ein Grund für mein Erscheinen an Julias Krankenbett. Auch wenn er es so offen nicht formuliert hatte, glaubte ich doch, dass Steven es mir furchtbar übel genommen hätte, wenn ich ihm seine Bitte abgeschlagen hätte.

»Was willst du aufgreifen, mein Liebling?«, hörte ich Steven plötzlich in meinem Rücken sagen.

Die Tür fiel schwer ins Schloss. Julias Blick haftete sogleich freudig auf ihrem Bruder, während ich die Wut darüber, dass er nicht hilflos irgendwo in den Gängen lag, zu überspielen versuchte.

Das freudige Grinsen in seinem Gesicht legte nämlich den Schluss nahe, dass es ihm in den letzten fünfundvierzig Minuten ganz wunderbar ergangen war. Er war die Ruhe selbst, erwähnte mit keiner Silbe, was ihn so lange aufgehalten hatte, während ich meine Bestellung auf drei Voodoo-Puppen erhöhte.

Julias Bruder hin oder her. Steven konnte mich nicht so vorführen und dann mit diesem Breitmaulgrinsen in den Raum kommen und meinen, ich würde ihm die Aktion nicht übel nehmen.

Doch genau das tat er. Und zu allem Überfluss steuerte er geradewegs auf mich zu, küsste mich wie beiläufig auf den Mund, während mein verdammter Magen Purzelbäume schlug und mir die Sinne schwanden. Das war nicht gut. Das war ganz und gar nicht gut.

Kapitel 18

Steven

»Das kann sie doch nicht machen. Sie ist ja verrückt. Ich werde … Ja, ich werde sie entmündigen lassen, und dann werden wir ja sehen, ob in dieser Sache schon das letzte Wort gesprochen ist.«

Wie ein Irrer jagte ich meinen Porsche durch San Franciscos Straßen. In rasanter Geschwindigkeit hatte ich schon die ein oder andere rote Ampel überfahren, was mir stets ein donnerndes Hupkonzert beschert hatte. Aber das ging mir so was von am Arsch vorbei.

»Könntest du vielleicht ein wenig langsamer fahren?«

Erst die Sorge, ja die regelrechte Panik, die ich aus Lounas Worten heraushören konnte, brachten mich dazu, dass mein Verstand wieder einsetzte und mich davon abhielt, meinem Leben ungebremst ein jähes Ende zu bereiten. Und ihrem gleich dazu.

Aber ich war so wütend auf Julia. Wie konnte sie das Transplantat, auf das wir seit Jahren gehofft, für das wir jeden Abend gebetet hatten, einfach ausschlagen? Wie konnte sie jetzt aufgeben, wo doch endlich alles gut werden würde? Das war so unfair! Sie musste doch kämpfen. Sie hatte die Pflicht, alles dafür zu tun, bei mir zu bleiben. Wir hatten es uns doch geschworen. Nichts und niemand sollte sich je zwischen uns drängen können. Nicht einmal der Tod. Und nun das!

Als ich gerade das Bedürfnis verspürte, das Gaspedal noch eine Spur fester durchzudrücken, legte sich plötzlich Lounas eiskalte Hand auf meinen Unterarm. Ihre Finger zitterten so sehr, dass sich ihre Berührung wie ein Vibrieren auf meiner Haut anfühlte, das schnell meinen ganzen Körper zum Schwingen brachte.

Auf diese Weise wachgerüttelt, verlangsamte ich das Tempo und fuhr schließlich bei nächster Gelegenheit rechts ran. Wenn ich Louna so ansah, dann konnte ich mir gut vorstellen, dass sie die Fahrt mit mir nicht unbedingt fortsetzen wollte. Und ich wollte sie nicht daran hindern, sich abzuschnallen und auszusteigen.

»Steven, es steht mir nicht zu, mit dir über deine Schwester zu reden, aber …«

»Dann tu es auch nicht!« Meine Worte hallten wie ein Donnergrollen durch den Wagen.

Eingeschüchtert von meiner schroffen Ansage, wandte sich Louna von mir ab, nahm ihre Handtasche aus dem Fußraum und legte schließlich ihre Hand auf den Türöffner. Doch dann hielt sie plötzlich in der Bewegung inne.

»Ich werde es doch tun, da du sonst offenbar keinen hast, der dir den Kopf wäscht. Auch auf die Gefahr hin, dass du mich dann hochkant vom Set wirfst und mir damit mein Café flöten geht. Ich kann nicht mit ansehen, wie sehr du Julia mit deinen Worten unrecht tust. Sie ist mündiger als wir beide zusammen. Und das weißt du auch. Warum lässt du ihr nicht den Willen? Warum willst du sie zu etwas zwingen, was sie nicht mehr möchte? Hast du schon mal darüber nachgedacht, was es bedeuten könnte, wenn sie die schwierige Operation nicht überleben sollte? Was passieren würde, wenn sie sich währenddessen oder danach mit einem Krankenhauskeim ansteckt und qualvoller stirbt? Sie könnte sterben, Steven. Auch wenn es dir nur darum geht, sie am Leben zu halten. Sie könnte sogar noch vor ihrer Zeit sterben.«

Ich schlug so heftig mit meinen Händen aufs Lenkrad, dass Louna zu meiner Rechten zusammenzuckte. Ich hasste sie für das, was sie sagte. Ich hasste sie dafür, dass sie recht hatte. Ich hasste sie dafür, dass sie in wenigen Sätzen aufzeigte, wie schnell ich Julia verlieren könnte. Noch vor ihrer Zeit.

Es schnürte mir die Kehle bei diesen Gedanken zusammen. So sehr, dass ich kaum noch atmen konnte. Das alles war doch total verrückt. Erst hofften wir Jahre auf ein passendes Spenderorgan, und nun, da wir es endlich bekommen würden, wollte Julia es nicht mehr. Trotz der Gefahren, die solch eine große OP für sie mit sich bringen konnte, überwog doch die Hoffnung. Die Hoffnung auf einen Neuanfang. Auf eine unbeschwerte Zukunft. Auf so etwas wie Familie.

Ich konnte nicht reglos danebenstehen, während Julia mit einem Wimpernschlag all das über den Haufen warf, wofür wir gebetet hatten. Ich hatte meinen Eltern das Versprechen gegeben, mich um meine Schwester zu kümmern. Was war ich denn für ein Bruder, wenn ich sie jetzt nicht wachrüttelte, ihr nicht aufzeigte, dass das hier ihre einzige Chance war? Eine zweite passende Lunge würde sie nicht bekommen. Das wussten wir alle. Ich musste handeln, und zwar schnell.

»Du verstehst das nicht. Ich muss für Julia kämpfen. Ich muss alles für sie tun, damit sie wieder zur Besinnung kommt. Sie will doch leben. Das weiß ich ganz genau.«

»Sie will leben, aber nicht um jeden Preis!«, fuhr mich Louna ungehalten von der Seite an. »Sie hat Schmerzen, und die werden mit einer neuen Lunge nicht unbedingt weniger, nur anders. Der Schleim in ihrem Körper wird nach wie vor produziert und kann andere Organe schädigen. Sie leidet und will einfach ihren Frieden finden. Ich kann sie verstehen.« Dann wurde sie etwas milder. »Ich kann aber auch dich, deinen Schmerz und deine Traurigkeit verstehen.«

»Ach ja, kannst du das?«, schrie ich sie an. »Wieso meinst du, dass du das könntest? Weil du schon einmal in einer ähnlichen Situation gesteckt hast? Weil du auch eine Schwester oder einen Bruder auf diese Weise verloren hast?«

Louna sah mich aus vor Schock geweiteten Augen an. »Nein, das habe ich nicht. Aber ich wollte doch nur helfen. Dir erklären, wie Julias Standpunkt ist und dass du sie nicht bevormunden darfst, wenn sie eine Entscheidung getroffen hat. Ja, sie ist deine Schwester, und ja, du hast eine Verantwortung für sie. Aber du kannst ihr nicht den freien Willen absprechen, nur weil du …« Dann verstummte sie plötzlich.

»Weil was?«, wollte ich wissen.

»Weil du Angst davor hast, allein zu sein«, beendete Louna schließlich ihren Satz.

Ich sah sie aus zusammengekniffenen Augen an. »Worüber hast du dich eigentlich mit meiner Schwester unterhalten, während ich mit dem zuständigen Arzt die Einzelheiten der Transplantation besprochen habe?«

Louna schob sich verstohlen eine Haarsträhne hinters Ohr und wagte es dabei kaum, mir in die Augen zu sehen.

»Ach, über dies und das«, wich sie aus, und ich hörte und sah, wie sie mich belog. Es war in ihrer Unterhaltung also maßgeblich um mich gegangen. Das hatte ich schon befürchtet, als mich der Arzt zu sich bat und ich Louna allein in Julias Zimmer hatte gehen lassen müssen.

Aber die Sache mit der Spenderlunge war wichtiger, als das zarte Gerüst einer arrangierten Scheinliebe aufrechtzuerhalten.

Hier ging es schließlich um Leben und Tod und nicht um die verklärten Mädchenträume meiner Schwester, die mich am liebsten glücklich bis an mein Lebensende sehen würde.

»Ich denke, es wird jetzt das Beste sein, wenn du aus dem Wagen steigst und dir ein Taxi nach Hause nimmst. Ich weiß, dass ich angeboten habe, dich nach Hause zu fahren, aber du wirst verstehen, dass ich dringend zurück zu meiner Schwester muss.«

Louna nickte und umklammerte ihre Handtasche dabei so fest mit ihren Händen, dass ihre Fingerknöchel weiß hervortraten.

»Wusstest du eigentlich, dass viele Patienten, denen ein Organ transplantiert wurde, im ersten Jahr nach der OP sterben, weil ihr Körper das Transplantat abgestoßen hat?«

Ich schloss meine Augen bei Lounas Worten. Am liebsten hätte ich mir auch die Ohren störrisch wie ein kleines Kind, das seinen Willen nicht bekam, zugehalten. Schließlich wusste ich nur zu gut, wie recht Louna damit hatte.

Es war nicht so, dass ich mich vor dem heutigen Tag noch nie mit der Materie beschäftigt hätte. Ganz im Gegenteil. Ich wusste, was es bedeutete, wenn Julia eine neue Lunge bekommen sollte. Ich wusste um die Gefahren und die aufwendige Nachsorge, die Vorsicht, die an den Tag gelegt werden musste. Noch viel größer, als wir sie bereits bisher betrieben.

Lange Zeit hatte ich gehofft, dass wir es auch so schaffen würden. Ein so großer Eingriff war nicht einfach. Aber das Leben meiner Schwester war mittlerweile nur noch von ihrer Krankheit geprägt. Noch viel mehr als in ihrer Kindheit. Wenn das überhaupt noch ging.

Julia wurde immer schwächer, während mir allmählich die Alternativen ausgingen. Dasitzen und abwarten, das würde uns nicht weiterbringen. Wir mussten handeln. Eine Operation war in meinen Augen Julias einzige reelle Chance. Denn uns lief die Zeit davon. Ticktack, ticktack.

»Louna, nur weil du dich fünfundvierzig Minuten mit meiner Schwester allein unterhalten hast, gibt dir das noch lange nicht das Recht, dich hier als Spezialistin für das Themengebiet auszugeben. Glaube mir, ich habe mich in den vergangenen Jahrzehnten hinreichend mit der Krankheit beschäftigt, habe versucht, Mittel und Wege zu finden, um meiner Schwester eine positive Prognose zu stellen. Aber letztlich ist es nun mal so, dass ihr nur die eine Möglichkeit geblieben ist.« Anfangs klang meine Stimme harsch und unkontrolliert. Viel zu laut und dröhnend. Dann war da plötzlich diese Verzweiflung zu hören, diese Orientierungslosigkeit, die mich befiel, wenn es um das Schicksal meiner Schwester ging.

»Entschuldige, wahrscheinlich habe ich mich gerade wirklich in Dinge eingemischt, die mich nichts angehen. Es ist nur … Ich mag deine Schwester. Wir haben uns auf Anhieb gut verstanden und … und ich hatte das Gefühl, ich müsste ihr beistehen, für sie kämpfen, da sie selbst inzwischen zu schwach dafür geworden ist. Zu schwach, um sich gegen ihren Bruder zu behaupten, der es letztlich ja doch nur gut mit ihr meint. Was ich damit eigentlich sagen will … Es tut mir leid, dass ich mich zwischen euch gedrängt habe. Ich werde jetzt wohl besser wirklich aussteigen.«

Nun kam ich mir vor wie das allergrößte Arschloch, das je auf diesem Planeten gelebt hatte.

Als Louna die Wagentür bereits geöffnet hatte, fand ich erst den Mut, etwas zu erwidern. »Nein, ich muss mich bei dir entschuldigen, dass ich dich mit der ganzen Sache überhaupt in Berührung gebracht habe. Ich habe dich mitten in mein Leben gezerrt, obwohl ich wusste, was es mit dir anrichten könnte. Dass du dich dabei so gut mit Julia verstehen könntest, hatte ich bereits befürchtet. Ihr seid euch auf eine gewisse Art sehr ähnlich. Ich hätte nicht … Es tut mir leid, dass ich dich da mit reingezogen habe.«

Louna drehte sich ein letztes Mal zu mir um. »Ich bin dir dankbar dafür, dass du es getan hast, und würde Julia gerne weiterhin besuchen. Mit dir. Ich denke, sie würde sich darüber freuen.« Lounas Stimme klang zitternd. Ihr Blick war unsicher und zögerlich. Sie schien unschlüssig, was ihre Worte in mir anrichten würden. Ob ich ihr auch nach unserem kleinen Disput noch immer wohlgesonnen war.

Das war ich. Allemal. Denn Louna war die erste Frau neben meiner Schwester, die mir nicht nach dem Mund redete, die mir offen Paroli bot und keine Hemmungen hatte, mir die Stirn zu bieten. Öffentlich. Vor aller Augen. Denn bereits im Krankenhaus hatte Louna offen für Julia Partei ergriffen, nachdem ich von dem glücklichen Umstand eines Spenderorgans berichtet hatte. Für jemanden, den sie streng genommen bis zum heutigen Tag nicht einmal gekannt hatte.

Ich blickte Louna nach, wie sie in ihren engen Jeans und dem leichten cremefarbenen Sommertop mit der großen gepunkteten Schleife am Kragen den Gehsteig entlanglief. An dem Taxi, das an der Ecke stand, hielt sie nicht an. Ihre langen goldenen Locken waren zu einem hohen Pferdeschwanz gebunden, der locker auf und nieder wippte.

Da hatte ich eben noch geglaubt, Louna zu kennen, und dann überraschte mich diese Frau erneut mit ihrem gefestigten Charakter, ihrem Einsatz für die Schwächeren dieser Welt und mit ihrer offenherzigen Art.

Ich lobte den Tag, an dem ich sie kennengelernt hatte, und verfluchte ihn zugleich. Denn sosehr ich ihre Stärke und ihre Einstellung auch bewunderte, leicht würde es nicht mit ihr werden. In keinerlei Hinsicht.

Kapitel 19

Louna

»Pflaumenkompott? Echt jetzt?«

Als ich im *Cakeheaven* ankam, stand mir der Sinn vielmehr nach Wodka. Ich war den ganzen Weg – über acht Blocks – zu Fuß gelaufen, weil ich noch immer so aufgebracht gewesen war und meine Energie irgendwie hatte freisetzen müssen, ohne dass dabei jemand zu Schaden kam. Das war ich meinen Mitmenschen irgendwie schuldig. Schließlich konnten sie ja nichts für das vertrackte Gespräch mit Steven.

Je weiter ich gelaufen war, desto klarer wurde ich mir darüber, wie Steven sich in seiner Haut fühlen musste. Mit meinen Sticheleien und Zurechtweisungen hatte ich ihm ganz schön zugesetzt, auch wenn ich Julia dabei nur helfen wollte. Steven liebte seine Schwester und machte sich Sorgen um sie.

Ja, er war aufbrausend, was seine Ansichten in Bezug auf seine Schwester anbelangte. Ferner war er keinen Millimeter von seiner Meinung abzubringen. Ein Sturkopf par excellence. Und dennoch imponierten mir seine Beharrlichkeit, seine Überzeugung für etwas und sein fester Wille, an seinem Plan festzuhalten.

Andererseits hätte ich ihn auch liebend gerne gegen die nächstbeste Wand geklatscht. Es war frustrierend gewesen, wie sehr er an seiner Position festgehalten hatte und nicht bereit gewesen war, davon abzukommen.

Noch ehe ich das Für und Wider in meinem Inneren auf die Spitze treiben konnte, begann mir Mary wieder die Vorzüge von dem Lieblingsobst ihrer Granny vorzuschwärmen.

»Pflaumenkompott ist ein echter Allrounder. Du kannst es zum Aushängeschild deines Cafés machen, ihn mit karamellisierten Kaiserschmarrn, Brandteigstücken, den sogenannten Powidltascherl, mit Milchreis, Panna cotta, Quarkknödeln, Schupfnudeln …«

Jetzt wurde es mir dann doch zu bunt. »Mary, ich weiß, dass deine Granny eine begnadete Köchin ist und du ihre österreichische Küche über alles liebst«, versuchte ich so milde, wie es mir in meiner momentanen Situation nur möglich war, auf meine Freundin einzureden. »Aber ich glaube kaum, dass die Amerikaner etwas mit Kaiserschmarrn, Quarkknödeln oder Powder… Poidle… Pod…«

»Powidltascherl«, kam Marys Antwort wie aus der Pistole geschossen.

»Danke! Was ich also sagen wollte, ist, dass ich mir nicht vorstellen kann, dass diese Dinge hier im *Cakeheaven* laufen werden, weil sie einfach niemand kennt. Außerdem kann sie auch keiner aussprechen.«

Mary stemmte die Hände in die Seiten. »Woher willst du das wissen, wenn du es nicht einmal probiert hast?«, fragte sie schnippisch, ehe sie das Geschirrtuch, das eben noch an ihrer Schürze befestigt gewesen war, wie einen Fehdehandschuh auf den Tresen warf, um mich damit zum Duell zu fordern.

Nach der Sache mit Steven und seiner Schwester hatte ich mir erhofft, hier in meinem Café etwas Ruhe und Harmonie vorzufinden. Doch was mich erwartete, war mehr mit einem Minenfeld zu vergleichen. Jedes falsche Wort brachte eine Bombe zum Explodieren – und ich wusste nie, wann es so weit war.

Mary war mir wirklich eine große Hilfe. Aber Mary war nun einmal Mary. Sie gab sich nicht damit zufrieden, in der Backstube zu stehen und meine Rezepte nachzubacken. Sie wollte selbst kreativ werden. Und das konnte ich ihr beileibe nicht übel nehmen. Schließlich war sie der kreativste Mensch, den ich kannte.

Die Tatsache, dass es im Moment nicht sonderlich gut bei ihr lief, lag mit Sicherheit nicht daran, dass sie nicht ausreichend für ihren Job brannte. Ständig war sie auf der Suche nach neuen Ideen. Dabei las sie ihren Kunden jeden Wunsch von den Augen ab. Mary beschäftigte sich mit der Materie, folgte unzähligen einflussreichen Bloggern auf Instagram, besuchte Messen und Veranstaltungen, um ja keinem Trend hinterherhechten zu müssen.

Meine Freundin war wirklich überaus engagiert. Wenn sie für etwas brannte, war ihr Feuer kaum mehr zu löschen.

»Wir könnten das Kompott ja mal mit *Funnel cakes* oder Waffeln anbieten«, stimmte ich versöhnlichere Töne an. Mir stand der Sinn eben nicht besonders danach, mich gleich an der nächsten Front behaupten zu müssen.

Auf Marys Gesicht breitete sich schlagartig solch ein Strahlen aus, dass ich geneigt war, meine Sonnenbrille aus den Haaren auf die Nase zu schieben.

»Das ist eine vortreffliche Idee. Und jede Woche könnten wir ja zusätzlich mal eine der österreichischen Spezialitäten meiner Granny als Tagesangebot hinzunehmen. Du wirst sehen, Liebes, die Leute werden es lieben.« Marys euphorische Stimme überschlug sich regelrecht bei jedem ihrer Worte. Sie war ganz in ihrem Element.

Wie aufs Stichwort kam nun auch Jamie aus der Backstube mit einem riesigen Teller in der Hand auf mich zugelaufen. Wenn mich nicht alles täuschte, dann lag darauf der besagte Kaiserschmarrn mit dem Kompott. Optisch wirklich sehr ansprechend, und es duftete verführerisch.

Erst jetzt realisierte ich, dass ich gefühlt schon seit einer halben Ewigkeit nichts mehr gegessen hatte. Vor dem Treffen mit Julia hatte ich keinen Bissen hinunterbekommen, so aufgeregt war ich gewesen. Und bis eben hatte die Wut über Steven meinen Hunger in den Hintergrund gedrängt. Doch jetzt, da auch noch dieser süßliche, karamellisierte Duft in der Luft hing, knurrte mein Magen so laut, dass Mary zu lachen begann.

»Bitte, bediene dich!«, hörte ich sie noch sagen, Jamie wild gestikulierend zu verstehen gebend, dass er mir endlich eine Gabel aus dem Spender reichen sollte.

Offenbar hatten die beiden das hier einstudiert. Sie steckten also unter einer Decke. So weit war es schon gekommen. Da übergab man sein Baby vertrauensvoll für einige Tage in die Obhut anderer Menschen, schwups rissen die beiden das Ruder an sich, und ich war nur noch diejenige, die die Kreationen probieren und absegnen durfte.

Da wurde ich mir augenblicklich bewusst, wie sehr ich es vermisste, selbst in der Backstube zu stehen, mit meinen eigenen Händen den Teig zu kneten und im Anschluss daran die Torten und Törtchen zu verzieren. Das hier war meine Welt. Und nicht dort am Set. Aber ohne den Job beim Film konnte ich meine Welt nicht halten.

Es war ein grausamer Kompromiss, den ich hatte eingehen müssen, um meine Existenz zu sichern, und es würde mich einiges mehr als ein paar Zusatzgerichte im Angebot meines Cafés kosten, um mir diesen Traum erhalten zu können. Denn es wäre unfair gewesen, Mary und Jamie in ihrer Motivation zu bremsen. Sie waren nun ein Teil vom *Cakeheaven*. Und auch wenn ich das Projekt als Einzelkämpferin gestartet hatte, wollte ich nichts lieber, als mit lieben Freunden an meiner Seite den Laden zu etwas wirklich Tollem und Einzigartigem zu machen.

Ich nahm Jamie dankend die Gabel aus der Hand und setzte mich auf einen der Barhocker direkt am Tresen neben der großen gläsernen Kuchenvitrine. Bevor ich probierte, atmete ich einmal tief durch. Als ich den ersten Bissen im Mund hatte, schienen meine Geschmacksknospen zu explodieren. Diese Mischung aus Süßem und Saurem war so unglaublich gut, dass ich für den Moment meine Augen schloss.

Als ich sie wieder öffnete, sah ich noch, wie Mary Jamie in die Seite stieß und meinte: »Siehst du? Ich habs dir doch gesagt. Louna wird es lieben.«

»Louna kann euch hören«, erwiderte ich mit einem Lächeln auf den Lippen. »Und Louna muss euch recht geben. Das hier«, sagte ich und deutete auf den Kaiserschmarrn vor mir auf dem Teller, »ist so unglaublich gut, dass es eine Chance verdient hat.«

Mary sprang vor Freude in die Luft, Jamie tat es ihr nach. Sie nahm Jamie in die Arme und hüpfte mit ihm ausgelassen im Kreis, als hätte sie soeben von einer hochrangigen Jury erfahren, dass sie mit ihrem Kaiserschmarrn den ersten Preis der Landesmeisterschaften errungen hatte.

So viel Freude ließ mich lächeln. Es war so einfach, die Menschen glücklich zu machen, ihnen Hoffnung und Bestätigung zu vermitteln. Es war so einfach, unsere Tage auf dieser Erde zu etwas ganz Besonderem zu machen. Warum nur scheiterten wir so oft an uns selbst? Warum konnten wir nicht leben, anstatt uns ständig über das Wie Gedanken zu machen?

Als Mary bemerkte, dass ich noch immer in Gedanken versunken auf dem Hocker saß, hörte der freudige Reigen plötzlich auf.

»Entschuldige bitte, Louna. Ich wollte dich mit meiner Idee auf keinen Fall überfahren. Ich dachte nur, es wäre schön, wenn ich deinem Café zu noch mehr Individualität verhelfen könnte. Denn das *Cakeheaven* hat es in meinen Augen echt verdient, eine der angesagtesten Adressen dieser Stadt zu werden.«

Ich nahm Mary fest in meine Arme und drückte ihr einen Kuss auf die Wange.

»Das weiß ich doch, du Liebe. Ich bin nur ein bisschen traurig, weil die letzten Stunden im Krankenhaus weit weniger fröhlich waren und ich mich furchtbar mit Steven gestritten habe«, offenbarte ich meiner Freundin ehrlich.

»Uh, die erste Ehekrise?! Aber du weißt ja, was man über Versöhnungssex sagt.«

Jetzt war es an mir, Mary in die Seite zu knuffen. »Steven und ich sind nicht zusammen und werden es auch nie sein. Wir tun nur so. Für seine Schwester. Das weißt du doch.«

Ich senkte den Kopf, während Jamie mir eine heiße Schokolade über den Tresen schob. »Die wird Wunder bewirken. Wirst sehen!«, versprach er, und ich hob sie sogleich an die Lippen. Das war mit Abstand die beste heiße Schokolade, die ich je getrunken hatte. Sie schmeckte ganz und gar nicht nach dem Pulver, das ich bisher verwendet hatte. Viel cremiger und geschmacksintensiver. Die beiden imponierten mir immer mehr.

»Ist es wirklich so schlimm, wie er gesagt hat?«, fragte Mary, während sie mir einfühlsam über den Rücken strich.

»Schlimmer«, erwiderte ich wahrheitsgetreu. »Viel schlimmer.« Dann sah ich zwischen Jamie und Mary hin und her. »Stevens Schwester wird sterben, wenn sie sich keine neue Lunge transplantieren lassen will. Sie könnte aber auch bei der OP sterben oder im Anschluss daran. Besonders im ersten Jahr, nachdem das Organ verpflanzt wurde, besteht eine große Gefahr, dass es abgestoßen wird.«

Mary schlug sich die Hand vor den Mund. »O Gott, das hört sich ja furchtbar an. Die Ärmste. Sie muss schrecklich verbittert sein.«

Ich schüttelte bei Marys Worten heftig den Kopf. »Nein, das ist sie nicht. Sie ist einer der positivsten Menschen, die ich je kennengelernt habe. Sie strotzt nur so vor Mut. Ihr Wille ist dabei so stark, dass Steven sich die Zähne daran ausbeißt, auch wenn er es nur gut mit ihr meint.« Ich seufzte schwer. »Ihr solltet sie unbedingt kennenlernen.« Dann überlegte ich kurz. »Ich bin mir ziemlich sicher, dass sie sich sehr über euren Besuch freuen würde.«

Für den Moment stellte ich mir vor, wie es wohl sein würde, wenn wir sie tatsächlich gemeinsam besuchen gingen. Wie es wohl wäre, wenn wir Marys Kaiserschmarrn mitbringen und gemeinsam über Bücher oder Filme sprechen würden. Ich konnte unser Lachen schon hören. Doch dann verschwamm das Bild vor meinem geistigen Auge und machte Platz für etwas anderes.

»Ich muss noch mal in die Klinik«, stellte ich kurzerhand fest. Ich musste für Steven und Julia da sein, damit genau dieses Bild in meinem Kopf wahr werden konnte. Julia hatte sich ein wenig Normalität verdient. Und Steven brauchte jetzt jemanden, der für ihn da war, auch wenn er das nie zugeben würde.

Hastig sprang ich von meinem Stuhl, griff nach meiner Tasche und wollte schon zur Tür hinaus. Dann besann ich mich jedoch eines Besseren.

»Ihr beiden seid das Beste, was mir seit sehr langer Zeit passiert ist. Ich danke euch von Herzen für eure Hilfe, die heiße Schokolade und die wundervollen Backkünste deiner Granny, Mary. Und Jamie, dir danke ich von Herzen für deinen unermüdlichen Einsatz für mein Café, und ich würde mich wirklich wahnsinnig darüber freuen, wenn du deinen Job bei Steven an den Nagel hängen und fortan bei Mary und mir bleiben würdest. Ich werde euren Freundschaftsdienst sicher nie wiedergutmachen können, aber ich muss jetzt zu Julia und ihr beistehen. Und zu Steven, der offenbar gar nicht mehr weiß, wie sich Freundschaft anfühlt, der vergessen hat, dass er nicht allein auf dieser Welt ist. Ich muss ihnen beiden zur Seite stehen, auch wenn ich kein Recht dazu habe. Aber ich möchte da sein, falls sie mich irgendwie brauchen.«

Vereinzelt rannen mir Tränen über die Wangen. Ich hatte nicht einmal bemerkt, wie ich angefangen hatte zu weinen. Mary legte sich eine Hand auf die Brust und nickte mir ebenfalls mit wässrigen Augen zu. Jamie schlug sich die Hand vor den Mund und unterdrückte ein aufkommendes Schluchzen gerade noch im letzten Augenblick.

»Geh nur, Liebes! Wir sind hier und kümmern uns um alles. Mach dir keine Sorgen um uns oder das Café. Wenn wir etwas für dich tun können, sind wir immer für dich da.«

Mary sah zu Jamie hinüber, der ihr bekräftigend zunickte.

Kapitel 20

Steven

Bevor ich zurück zu Julia ins Krankenzimmer konnte, musste ich mich erst mal beruhigen. Der Streit mit Louna, die Widerspenstigkeit meiner Schwester – das alles ließ mich nicht unbeeindruckt. Ganz im Gegenteil.

Auch wenn ich mich nach außen hin tough gab, war tief in mir das Chaos ausgebrochen. Ich wusste nicht mehr, was richtig oder falsch war. Wie ein Tiger im Zoo an den Gitterstäben, so lief ich an den Bildern des Krankenhausflures vorbei. Auf und ab.

Lounas Stimme dröhnte in meinem Kopf, wies mich zurecht und hielt mir Dinge vor, die ich nicht von ihr erwartet hätte. Sie hatte sich eingemischt, mir zu verstehen gegeben, dass ich mit meiner Absicht, Julia zu der Operation zu zwingen, einen schwerwiegenden Fehler begehen würde.

Natürlich würde ich das. Danach wäre sicher nichts wie zuvor. Meine kleine Schwester würde es mir nie verzeihen, wenn ich sie entmündigen ließe. Das war nicht der richtige Weg. Das spürte ich selbst. Und dennoch: Was blieb mir denn für eine andere Möglichkeit? Was sollte ich denn tun?

Die Last der Verantwortung wog zentnerschwer auf meinen Schultern. Ich fühlte mich wie der Buhmann, der in dieser ganzen Angelegenheit nur den Schwarzen Peter zugespielt bekam. Es gab keine Entscheidung, die ich ruhigen Gewissens treffen konnte. Wenn ich Julia ihren Willen ließ, dann nahm ich billigend in Kauf, dass sie ihre einzige Chance auf Leben damit ein für alle

Mal verwirken würde. Eine zweite Lunge würde sie nicht bekommen.

Wenn ich sie zu der OP zwang, kamen andere Faktoren ins Spiel, die ich nicht unter Kontrolle hatte, wie die Abstoßung des Organs durch ihren Körper oder eben eine schwere Erkrankung, die sie im Laufe der Regeneration ereilen und sie schlimmstenfalls ebenfalls töten könnte.

Ich raufte mir das Haar und blieb an einem Kaffeeautomaten stehen, warf Geld ein, um mir einen Kaffee zu kaufen, den ich nicht wollte. Dann setzte ich mich auf einen der Stühle im Flur und versuchte, Herr der Lage zu werden.

In wenigen Stunden würde das Organ eingeflogen werden. Ein Patient in Arizona hatte seinen letzten Kampf gekämpft und dankenswerterweise verfügt, dass nach seinem Tod seine Organe einem anderen Menschen helfen sollten. Menschen wie Julia.

Ohne Vorwarnung katapultierte mich meine Erinnerung in einen der Sommer unserer Kindheit zurück. Julia war vielleicht acht Jahre alt und ich zehn. Gegen das Verbot unserer Eltern hatten wir in Grannys kleinem Garten damit begonnen, ein kleines Baumhaus zu bauen. Nicht besonders hoch, und die meiste Arbeit blieb an mir hängen. Aus alten Brettern und rostigen Nägeln, die wir auf die Schnelle in der Garage hatten finden können, zimmerten wir ein recht ansehnliches kleines Haus. Nichts Besonderes. Wirklich nicht.

Und dennoch. Meine Eltern waren der Ansicht gewesen, Julia wäre zu schwach dafür und sollte ihre wenige Energie für andere, wichtigere Dinge einsetzen, wie die Schule beispielsweise. Sie hatten nicht gesehen, was ich in diesem Sommer gesehen hatte. Ein willensstarkes Mädchen, das wusste, was es wollte, das um so vieles zäher war, als wir alle von ihr glaubten.

Jahre später kam ich nun daher und wollte meiner Schwester sagen, was sie in ihrem Zustand tun und was sie lassen musste. Ich wollte ihr vorschreiben, wie sie ihr Leben zu leben hatte, als wäre sie ein kleines Kind, das keine Ahnung von diesen Dingen hatte. Aber das war sie nicht.

»Steven, Dr. Koslitz würde gerne mit dir sprechen«, riss mich Jackys warme Stimme aus der innerlichen Kälte, in die ich mich geflüchtet hatte und die sich mittlerweile trotz des heißen Kaffeebechers in meiner Hand wie die Eiszeit anfühlte.

In Jackys Ausdruck lagen Mitleid und Anteilnahme an meinem Schicksal. Unserem Schicksal. Aber auch ein Hauch Unsicherheit war darin abzulesen.

»Was ist passiert? Ist etwas mit Julia?«

Ich sprang so hektisch von meinem Stuhl auf, dass der Inhalt des Bechers sich über meine Hose ergoss. Doch ich verzog keine Miene, als der heiße Kaffee über mein Bein schwappte. Der Schmerz war deutlich besser auszuhalten als die immerwährende Sorge um meine kleine Schwester.

»Es gibt Komplikationen, aber das soll dir Dr. Koslitz selbst erklären«, gab sich Jacky nebulös.

So einfach wollte ich es ihr nicht machen. »Was ist los, Jacky? Du weißt es doch! Ich will, dass du es mir sagst und nicht irgendein dahergelaufener Arzt, der Julia gar nicht wirklich kennt.«

Jackys Miene verzog sich. Der Schmerz stand ihr nun offenkundig ins Gesicht geschrieben. Sie blickte für den Moment zu Boden, wie um Kraft zu schöpfen. Woraus auch immer. Schließlich wusste ich nur allzu gut, dass dieser Flur nichts Tröstliches oder Hilfreiches an sich hatte. Diese Räume waren wie ein Gefängnis, dem man nicht entkommen konnte.

Als sie gefunden hatte, wonach sie gesucht hatte, hob Jacky

ihren Kopf und blickte mir direkt in die Augen.

»Julia kann nicht operiert werden, Steven. Der Nächste auf der Liste wird das Organ bekommen. Es tut mir sehr leid.«

Ihr Blick wurde wässrig. Tränen standen kurz davor, ihr aus den Augen zu kullern. Tränen, die ich längst nicht mehr hatte.

»Wieso kann Julia nicht operiert werden?« Meine Stimme war plötzlich so laut, dass ich selbst vor ihr erschrak. Ich war so furchtbar wütend, dass ich die Kontrolle über sie verloren hatte.

Jacky drückte mich zurück auf meinen Platz und setzte sich neben mich. Ein Patient im Rollstuhl fuhr ans uns vorbei und fragte, ob er behilflich sein könnte. Offenbar gefiel es ihm nicht, wie ich mit Jacky redete. Da waren wir schon zu zweit.

Jacky winkte dankend ab und meinte, sie hätte alles unter Kontrolle. Wie beneidenswert. Dabei klang sie auch noch so ruhig und sachlich.

Als der Mann mit dem krausen schwarzen Haar und dem gegipsten Bein an uns vorbeigefahren war, hob Jacky zu einer Erklärung an. »Julias Werte sind zu schlecht für eine OP. Das würde zu viele Gefahren mit sich bringen. Ein Risiko, das kein Arzt bereit ist, für sie einzugehen. Julia könnte …« Wieder senkte Jacky für den Moment ihren Blick, um mich danach nur um so durchdringender anzusehen. »Julia könnte bei dem Eingriff sterben. Die letzte Lungenentzündung hat sie zu sehr geschwächt.«

Wert … zu schlecht … Lungenentzündung … sterben. Die Worte trafen mich mit der Wucht eines Vorschlaghammers. Wie konnte das passieren? Wie konnte das Timing nur so beschissen sein, dass Julia gerade jetzt ein Spenderorgan angeboten bekam, wenn sie nicht in der Lage dazu war, es auch zu empfangen? Nach all den Jahren war das wie ein Tritt in die Eier.

Und plötzlich wurde mir bewusst, dass ich rein gar nichts in der Hand hatte. Die Entscheidung wurde mir abgenommen. Ich würde nicht für Julia kämpfen können, da mich das Schicksal mal wieder mit seinem hämischen Lachen bedachte, anstatt mir auch nur ein einziges Mal beizustehen. Was zur Hölle hatte ich nur verbrochen, dass meine Familie so viel Leid ertragen musste?

Ich drückte meine Lider so fest auf die Augen, dass es schmerzte. »Weiß es Julia schon?«, presste ich zwischen meinen Lippen hervor.

»Ja«, hörte ich Jacky nur ganz leise sagen.

Und dennoch war es wie der ohrenbetäubende Schuss aus einer Pistole. Mein Startsignal. Ich musste zu ihr. Musste sie in die Arme nehmen, für sie da sein. Plötzlich war es egal, dass wir kurz zuvor noch heftig gestritten hatten. Ich trug ihr nicht nach, dass sie hatte aufgeben wollen. Denn es lag nicht mehr in unserer Hand. Und ich wusste gerade beim besten Willen nicht, was besser war: zu wissen, was einen erwartete, oder dem Schicksal die Zügel zu überlassen und ahnungslos zu bleiben. Ich wusste nur eins: Ich musste zu Julia.

Ruckartig erhob ich mich von meinem Sitz und eilte in die Richtung des Krankenzimmers meiner Schwester. Dabei hatte ich ein so hohes Tempo drauf, dass ich beim Abbiegen um eine Ecke mit jemandem kollidierte. Unsere Köpfe stießen so hart gegeneinander, dass ich Sternchen sah und für den Moment die Augen schließen musste.

»Es tut mir leid«, versuchte ich, mich zu erklären. »Ich … wollte …«

Als ich erkannte, wer da vor mir stand, verstummte ich. »Du?«, war das Einzige, was mir bei Lounas Anblick wenig später über die Lippen kam.

Sie rieb sich ebenfalls die Stirn, doch lächelte mich dabei etwas verlegen an. »Hat dir schon mal jemand gesagt, dass du einen verdammt harten Schädel hast?«

Ich grinste. »Von Sturkopf und Idiot war schon öfter mal die Rede. Aber explizit auf meinen harten Schädel wurde ich bisher noch nicht angesprochen. Nein. Bedauere. Das ist neu.«

Ebenso wie die Tatsache, dass Louna ins Krankenhaus zurückgekommen war. Was wollte sie hier? Warum war sie gekommen? Wollte sie mir weiterhin den Kopf waschen, oder hatte Jacky sie vielleicht benachrichtigt? Aber nein, das war ja vollkommener Unsinn. Jacky hatte Louna nur kurz auf dem Gang kennengelernt. Sie hatten in dieser Zeit keine Nummern getauscht oder dergleichen. Warum auch? Schließlich war Louna ja nur eine Besucherin einer der Patientinnen hier auf der Station. Nichts weiter.

So gern ich mir das auch weismachen wollte, tief in mir drinnen wusste ich, dass es nicht so war. Louna war in der Kürze der Zeit so viel mehr geworden. Viel mehr. Und ich hatte Angst davor, es in Worte zu fassen oder länger darüber nachzudenken, als gut für mich war. Das war nicht richtig. Nicht zu dieser Zeit. Nicht an diesem Ort. Hier ging es nicht um mich. Wie meistens. Aber ich konnte damit sehr gut leben. Ich wollte es schließlich gar nicht anders. Ich wollte mich an niemanden binden, mit dem ich glücklich bis an mein Lebensende zusammenleben und Kinder und Enkelkinder hüten würde. Das war nicht die Welt, die ich mir für mich ausgesucht hatte. Auch wenn mich ein Stich im Herzen bei diesen Gedanken das erste Mal Lügen strafte.

»Jetzt mal im Ernst: Was machst du hier?«, hörte ich mich mit brüchiger Stimme fragen, ganz so, als hätte ich zuvor seit Stunden nicht gesprochen. Ich räusperte mich verlegen und fuhr mir durchs Haar, um meine Nervosität ein wenig zu überspielen.

»Ich dachte, Julia und du, ihr könntet jemanden gebrauchen, der euch beisteht.«

Als ich mit meinen Kieferknochen zu mahlen begann, ruderte Louna zurück und hob abwehrend die Hände.

»Ich bin nicht gekommen, um dir irgendwelche Vorwürfe zu machen oder dir zu sagen, was du zu tun oder zu lassen hast. Ich bin als Freundin hier. Nichts weiter. Friede?«

Ich musste bei ihrer zarten, leicht zittrigen Hand, die sie mir entgegenstreckte, lachen. »Friede!«, sagte ich und legte meine Hand in die ihre.

Sie war kalt, nahezu eisig. Ich verspürte das Bedürfnis, sie zu wärmen, Louna fest in den Arm zu nehmen und für sie da zu sein. Ein merkwürdiger Gedanke und so völlig fehl am Platz. Louna und ich gaben doch nur vor, ein Paar zu sein. Doch offenbar wollten meine Gefühle das nicht wahrhaben.

»Wie ist die Lage? Wann kommt das Organ?«, fragte Louna, während sie mich sorgenvoll ansah.

Ich atmete schwer aus und seufzte, ehe ich den Mut fand, tatsächlich auszusprechen, was Jacky mir gerade offenbart hatte. »Julia wird keine Lunge bekommen. Ihre Werte sind zu schlecht.«

Stille. Kein Wort. Wieder war es Louna, die das Ruder an sich riss, mich in die Arme nahm und mir damit den Halt im Leben bot, den ich so dringend benötigte.

Nicht ich hatte ihr geholfen, ihr Leben in den Griff zu bekommen, sondern sie half mir. Mit ihrer Art, ihrem unbedingten Willen und der Zuversicht.

Ein süßlich-saurer Duft hing in der Luft. Vanille und Zitrone. Ich sog ihn fest in meine Lungen und gab ihn nur sehr widerwillig wieder frei. Lounas Locken kitzelten mich an der Nase, doch das war egal. Ich würde mich keinen Zentimeter vom Fleck bewegen, aus Angst, Louna könnte die Umarmung wieder lösen.

Als ich mir meiner Gedanken, meiner Sehnsüchte bewusst wurde, wusste ich, dass ich ein riesiges Problem hatte. Und das hatte zur Abwechslung mal nichts mit meiner Schwester oder dem Dreh am Set zu tun. Nein, vielmehr war es schätzungsweise ein Meter siebzig groß, hatte goldene Locken und das Herz einer Löwin.

Ohne es je gewollt zu haben, hatte ich mich das erste Mal in meinem Leben verliebt. Und ich konnte nichts dagegen tun. Rein gar nichts. Die Erkenntnis fühlte sich an, als würde sie mir jeden Augenblick den Boden unter den Füßen wegreißen und mich in ein tiefes schwarzes Loch fallen lassen, aus dem es kein Entkommen gab. Es musste an der sentimentalen Situation liegen oder den anderen Umständen, die mich seit Tagen umtrieben. Das war nicht ich. Und das würde ich auch nie sein.

Dann löste sich Louna von mir.

»Lass uns zu Julia gehen. Sie braucht uns jetzt.«

Ihre Worte klangen weise und bedacht. Sie wusste genau, worauf es ankam. Und sie hatte ein untrügliches Gespür dafür, was richtig und was falsch war. Auf halber Höhe ließ sie ihre Hände auf meine Schultern gleiten und sah mir dabei fest in die Augen. Sie wirkte ein wenig nervös. Offenbar erkannte sie die Leidenschaft in meinen Augen, die ich für sie empfand, auch wenn ich mich sehr darum bemühte, sie vor ihr zu verbergen.

So hielten wir uns noch einen Moment länger in den Armen. Sahen uns fest in die Augen und vergaßen dabei Raum und Zeit. Für den Wimpernschlag eines Augenblicks gab es nur noch Louna und mich. Alles um uns herum verlor an Bedeutung. Nur wir zählten.

Zunächst begriff ich erst gar nicht, wie verzweifelt meine Lippen auf ihren Halt zu finden suchten, wie mein verräterischer Körper sich immer näher an sie drängte und eine Alarmglocke in mir aufschrillte. Das war nicht gut. Das war ganz und gar nicht gut. Ich konnte Louna nicht schon wieder küssen.

Während ich mich vehement gegen meine Gefühle stemmte, geschah nun das, womit ich überhaupt nicht gerechnet hätte. Louna küsste mich. Zunächst zaghaft und unsicher, dann immer fordernder. Ich nahm sie so fest in meine Arme, dass kein Blatt Papier mehr zwischen uns gepasst hätte. Unser Atem ging schneller, und ich konnte nicht anders, bekam einfach nicht genug von ihr. Verstummt waren die warnenden Stimmen in meinem Kopf, achtlos ins Off gedrängt die Bedenken. Nichts davon spielte gerade eine Rolle. Alles war so nichtig und klein geworden. Regelrecht unwichtig. Bis auf …

»Wir sollten jetzt wirklich zu Julia gehen«, sagte ich gegen Lounas Lippen, die sich daraufhin viel zu schnell von meinen lösten.

»Natürlich«, erwiderte Louna, die mich irritiert und bedauernd ansah. Sie wusste nicht, was sie von meinen Worten halten sollte. Sie hatte keine Ahnung, was ihre Berührungen in mir anrichteten.

Doch mir war blitzartig klar geworden, dass ich etwas Distanz zwischen uns bringen musste. Die Nähe zu Louna war nicht gut. Nicht auf diese Weise. Ich könnte mich schließlich an sie gewöhnen und mehr davon wollen. Viel mehr.

Den Weg zu Julias Zimmer liefen wir schweigend nebeneinanderher. Was sich eben noch so richtig angefühlt hatte, war plötzlich zu einem großen Fehler geworden. Ich war mir nicht mehr sicher, ob es eine gute Idee gewesen war, Louna mit zu meiner

Schwester zu nehmen, sie zu einem Teil von dem werden zu lassen, was wir Geschwister seit sehr langer Zeit miteinander hatten.

Mit jedem Schritt den Gang entlang konnte ich die Leere und Dunkelheit in mir spüren, die Louna eben noch mit Licht und Leben gefüllt hatte. Es hatte sich so selbstverständlich und richtig angefühlt, dass ich mich für den Moment dazu hatte hinreißen lassen, zu glauben, alles könnte doch noch gut werden.

Ein fataler Fehler, wenn mach bedachte, dass Louna kein Teil meiner Familie war. Letztlich war sie nichts weiter als meine Angestellte, jemand, der für mich arbeitete. Es gab rein gar nichts, was uns miteinander verband oder über den rein geschäftlichen Rahmen hinausging.

Je näher wir dem Zimmer meiner Schwester kamen, desto mehr empfand ich Louna wie einen Eindringling. Wie jemanden, der nicht dazugehörte und dessen Nähe mir nicht geheuer war. Sie weckte einfach zu viele Gefühle in mir, mit denen ich nicht umzugehen wusste. Von denen ich keine Ahnung hatte, was sie mit mir anrichten würden.

Doch eins wusste ich ganz genau: Sie wirbelten etwas in mir auf und ließen mich nur schwer wieder zur Ruhe kommen. Wenn Louna bei mir war, fühlte sich vieles viel leichter an, wog nach ihrem Weggang jedoch um viele Zentner schwerer. Wo sie in einem Moment wie ein heilsames Serum für Ruhe und Frieden in meiner zerrütteten Seele sorgte, ließ sie im nächsten Augenblick die Wunden von Neuem aufklaffen.

Oder war ich es selbst, der mir das antat? War ich derjenige, der zu viel in die Küsse hineininterpretierte? Den Berührungen mehr Bedeutung beimaß als nötig? War ich derjenige, der die Situation vollkommen falsch einschätzte? Wieso passierte das Ganze überhaupt? Bisher hatte ich mir doch auch nie Gedanken über das Wie und Warum bei einer Frau gemacht.

Als ich meine Hand auf die kalte Türklinke legte, die zu Julias Zimmer führte, sackte die Erkenntnis so schwer in mein Bewusstsein, dass ich einen Moment brauchte, um mich davon zu erholen.

Ich wollte mir Gedanken über das Wie und Warum machen. Ich wollte wissen, was Louna an meiner Seite über mich und vor allem über uns beide dachte. Ich wollte wissen, was sie für mich empfand, wie sehr sie mich mochte.

Es brauchte einen Moment, bis ich mich insoweit wieder gefasst hatte, dass ich die Klinke endlich durchdrücken und zu meiner Schwester gehen konnte. Mit Louna an meiner Seite.

Kapitel 21

Louna

»So geht das nicht. Cut! Wo bist du nur mit deinen Gedanken, Louna?«

Steven hatte Nerven, mich das allen Ernstes vor versammelter Mannschaft zu fragen. Dabei musste er doch ganz genau wissen, wie ich mich gerade fühlte.

Noch vor wenigen Wochen war ich ein einfaches Mädchen gewesen, das seinen Traum verwirklichte, indem es tagein, tagaus in seinem Café schuftete, sein Bestes gab und dennoch ständig ums nackte Überleben kämpfen musste.

San Francisco hatte mich nicht unbedingt mit offenen Armen empfangen. Ich war mehr als einmal auf die Nase gefallen. Gleich zu Beginn hatte ich einem zwielichtigen Typen, der versprach, mir günstig Möbel besorgen zu können, aber nie mehr aufgetaucht war, mein halbes Erspartes anvertraut. Kaum war dieser erste Schreck überwunden gewesen, waren ein paar Idioten im *Cakeheaven* eingebrochen und hatten die Einnahmen des Tages mitgenommen.

Das einzig Gute, das mir neben Mary in den letzten Jahren widerfahren war, war Steven. So ungern ich das auch zugab. Er hatte mir eine Perspektive geschenkt, mir Hoffnung gegeben und mein Einkommen gesichert.

Seit ich ihn kannte, wachte ich nachts nicht mehr schweißgebadet auf, weil ich Sorgen hatte, bald schon auf der Straße zu stehen und vor meinen Eltern zugeben zu müssen, dass ich kläglich gescheitert war.

Auch wenn ich mir ganz sicher war, dass Mom und Dad mich mit offenen Armen zu Hause aufgenommen hätten. Ich wollte es allen beweisen und die Sache mit dem Café gut machen. Überhaupt mal was gut machen.

Die Highschool hatte ich mit Ach und Krach gerade so geschafft. Es hatte mich einfach nicht interessiert, und an ein College wollte ich ohnehin nicht. Ich wollte mit meinen Händen arbeiten und mein Hobby zum Beruf machen. Dass ich auf dem Weg dorthin mehr Tränen der Trauer als der Freude vergießen würde, hatte ich damals in meiner anfänglichen Euphorie nie und nimmer für möglich gehalten.

Ich war jung und naiv gewesen, hatte geglaubt, die ganze Welt würde mir zu Füßen liegen. Mehr noch, ich dachte damals wirklich, San Francisco wäre so offen und hip, dass es einem Newcomer wie mir eine echte Chance bieten würde. Die Realität hatte mich schneller eingeholt, als mir lieb gewesen war. Die Ernüchterung wog dabei schwerer als die Erkenntnis, mehr oder minder schon gescheitert zu sein, bevor es überhaupt begonnen hatte.

Und nun, nach den entbehrungsreichen Anfangsjahren, der ständigen Angst, meine Zelte doch noch abbauen zu müssen und reumütig nach Hause zurückzugehen, bot mir Steven eine Aussicht auf Erfolg. Aber zu welchem Preis?

Für eine ungelernte Schauspielerin schlug ich mich mittlerweile recht gut. Meistens war ich hoch konzentriert am Set, konnte meinen Text in- und auswendig und war noch vor meinen Kollegen da. Auch wenn ich es nie für möglich gehalten hätte, dass mir das Agieren vor der Kamera solchen Spaß bereiten würde.

Alles wäre so schön, wäre da nicht Steven.

Ich war mir durchaus im Klaren über meine widersprüchlichen Gedanken. Wie sollte Steven gleichzeitig mein Glück und mein

Unglück sein? Aber so war es nun einmal. Er schenkte mir Hoffnung und zu selben Zeit fühlte ich in seiner Nähe die Vergänglichkeit.

Julias Schicksal traf mich mitten ins Herz. Ich litt mit ihr, hoffte und bangte und ich hatte sie in kürzester Zeit so lieb gewonnen, dass ich den Tag schon jetzt verfluchte, an dem ich mich von ihr würde verabschieden müssen. Ich konnte mir beim besten Willen nicht vorstellen, wie Steven das aushielt.

Am Set gab er sich äußerst professionell. Man ahnte rein gar nichts von seinem inneren Aufruhr, von der ständigen Sorge um seine kleine Schwester. Er war präsent, mit den Gedanken fokussiert. Ganz im Gegensatz zu mir.

»Es tut mir leid«, entschuldigte ich mich. »Könnten wir vielleicht eine kleine Pause machen?«

Amber neben mir zischte verächtlich, während sie zu einer der anderen Kolleginnen so laut sagte, dass ich es hören konnte: »Ständig verlangt sie nach einer Extrawurst. Was glaubt sie eigentlich, wer sie ist? Denkt wohl, sie wäre etwas Besseres.«

Ich ging nicht darauf ein. Denn genau das hätte sie sicher noch mehr angestachelt. Ich wollte keinen Ärger und ich wollte hier am Set auch keine Freunde fürs Leben finden.

»Also gut. Wir machen zehn Minuten Pause. Aber keine Minute länger«, hörte ich Steven sagen, und ich seufzte vor Erleichterung.

Die meisten meiner Kollegen rannten zur Kaffeestation, während ich nach draußen ging, um etwas frische Luft zu schnappen.

Im Gegensatz zu vor wenigen Wochen spiegelte der Himmel über San Francisco heute kein bisschen mein Innenleben wider. Während in mir ein Sturm toste, der die Gischt des Meeres hart gegen die Klippen schlagen ließ, war über der Stadt kein Wölkchen zu sehen. Ein laues Lüftchen wehte, während mir die Sonne auf die Nase schien.

Ein alter Mercedes Benz – schätzungsweise aus den Zwanzigerjahren des vergangenen Jahrhunderts – fuhr über den Hof. Sicher wurde er als Requisite bei einem der Filme verwendet, die hier auf dem Produktionsgelände gedreht wurden. Eine andere Zeit, vielleicht sogar ein anderes Land. Sehnsüchtig blickte ich dem Wagen nach, als ich eine Stimme in meinem Rücken hörte.

»Was ist los mit dir?«, fragte Steven mit diesem knurrigen Unterton in der Stimme, der mich zunächst aus heiterem Himmel traf, doch schon sehr bald wütend machte.

Schlagartig wandte ich mich zu ihm um. »Was mit mir los ist, willst du wissen? Allen Ernstes? Du willst wissen, was los ist? Ja?« Die Wut in meinem Inneren hatte sich so weit angestaut, dass ich ein Ventil für sie benötigte, wenn ich nicht daran zerplatzen wollte.

Ich schlug Steven mit beiden Händen auf die Brust und schob ihn dabei weg von mir.

»Hey, hey«, redete Steven nun viel sanftmütiger auf mich ein und zog mich schnell in eine Umarmung.

Zunächst wehrte ich mich noch dagegen, aber mein Widerstand wurde immer geringer, ehe ich mich vollends in seine Arme gleiten ließ. Während Steven über mein Haar strich, wurde ich allmählich etwas ruhiger. Der tosende Sturm in mir ebbte ein wenig ab und machte einer milderen Brise Platz.

»Es war falsch von mir, dich in die Sache mit Julia hineinzuziehen. Ich hätte wissen müssen, dass es dich so mitnimmt. Aber … in dem Moment erschien es mir die richtige Idee zu sein.«

Steven löste mich ein wenig aus seiner Umarmung, damit ich

ihm direkt in die Augen schauen konnte. Sofort fehlte mir die Wärme seines Körpers, der Duft nach Männlichkeit und einem Hauch von Zimt. Am liebsten hätte ich den Rest des Tages in Stevens Armen verbracht, hätte nichts auf das Gerede der Menschen gegeben und mich einfach dem Gefühl der Verbundenheit hingegeben.

Denn seit ich von Julias Schicksal wusste, hatte das Steven, den ich bis dato für den Womanizer schlechthin gehalten hatte, in meinen Augen zu einem anderen Mann gemacht. Ich verstand nun, warum er sich so gab. Mittlerweile konnte ich ansatzweise nachempfinden, wie es wirklich in ihm aussah.

Er war nicht der Draufgänger, für den ich ihn am Tag unserer ersten Begegnung gehalten hatte. Steven war warmherzig, setzte sich für die Menschen ein, die er liebte, und er war schnell zu dem Mann geworden, von dem ich nachts träumte, ich würde in seinen Armen liegen und noch ganz andere Dinge mit ihm anstellen.

»Es war richtig von dir, mich mit zu Julia zu nehmen. Es wäre allerdings eine Lüge, wenn ich behaupten würde, gut mit der Situation umgehen zu können. Die Distanz, die ich anfangs glaubte, wahren zu können, war sofort dahin, als ich Julia mit ihrer freundlichen Art und dem herzlichen Lächeln kennenlernen durfte. Ich mag sie, Steven. Sehr sogar. Und ich habe keine Ahnung, wie du das schaffst. Ständig ihren Tod vor Augen … Das ist so … hart und … ungerecht. Ich weiß nicht, ob ich das auf Dauer kann.«

Steven ließ mich los und ich fühlte mich, als würde ich taumeln, als würde ich jeden Moment wie eine Marionette in mich zusammenfallen.

»Dann wird es wohl das Beste sein, wenn du zukünftig nicht

mehr mit mir ins Krankenhaus gehst. Ich erkläre Julia einfach, dass es mit uns beiden nicht geklappt hat. Sie wird Verständnis dafür haben. Und … wegen Jamie brauchst du dir keine Gedanken zu machen. Wenn er lieber in deinem Café arbeiten möchte, werde ich euch keine Schwierigkeiten machen. Er kann gehen, wann immer er möchte. Ich wünsche euch beiden alles erdenklich Gute.« Steven lachte gespielt amüsiert auf, während seine Worte nach einem bitteren Abschied klangen. »Keine Ahnung, was der Kerl hier eigentlich gemacht hat. Bisher komme ich ganz gut ohne ihn klar.«

»Was? Hier geht es doch schon lange nicht mehr um Jamie.« Mein ganzer Körper zitterte vor Wut. »Ich möchte nicht, dass du Julia sagst, wir wären nicht mehr zusammen.« Das wollte ich wirklich nicht. Ich wollte, dass Steven mich fest in seinen Armen hielt, wann immer mir danach war. Ich wollte von ihm so leidenschaftlich geküsst werden, wie er es bereits zweimal getan hatte. Und ich wollte nachts bei ihm liegen, seine Frau sein, für ihn da sein.

Die Aussicht, er könnte mir das alles mit einem Schlag wieder nehmen, ließ mich innerlich zerbrechen. Spürte er denn nicht, dass da etwas zwischen uns war? Oder drängte er das Gefühl von sich, aus Angst davor, verletzt zu werden?

Steven sah mir bei meinen Worten fest in die Augen. Er wagte es nicht, auch nur zu blinzeln oder wegzusehen. Die Anspannung in seinem Gesicht war kaum mehr zu ertragen. Worüber dachte er nach? Was würde er mir gleich sagen? Würde er mich von sich stoßen und mir erklären, dass es besser so wäre?

»Ich denke, wir sollten heute Abend mal ausgehen. Ich habe Karten für die Premiere eines neuen Films. Nichts Besonderes. Aber wenn du Lust hast, mich zu begleiten, würde ich mich sehr darüber freuen.« Steven verzog keine Miene bei seinen Worten. Es klang in meinen Ohren vielleicht sogar etwas zu unterkühlt für eine freundliche Einladung. Womöglich fiel ihm der plötzliche Themenwechsel aber auch nicht so leicht, sodass er einen Moment brauchte, um sich in die neue Situation einzufinden.

»Das klingt toll«, erwiderte ich, als ich verstand, worum er mich da gerade bat.

Er wollte mit mir ausgehen. Das war ein Date. Und das ohne seine Schwester. Wir würden das allererste Mal allein sein, mal abgesehen von den beiden schrecklichen Fahrten in seinem Wagen. Er würde mit mir über einen roten Teppich spazieren, vor den Kameras posieren und seinen Arm um meine Taille legen. Die Vorstellung trieb mir die Schamröte ins Gesicht. Steven hatte vor, mich dort als seine Freundin zu präsentieren. Für alle Augen wäre dann ersichtlich, dass ich zu ihm gehörte.

Was hatte das zu bedeuten? Tat er es nur, um vor Julia gut dazustehen, um ihr zu zeigen, dass wir wirklich zusammen waren? Oder wollte er mir damit etwas sagen? Hatte er womöglich ebenso Gefühle für mich entwickelt wie ich für ihn? Mir schwirrte der Kopf. Was war das nur zwischen uns? Und wenn es überhaupt etwas war, hatte es dann Bestand? Würden wir darauf aufbauen können, oder würde es schneller verpuffen als künstlicher Nebel am Set?

Steven blieb noch immer ungerührt von meiner Antwort. Sein Gesicht verriet nichts über sein Innenleben. Er verzog seine Lippen nicht einmal zu einem angedeuteten Lächeln. Nichts. Nur dieser feste Blick aus seinen dunklen Augen haftete auf mir.

»Dann sollten wir wieder reingehen. Die zehn Minuten sind vorbei. Ich hoffe, du kannst dich jetzt besser konzentrieren.« Beinahe hätte ich schallend zu lachen begonnen. Wie sollte ich mich nach dieser Einladung bitte schön zusammenreißen und vor der Kamera stehen? Hatte er denn gar keine Vorstellung davon, wie ich mich gerade fühlte?

Offenbar nicht. Denn er schob die Hände in seine Hosentaschen und ging voraus in Richtung Tür. Ich verstand den Kerl einfach nicht. Er war mir ein Mysterium. Ein Mysterium, das ich nur allzu gerne durchschauen würde. Vielleicht würde es mir heute Abend ja gelingen, seinem Geheimnis ein wenig auf die Spur zu kommen. Oder ich würde mein Herz gänzlich an ihn verlieren. Alles war möglich. Und das machte meine Ausgangslage nicht unbedingt besser. Ganz im Gegenteil.

Kapitel 22

Steven

Es war eine bescheuerte Idee von mir gewesen, Louna heute Abend einzuladen. Je näher die Uhrzeit rückte, an der ich sie an ihrer Wohnung abholen wollte, desto mehr Panik bekam ich.

Doch als ich heute Morgen diesen leicht schimmernden Ausdruck in Lounas Augen erblickt hatte, war mir klar geworden, dass sie gerade im Begriff war, sich in mich zu verlieben. Ich musste handeln, solange es noch möglich war.

Denn das zwischen Louna und mir konnte einfach nichts werden. Louna suchte etwas Festes. Das konnte ich ihr ansehen. Sie war keine Frau für eine Nacht. Und genau darauf würde ich sie heute Abend vorbereiten müssen. Es gab nur eine Nacht mit mir. Das war alles, was ich ihr zu bieten hatte. Auf mehr konnte und wollte ich mich unter keinen Umständen einlassen.

Ich würde sie vor vollendete Tatsachen stellen und ihr erklären, wie es bei mir lief. Ihr sagen, dass ich nicht bereit dazu war, über die vier Wände des Krankenzimmers meiner Schwester hinaus das glückliche Paar zu spielen.

Louna würde ihre Kleinmädchenträume aufgeben müssen, wenn sie weiter mit mir zusammenarbeiten wollte. Liebe war etwas für Menschen, die sich dem Leid des Lebens stellen konnten. Die bereit waren, alles dafür zu geben, um den anderen glücklich zu machen. Ich sah mich außerstande, das für jemanden zu tun. Nicht einmal für Louna.

Als ich im großen Spiegel im Flur neben der Garderobe mein Spiegelbild erblickte, konnte ich in meinen Augen erkennen, wie leid ich das Ganze doch war. Ich wollte nicht mit den Gefühlen der Frauen spielen, aber so ungern ich es auch zugab, ich war auch nur ein Mensch. Ab und an brauchte ich dieses warme Gefühl in meinem Herzen, um die vergangenen dunklen Zeiten und die kommenden zu überstehen.

Doch Louna war kein kleines Feuer, das mir das bisschen Leben, das ich noch hatte, erwärmen sollte. Sie war in kürzester Zeit so viel mehr für mich geworden.

Das Smartphone in meiner Hosentasche klingelte. Auf dem Display war Masons breites Grinsen zu sehen.

»Hey Mann, was geht?«, nahm ich das Gespräch entgegen und hoffte, Mason würde mir nicht gleich anmerken, wie es um mich stand. Schließlich war er mein ältester Freund. Irgendwie. Auch mit ihm hatte ich nie diese typischen Männersachen gemacht. Ich war mit ihm zu Partys gegangen, um Frauen klarzumachen und ein paar unbeschwerte Stunden zu verleben. Das war alles.

Seit Mason verheiratet war und in der Nähe von Chicago lebte, fehlte er mir schrecklich, ohne dass ich es ihm je gesagt hatte. Wieder hatte ich Abschied von einem Menschen nehmen müssen, der mir etwas bedeutete. Auch wenn er nicht gestorben war, trennten uns mittlerweile mehrere tausend Meilen. Mal eben gemeinsam auf einen Drink ausgehen, ging nicht mehr so einfach. Die Zeit war vorbei. Es war fast ein bisschen so, als wäre er für immer gegangen.

»Ganz gut. Und selbst?«, fragte mein Freund.

»Ich gehe auf eine Premiere. Irgendein drittklassiger Film.«

Mason lachte. »Mann, was gäbe ich dafür, mal wieder mit dir einen draufzumachen. Ich sollte dringend mal wieder nach San Francisco kommen. Oder du besuchst mich zur Abwechslung mal in Chicago. Schließlich warst du noch nicht ein einziges Mal hier bei uns, seit ich umgezogen bin.«

Jetzt ging das wieder los. Mason bat mich in regelmäßigen Abständen, ihn mal besuchen zu kommen. Aber ich brachte es einfach nicht über mich, zu ihm und seiner Frau zu fliegen und ein paar unbeschwerte Tage zu verbringen, wenn ich doch genau wusste, dass ich wieder zurück in diese Stadt musste. Außerdem wollte ich Julia nur ungern alleine lassen. Wenn es mir irgendwie möglich war, blieb ich immer in ihrer Nähe.

»Ja, Bro, das sollten wir unbedingt mal ins Auge fassen«, leierte ich zum gefühlt hundertsten Mal das Versprechen herunter, ihn endlich mal zu besuchen.

Wir wussten beide, dass es nicht so kommen würde. Mason kannte mich besser, als es mir lieb war.

»Wer begleitet dich heute Abend? Kenne ich sie?«

Beinahe hätte ich gelacht und Mason gefragt, ob er denn meine Lebensweisheit *Nie zweimal mit derselben Frau* bereits vergessen hätte. Doch dann rang ich mich zu der Wahrheit durch. Ich konnte schließlich nicht in jede meiner Antworten eine Lüge packen. Das hatte mein bester Freund nicht verdient, auch wenn er mich allein zurückgelassen hatte, um sein eigenes Glück zu finden.

»Die Kleine, die du im *Cityscape* kennengelernt hast, kommt mit.« Ich bemühte mich um einen belanglosen Unterton in der Stimme, auch wenn ich bereits ahnte, was mein Geständnis anrichten würde.

»Die mit den blonden Locken oder die Rothaarige?«, fragte Mason, der sich ebenfalls nichts anmerken ließ.

»Die Blonde«, erwiderte ich wortkarg und mied den Blick in den Spiegel.

»Gute Wahl!« Dann trat eine kleine Pause ein. »Läuft da etwas zwischen euch beiden? Etwas, was über deine üblichen lockeren Affären hinausgeht?« Mason versuchte, so sachlich wie möglich an die Sache heranzugehen. Was ich ihm wirklich hoch anrechnete. Schließlich lag er mir mindestens seit seiner eigenen Hochzeit permanent damit in den Ohren, ich solle mir doch auch eine Frau suchen und endlich sesshaft werden. Die Hörner hätte ich mir schließlich schon längst abgestoßen.

Wenn es doch nur so einfach wäre!

»Du kennst mich, Bro. Ich gehe keine Verpflichtungen ein.«

Die Worte brannten wie Feuer in meiner Seele. Wie konnte ich Mason nur in dem Glauben lassen, Louna wäre nichts als eines meiner gewöhnlichen kleinen Abenteuer? Ich war so armselig und schäbig.

»Verstehe«, meinte Mason darauf kurz angebunden und wechselte unvermittelt das Thema. »Wie läuft es auf der Arbeit?«

»Ganz gut. Zumindest spielt mein Boss nicht mehr mit dem Gedanken, mich rauszuschmeißen.« Bevor Mason auf die Idee kam, mich dahin gehend auszufragen, wie sich meine neue Hauptdarstellerin machte und ich ihm erklären musste, dass ich mich mit ebendieser für den heutigen Abend verabredet hatte, beendete ich das Telefonat. »Ich muss jetzt leider los. Ich möchte Goldlöckchen nicht warten lassen.«

Mason lachte wieder unbefangen. »Na, da will ich dich nicht aufhalten. Wir hören uns?«

Seine Aussage kam eher einer Frage gleich. Denn in letzter Zeit hörten wir uns für unsere Verhältnisse äußerst selten. Aber ich wollte nicht immer wieder auf den Umstand hingewiesen werden, dass mein bester Freund sein Glück woanders gefunden und mich mir selbst überlassen hatte. Das war hart gewesen. Auch wenn man das unter Männern nie offen zugeben würde.

»Aber sicher doch.«

Und damit beendete ich das Gespräch abermals mit einer Lüge.

Kapitel 23

Louna

»Ich finde, du solltest die Perlenkette zu dem Kleid tragen. Die würde dem Outfit noch etwas mehr Grazie verleihen, als es ohnehin bereits hat.«

Verlegen zupfte ich an dem schwarzen Maxi-Ballkleid, dessen tiefer Ausschnitt mir beinahe bis zum Bauchnabel ging. Ich fühlte mich schrecklich nackt, obwohl man nichts sehen konnte, was man nicht sehen sollte.

Das mit von Hand gestickten Blumen und schillernden Pailletten verzierte Kleid musste ein kleines Vermögen gekostet haben. Ein Unterrock aus Tüll ließ mich beim Gehen wie eine schwebende Elfe erscheinen. Das Kleid war wirklich ein Traum. Nur wusste ich nicht, ob es nicht eine Spur zu glamourös für mich war.

Als der Bote heute Nachmittag bei mir im Café vorbeigekommen war, um mir Stevens Geschenk für den Abend zu übergeben, war Mary in Schnappatmung verfallen. Die Schachtel eines namhaften Designers ließ Mary einen kleinen Freudentanz aufführen. Ganz so, als wäre die Lieferung für sie und nicht für mich bestimmt gewesen.

»Jamie, da muss ich dir widersprechen. Die Kette würde nur diesen atemberaubenden Blick auf ihr sexy Dekolleté verdecken. Da sollte nichts baumeln, finde ich«, meinte Mary, während ich noch immer versuchte, den Stoff noch ein wenig weiter über die Brust zu spannen. Ohne Erfolg.

»Okay, Schätzchen, wenn du das so siehst.« Jamie war eingeschnappt und legte die Kette, die er aus meiner Schmuckschatulle genommen hatte, wieder zurück.

»Hey, ihr beiden, habt euch sofort wieder lieb. Ich bin eh noch unschlüssig, ob ich das Kleid überhaupt tragen sollte.« Als die beiden mich mit riesigen Augen ansahen und ihre Münder sich bereits anklagend öffneten, beeilte ich mich, meine Bedenken zu benennen. Denn ich wollte weder unhöflich noch undankbar erscheinen. »Seien wir doch mal ehrlich! Das Kleid ist viel zu teuer. Ich fühle mich unwohl darin. Was ist, wenn ich hinfalle oder eine Naht aufgeht? Außerdem ist es seeehr offenherzig.« Ich blickte zu dem hohen Spiegel, den Mary aus meinem Schlafzimmer ins Wohnzimmer geschoben hatte. »Das bin doch nicht ich.«

Jamie kam zu mir und stellte sich neben mich vor den Spiegel. »Schätzchen, du siehst einfach umwerfend in dem Kleid aus. Deine schmale Taille kommt darin granatenscharf zur Geltung. Und der Ausschnitt wirkt kein bisschen vulgär, sondern zutiefst edel, wie ich finde.«

Da legte Mary ihren Arm von der anderen Seite um meine Taille. Nun standen wir zu dritt vor dem Spiegel. Wie ein Dreiergespann, das nichts und niemand aufhalten konnte. »Du wirst das Kleid nicht ruinieren. Und wenn doch, dann ist das sicher auch nicht so tragisch. Steven hat es bestimmt geschenkt bekommen. Der kennt doch so viele Leute, die mit solchen Kleidern nur so um sich werfen. Da musst du dir wirklich keine Gedanken drüber machen.« Beide hefteten ihren Blick auf mich und flehten mich förmlich an, dem Kleid, und damit in gewisser Hinsicht auch seinem edlen Spender, eine Chance zu geben. Bei Jamie spielte bestimmt auch ein bisschen die Tatsache eine Rolle, dass es sich bei dem Spender um Steven, seinen Boss, handelte. Mary hingegen war wegen des Kleides so außer sich, dass sie schon fast vergessen hatte, wie gerne sie selbst noch vor wenigen Wochen mit Steven zu einem Date gegangen wäre.

»Mary, meinst du wirklich, dass es okay für dich ist, wenn ich heute mit Steven zu der Premiere gehe? Wenn du willst, dass ich ihm absage, dann mache ich das, ohne mit der Wimper zu zucken.«

Mary winkte ab. »Frau muss wissen, wann sie einen Kampf verloren hat.« Sie lachte und machte auf mich nicht den Eindruck, als wäre sie besonders traurig, Steven nicht bekommen zu haben. »Ich schiebe meine anfängliche Verliebtheit auf den Alkohol.« Dabei zwinkerte sie mir vielsagend zu.

Ich wandte mich zu ihr um. »Du warst wirklich verliebt in ihn?«, fragte ich besorgt und nahm ihre Hände in die meinen.

»Glaub ja nicht, dass das ein Grund für dich wäre, das heutige Date mit ihm abzusagen!«, schimpfte sie mich mit einem Lächeln auf den Lippen. »Aber jetzt mal im Ernst: Ich fand ihn ganz nett, bin aber mittlerweile der Meinung, dass ihr viel besser zueinanderpasst. Aber vermassele es nicht! Hörst du?«

Jamie nickte zustimmend in Marys Richtung. Die beiden waren sich wohl einig.

»Wann wollte dich Steven noch mal abholen?«, fragte Jamie mit einem unruhigen Blick auf die Uhr über der Tür.

»Scheiße!«, platzte es aus mir heraus. »In genau zwanzig Minuten. Und ich bin noch nicht mal geschminkt. Was zum Teufel mache ich denn mit meinen Haaren? Und wo sind die Riemchensandalen, die ich extra heute Nachmittag noch gekauft habe?«

Jamie geleitete mich zu einem Stuhl, auf dem ich dank des weiten Tüllrockes nur umständlich Platz nehmen konnte. Hoffentlich würde ich später im Theater überhaupt in die engen Kinosessel passen. Die Vorstellung, links und rechts neben meinem Bein eine Tonne Tüll auf den Armlehnen abzulegen und durch das Gewirr an Stofflagen hindurch den Film anzusehen, war irgendwie so lustig, dass ich laut losprusten musste.

Vielleicht lag es auch an der Aufregung vor dem Ungewissen. Oder ganz konkret vor Steven. Die Tatsache, dass er mich heute Abend eingeladen hatte, fühlte sich noch immer sehr merkwürdig an. Schließlich hatte ich zu diesem Zeitpunkt erwartet, er würde mir sagen, wir sollten unsere Beziehung auf das rein Geschäftliche beschränken und ansonsten einen großen Bogen umeinander machen.

»Mary, hol Louna ein Glas Wein«, ordnete Jamie an, während er mir mit einem Schwämmchen Make-up im Gesicht auftrug.

»Ich vertrage keinen Alkohol«, gab ich zwischen nur leicht geöffneten Lippen hindurch zu bedenken.

»Ein kleiner Schluck kann nicht schaden«, erwiderte Mary staubtrocken.

»Das sagt die Richtige. Darf ich dich an den Abend im *Cityscape* erinnern?«

Mary gab einen abschätzigen Laut von sich. »Das kannst du doch gar nicht miteinander vergleichen. Ich war voll wie eine Strandhaubitze. Du wirst lediglich einen Schluck für die Nerven trinken. Nimm es als medizinische Darreichung.«

Jamie grinste, während er mir die unechten Wimpern aufklebte und sie tuschte. »Ich bin total auf Marys Seite. Wie viel Zeit bleibt uns noch?«, fragte Jamie, der nicht wagte, von seinem Kunstwerk aufzusehen. Ich war ihm dankbar dafür. Schwarze Striemen auf den Wangen waren nicht unbedingt das, womit ich heute Abend glänzen wollte.

»Zehn Minuten«, vermeldete Mary aus der Küche.

Gläser schepperten. Zumindest würde ich nicht allein trinken müssen. So aufgeregt ich wegen des Dates mit Steven auch war, so dankbar war ich auch für meine Freunde. Jamie und Mary waren so unglaublich. Sie freuten sich mit mir, halfen mir bei den Vorbereitungen und hatten immer ein liebes Wort für mich.

»Deine High Heels habe ich auch gefunden«, ließ sich Mary vernehmen, ehe sie sich an meinen Füßen zu schaffen machte. »Der Nagellack ist toll. Wo hast du den her?«, fragte sie ehrlich interessiert.

»*7-Eleven*«, entgegnete ich mit entschuldigender Miene.

»Das schafft auch nur Louna. Da trägt sie ein zehntausend Dollar teures Kleid und kauft sich einen Nagellack für fünf Dollar.«

»Was sagst du da?« Meine schrille Stimme spiegelte das blanke Entsetzen, das ich empfand, überdeutlich wider.

»Ich sagte, dass du die Einzige bist, die ich kenne, die zu so einem teuren Kleid einen billigen Nagellack aufträgt«, wiederholte Mary den Sinn ihrer vorhergehenden Aussage.

»Nein, das meinte ich nicht. Woher weißt du, dass das Kleid so viel kostet?« Jetzt bekam ich Schnappatmung. Ein fünfstelliger Betrag für ein Kleid, und ich setzte mich einfach so auf einen Stuhl. Durfte man das überhaupt? War das nicht vielmehr eines dieser Stehkleider, deren Stoff so furchtbar empfindlich war?

Als ich spürte, wie ich jeden Moment hyperventilieren würde, legten Mary und Jamie je eine Hand auf meine Schultern und beruhigten mich.

»Für Steven bist du viel mehr wert als das Kleid. Es soll lediglich deine Schönheit unterstreichen. Und dir nicht das Gefühl vermitteln, du wärst seiner nicht würdig«, erklärte Jamie sehr einfühlsam, während Mary ihm mit einem Nicken beipflichtete.

Als ich mich etwas beruhigt hatte, reichte Mary Jamie und mir ein Sektglas. »Wein konnte ich auf die Schnelle nicht finden, aber der Sekt war gekühlt und wird sicher auch das tun, was wir uns von ihm erhoffen.« Wir hoben unsere Gläser in die Höhe, stießen miteinander an und tranken das blubbernde Getränk, das meine Adern flutete und mir zielsicher in die Füße absackte. So wie immer, wenn ich Alkohol trank. Keine Ahnung, warum er es sich am liebsten in meinen Füßen bequem machte. Aber genau so war es immer.

»Leute, ich wollte euch noch mal für alles danken.« Ich bemühte mich, das Gefühl der Wärme und Zugehörigkeit, das ich in der Nähe meiner Freunde verspürte, in meine Worte zu packen.

Jamie winkte ab. »Ich danke dir, dass ich dir an diesem Abend mit Mary beistehen durfte.«

Mary lachte. »Jetzt drück bloß nicht auf die Tränendrüse. Jamie hat da das reinste Kunstwerk in deinem Gesicht geschaffen. Du siehst aus wie die junge Grace Kelly.«

Dann fiel es mir siedend heiß ein. »Verdammt! Wir haben die Haare total vergessen. Steven ist in fünf Minuten hier. Was soll ich denn jetzt bloß machen?« Fieberhaft sah ich zwischen meinen Freunden hin und her.

»Du siehst mit deinen Naturlocken einfach so unglaublich toll aus, dass ich nichts daran verändern möchte. Sie legen sich wie ein goldenes Cape über deine Schultern. Sie hochzustecken oder gar einen Zopf zu machen, wäre die reinste Verschwendung«, erläuterte Jamie mit fachmännischem Blick. »Ich habe jahrelang als Visagist gearbeitet und habe ein Auge dafür, Darling.«

Mary pflichtete ihm abermals bei. »Ich sehe das ganz genau wie Jamie. Du bist so eine unglaubliche Naturschönheit, dass es gar nicht zu viel sein sollte.«

Ich hielt die Tränen der Rührung zurück, um Jamies Kunstwerk in meinem Gesicht nicht zu zerstören, und nahm meine Freunde fest in den Arm. »Wisst ihr eigentlich, wie lieb ich euch habe?«, presste ich durch meine Lippen hindurch, während ich den Tränenfluss in meinen Augen unterdrückte.

»Und wir lieben dich.«

Ein Klingeln an der Tür riss uns aus dieser freundschaftlichen Geste, die mir so viel bedeutete.

»Das ist er«, meinte Jamie und gab mir ein Küsschen auf die Wange. »Du wirst das heute Abend ganz wundervoll machen. Ich glaub an dich.«

Mary reichte mir einen Schal. »Falls es doch ein wenig kalt werden sollte und Steven noch nicht so weit ist, dich zu wärmen …«

Ich schüttelte den Kopf und lächelte meine Freundin dabei an. »Du bist unverbesserlich!«

»Ich weiß! Gib es zu! Dafür liebst du mich.«

Jamie reichte mir meine Handtasche und gab mir anschließend einen kleinen Schubs in die richtige Richtung.

»Wir räumen hier noch ein bisschen auf, damit Cinderella einen unvergesslich schönen Abend verbringen kann und im Anschluss daran nicht mit den Widrigkeiten des Alltags konfrontiert wird«, meinte Mary freimütig.

»Fühlt euch ganz wie zu Hause und trinkt bitte auch noch den Sekt aus«, gab ich mich als gute Gastgeberin, während mich mittlerweile Jamie und Mary gemeinsam zur Tür schoben. Mein Schicksal war besiegelt. Jetzt oder nie.

Steven, here I come.

Kapitel 24

Steven

Der Mut verließ mich zusehends, während ich draußen auf der Straße auf Louna wartete. Ich hatte es nicht gewagt, zu ihr nach oben zu gehen. Das wäre dann doch eine Spur zu vertraut gewesen. Und wenn ich mit meinem heutigen Vorhaben Erfolg haben wollte, dann musste ich aufhören, mir vorzustellen, wie ein Leben mit Louna aussehen könnte.

Dazu gehörte auch, mich von ihrer Wohnung fernzuhalten. Schließlich wollte ich mir in einem der späteren schwachen Momente nicht vorstellen müssen, wie es wäre, dort oben im Wohnzimmer mit ihr auf der Couch zu sitzen, während sie fest in meinen Armen lag.

Als Louna schließlich die Tür öffnete, wollte ich erst so einen Spruch machen wie: *Wie schön, dass du doch noch kommen konntest.* Denn wir waren spät dran und seit meinem Klingeln schien eine halbe Ewigkeit vergangen zu sein. Doch als Louna die Tür öffnete, war ich nicht dazu in der Lage, auch nur einen klaren Satz zu formulieren, geschweige denn, einen klaren Gedanken fassen.

Ihre langen Locken wippten im Takt ihrer Bewegungen und umhüllten sie wie die ersten Strahlen der Sonne nach einem langen Winter. Das Kleid, das ich für sie ausgesucht hatte, war die reinste Sünde. Der Ausschnitt war atemberaubend. Ich konnte nicht anders und starrte unverhohlen ihr Dekolleté an.

Louna legte die Hand davor, als es ihr zu viel wurde. »Ich dachte mir schon, dass mir heute Abend niemand in die Augen sehen wird.« Ein Lächeln stahl sich auf ihre Lippen, während ich mir verschämt das Haar raufte.

»Tut mir leid! Das war nicht meine Absicht. Ehrlich! Aber schlussendlich bin ich wohl auch nur ein Mann.«

Louna lachte so herzlich, dass ich gar nicht anders konnte, als mit einzustimmen. Das hier war so ein verdammter Fehler. Ich hätte sie nicht einladen sollen, mit mir den Abend bei der Filmpremiere zu verbringen. Etwas sagte mir, dass mein Plan, nach diesem Abend auf Distanz zu Louna zu gehen, nicht aufgehen würde.

Doch an dieser Stelle war es nun zu spät, einen Rückzieher zu machen.

»Du siehst umwerfend aus. Alles an dir. Nicht nur das Kleid.«

Louna grinste mich wissend an. »Du alter Charmeur«, winkte sie ab. »Aber nun lass uns besser losfahren. Ich denke nicht, dass die mit dem Film auf uns warten werden.«

»Nein, ganz sicher nicht«, pflichtete ich ihr bei.

Das Gefühl der Vertrautheit machte sich im Wagen breit und ich bemerkte, wie ich mich entspannte, wie ich anfing, den Abend zu genießen. Doch dann musste ich an Julia denken, die sicher nie einfach und entspannt solch einen Abend verleben würde, und mich überkam das schlechte Gewissen. Das war Quatsch, ich wusste selbst, dass Julia sich für mich freute, wenn ich ein bisschen Zerstreuung fand. Sie gönnte mir jedes Vergnügen von Herzen.

Einvernehmlich schweigend fuhren wir die Straßen entlang, bis Louna das Radio ein wenig leiser stellte. Offenbar war sie kein besonders großer Fan von Sting.

»Ich wollte dich noch etwas fragen.« Lounas Stimme klang brüchig und unsicher.

Für den Moment löste ich meinen Blick von der Straße vor mir und sah zu ihr hinüber. Eine gewisse Sorge spiegelte sich in ihrem Antlitz wider. Schlagartig verspürte ich das Bedürfnis, sie in den Arm zu nehmen und ihr zu versichern, dass sie mich alles fragen konnte, was ihr auf dem Herzen lag. Was war bloß los mit mir?

»Schieß los!«, erwiderte ich möglichst offen, versuchte allerdings ebenso, eine gewisse Distanz zwischen uns zu wahren.

»Es ist nur … Ach, vergiss es einfach wieder.«

Louna wirkte an diesem Abend etwas zartbesaiteter als sonst. Sie übte sich in einem verharmlosenden Lächeln, doch ich konnte die Unsicherheit in ihren Augen sehen.

»Was soll ich vergessen?«, hakte ich nach, da ich ihr das Gefühl geben wollte, dass sie sich mir anvertrauen konnte.

»Mary meinte, dass …« Sie holte tief Luft. »Meine Freundin meinte, dass das Kleid, das ich heute Abend trage, ganz schön teuer sei, und da wollte ich nun wissen … Wahrscheinlich hört es sich in deinen Ohren total dämlich an. Aber es beschäftigt mich wirklich. Also versprich mir, dass du nicht lachen wirst.«

Ein Schmunzeln stahl sich auf meine Lippen, und ich drehte mich ein wenig weg von Louna, gab vor, mich auf die Straße konzentrieren zu müssen, auch wenn wir gerade mal wieder an einer roten Ampel standen. Warum zur Hölle waren eigentlich alle Ampeln in dieser Stadt im entscheidenden Moment immer gegen mich?

»Ich schwöre, nicht zu lachen. Okay?« Ich biss mir auf die Unterlippe, um meiner Stimme einen ernsteren Klang zu verleihen.

»Also schön. Ich bin mir nicht sicher, ob ich mich in dem Kleid auch längere Zeit hinsetzen darf.«

Die Ampel schaltete natürlich mal wieder im vollkommen falschen Moment auf Grün, sodass ich anfahren musste, nachdem hinter mir bereits ein Hupkonzert eingesetzt hatte. Die Leute in dieser Stadt waren wirklich kein bisschen gechillt.

»Nur damit ich sicher sein kann, dich richtig verstanden zu haben: Du fragst mich allen Ernstes, ob du dich mit diesem Kleid hinsetzen darfst? Und nur für den Fall, dass du dich gerade in einem Paralleluniversum befindest, du sitzt bereits.« Am liebsten hätte ich laut losgeprustet, weil die Situation wirklich zu komisch war.

Mit Louna an meiner Seite stellte sich wieder diese Leichtigkeit ein, die ich in den vergangenen Tagen so vermisst hatte. Nur wenige Minuten mit ihr reichten vollkommen aus, um mich unbefangen lachen zu lassen. Das war der Louna-Effekt. Ich sollte ihn mir patentieren lassen.

Nun wagte ich es doch und warf einen Blick zur Seite. Dabei konnte ich erkennen, wie Louna die Augen verdrehte und dabei ihre kleine spitze Nase nach oben reckte.

»Du machst dich ja doch über mich lustig«, jammerte sie.

»Das würde ich nie tun. Erklär es mir!«, erwiderte ich staubtrocken, um Haltung bemüht.

Louna atmete hörbar aus. »Ich dachte nur, dass wir in diesem Kinosaal sehr eingepfercht sitzen werden und … Na ja, das Kleid ist ja so unglaublich wertvoll. Ich wollte nur sicherstellen, dass du keine Probleme bekommst, wenn du es zurückgibst.«

Louna war so eine ehrliche Haut. Für sie war es undenkbar, dass sie das Kleid womöglich behalten durfte. Während die meisten Frauen, die ich bisher in meinem Leben kennengelernt hatte, wie selbstverständlich davon ausgegangen waren. Das imponierte mir und ließ das große Vorhaben, das ich mit diesem Abend verknüpfte, immer weiter in den Hintergrund rücken.

»Das Kleid gehört dir, Louna, und ich bin mir ganz sicher, dass du gut darauf achtgeben wirst. Es ist ein Kleidungsstück wie jedes andere auch. Du kannst darin also sitzen, tanzen, stehen, und am Ende des Abends …«, sagte ich und biss mir sodann fest auf die Zunge.

Diese dämlichen Anmachsprüche waren viel zu plump in Gegenwart einer Lady. Denn genau das war Louna in meinen Augen.

»Was ist am Ende des Abends?«, fragte Louna mit heiserer Stimme, als ich mich in die Schlange der wartenden Autos einreihte, die ebenfalls zu der Premiere wollten und dafür den Parkservice in Anspruch nehmen mussten.

Ich drehte mich wieder ein wenig in ihre Richtung, bis ich ihr ins Gesicht schauen konnte, das von der Straßenlaterne am Wegesrand gut beleuchtet wurde.

»Da werde ich es dir höchstpersönlich ausziehen und damit *sicherstellen*, dass ihm kein Schaden zugefügt wird.«

Lounas Wangen färbten sich bei meinen Worten scharlachrot. So rot, wie meine Zunge ausgesehen hatte, als ich selbst an Scharlach erkrankt war und von Mom bei Granny in Quarantäne gesteckt worden war, um für Julia keine Gefahr darzustellen.

»Ich weiß nicht, was ich … Das ist …«, stammelte Louna peinlich berührt.

»Entschuldige bitte. Das war dumm von mir. Lass uns nun den Abend genießen und nicht weiter darüber reden.«

Ich brauchte gar nicht zu reden. Denn gänzlich ohne mein Zutun lief vor meinem geistigen Auge ein Film ab, in dem ich mich ausgiebig mit Louna von der Qualität der Betten im nahe gelegenen Hilton überzeugte. Mehrmals.

Ich war verloren. Die Premiere war eine verdammt schlechte Idee gewesen. Ich konnte nichts mehr retten, was längst verloren war. Ich hatte mich längst bis über beide Ohren in Louna verliebt. Auf was hatte ich mich da nur eingelassen?

Kapitel 25

Louna

»Wer ist die Schönheit an Ihrer Seite, Steven? Ist das nicht die neue Schauspielerin von *Love next door*? Was trägt sie da? Ist das von Domenico? Schaut mal hier in die Kamera! Lächeln, Schätzchen, lächeln!«

Während ich mich tunlichst darum bemühte, den Anforderungen der Paparazzi am roten Teppich gerecht zu werden, fühlte ich mich immer unwohler in meiner Haut. Am liebsten hätte ich mir die Stola vor die Brust gelegt und wäre eilig in das Innere des Gebäudes gerannt, anstatt für die Kameras zu posieren.

Steven schien zu spüren, wie ich mich fühlte, und nahm meine Hand fest in die seine, während er mir leise zuflüsterte: »Du machst das prima! Und in diesem Kleid siehst du verdammt heiß aus.«

Bei Stevens offenen Worten schoss mir die Röte ins Gesicht. Das war nicht das, was ich hören wollte, während die Reporter mir tausend Fragen stellten und das Blitzlichtgewitter mich nahezu erblinden ließ. Ich erkannte schon keinen Menschen mehr, sondern nur noch einen Pulk von Lichtern und lauten Stimmen. Das war keine Filmpremiere. Das war Krieg an vorderster Front. Und ich mittendrin.

»Wenn ich das überlebt habe, bist du mir was schuldig«, presste ich zwischen meinen leicht geöffneten Lippen hervor, ohne dabei das Lächeln zu vergessen, zu dem mich die Paparazzi noch immer anhielten.

»Bitte was?«, gab sich Steven begriffsstutzig. »Ich könnte dir auf Anhieb gleich fünf Frauen nennen, die liebend gerne mit dir tauschen würden. In jedweder Hinsicht.« Stevens Stimme ließ keinen Zweifel daran, worauf er hinauswollte. Und ich musste mich unumwunden fragen, warum er heute einen so direkten Kurs eingeschlagen hatte. Ich verstand beim besten Willen nicht, warum er gerade heute diese Anspielungen machte und mir überdeutlich zu verstehen gab, was er von mir wollte.

Dabei waren seine Sprüche so plump und abgedroschen, dass ich ihm am liebsten den Mund zugehalten hätte. Das war nicht der warmherzige, einfühlsame Steven, den ich bei seiner Schwester im Krankenhaus hatte kennenlernen dürfen. Das Exemplar neben mir war nichts als ein eingebildeter Flegel, einer von der Sorte Mann, auf die ich in der Vergangenheit leider viel zu oft hereingefallen war.

Enttäuschung machte sich in mir breit. So hatte ich mir den Abend nicht vorgestellt. Ganz und gar nicht. Ich hatte geglaubt, Steven würde mich respektieren und mich als eine Art Freundin sehen. Im Moment kam ich mir allerdings mehr wie bei einer Fleischbeschau vor.

»Weißt du was?«, fragte ich mit bebender Stimme. »Dann ruf doch eines der anderen Mädchen an. Ich werde jetzt nach Hause fahren. Das hier bin nicht ich. Und was heute Abend mit dir los ist, versteh ich beim besten Willen nicht.«

»Hier ist die Kamera!«, blaffte mich eine Stimme aus dem Lichtermeer an.

Doch ich gab einen Dreck darauf und wandte mich zu Steven um, damit ich ihm in die Augen sehen konnte. Ich wollte mit eigenen Augen sehen, dass der Steven, wie ich ihn kannte und mochte, verschwunden war. Ich wollte mir selbst ein Bild davon machen, dass ich mich in ihm getäuscht hatte.

Mit den Händen in den Hosentaschen seiner schwarzen Stoffhose und aus leicht zusammengekniffenen Augen sah Steven mich an, als wüsste er nicht, was er auf meine Offenbarung antworten, geschweige denn, wie er darauf reagieren sollte.

Als er das nächste Mal blinzelte, erkannte ich den Steven in seinen Augen, in den ich mich nach und nach verliebt hatte. Der Idiot war so schnell verschwunden, wie er gekommen war.

»Geh nicht!« Unsere Blicke verfingen sich ineinander wie zwei Ertrinkende, die am anderen Halt suchten. »Bleib bei mir!«

Auf die Kommentare der Presseleute gaben wir nichts. Langsam zog Steven seine Hand aus der Tasche und reichte sie mir als Friedensangebot. Ich nahm es an, in der Hoffnung, dem Krieg in meinem Rücken entkommen und mit Steven den heutigen Abend noch mal von vorne beginnen zu können. Ohne die unterschwelligen Andeutungen und die offensichtlichen Absichten, die er nicht müde wurde, in jedem zweiten Satz zu erwähnen.

»Hey, Steven! Hey! Wir haben noch kein Foto!«

Doch Steven reagierte gar nicht auf die wütenden Stimmen der Reporter. Hand in Hand gingen wir über den roten Teppich in Richtung des Eingangs. Mein ganzer Körper kribbelte – ausgehend von der Stelle, an der wir uns berührten.

Ich wusste nicht, was vorher gewesen war. Warum Steven sich so machomäßig gegeben hatte und nicht müde geworden war, mich mit seinen dämlichen Sprüchen zu bedenken. Letztlich war ich nur froh, dass dieser Steven nicht mehr da war und ich den Mann wieder an meiner Seite hatte, den ich mochte.

Wir sprachen nicht mehr darüber, als Steven mir eine Portion Popcorn in die Hand drückte und wir auf der Suche nach unseren Plätzen den Kinosaal abliefen. Generell sprachen wir sehr wenig, und auf beiden Seiten konnte ich ganz deutlich die Erleichterung spüren, als der Film endlich startete und das Licht im Raum erloschen war.

Steven warf sich schwer in den Sessel und starrte nur geradeaus. Ich versuchte, mir nicht anmerken zu lassen, wie mich dieser neuerliche Kurswechsel aus der Bahn warf, und konzentrierte mich stattdessen auf den Film.

Gleich zu Beginn explodierte ein Lkw, und ich konnte die offen stehenden Münder der übrigen Zuschauer in meiner näheren Umgebung erkennen. Sie waren wie gebannt von dem Actionstreifen, in dem so namhafte Schauspieler wie Sammy Borstein, Aaron Darlow und Caroline Davis mitspielten. Der Film ließ wirklich keine Wünsche offen und unterhielt den überwiegenden Teil der Menschen in diesem Saal ausgesprochen gut. Nur ich hing lieber meinen Gedanken nach und bedauerte den Umstand, dass sich unsere Arme auf der Lehne nicht berührten.

»Das war ein wirklich toller Film!«

Nach und nach verließen die Leute um uns herum den Saal. Viele davon waren noch so aufgewühlt von dem turbulenten Hollywoodstreifen, dass sie lautstark ihre Eindrücke miteinander teilten. Die gesamte Schauspielercrew hatte sich frenetisch feiern lassen und der Produzent hatte es sich nicht nehmen lassen, in epischer Breite über seinen Film zu referieren.

Neben uns tobte das Leben, während Steven noch immer geradeaus auf die mittlerweile schwarze Leinwand starrte, ganz so, als wäre er noch zu vertieft in die Geschichte, um das Leben außerhalb des Filmes wahrnehmen zu können.

Als nur mehr eine Handvoll Leute im Raum waren, wurde ich allmählich unruhig. Worauf wartete Steven denn bloß? Warum erhob er sich denn nicht endlich von seinem Platz? Und was hatte diese tiefe Furche auf seiner Stirn zu bedeuten?

»Ich denke, es ist besser, wenn ich dich jetzt nach Hause fahre«, meldete sich Steven nach einer halben Ewigkeit zu Wort.

Er wirkte entschlossen, als er sich zu mir umdrehte und mir direkt in die Augen sah. Der Schleier, der noch wenige Sekunden zuvor seinen Blick verhangen hatte, war verschwunden.

Die Kälte seiner Worte ließ mich frösteln. Steven war an diesem Abend so anders, als ich ihn zu kennen glaubte. Viel verschlossener und in sich gekehrter. Vielleicht auch eine Spur abwesend, als würde ihn etwas umtreiben, das ihn einfach nicht mehr losließ. Und ich musste mich fragen, ob er es mittlerweile bereute, mich zu der Premiere mitgenommen zu haben.

Ich rang mich zu einem Lächeln durch, auch wenn mir vielmehr zum Heulen zumute war. »Nein, bleib du doch noch ein bisschen auf der Party. Ich kann mir ein Taxi nehmen.« Schnell griff ich nach meiner Handtasche, die ich zu meinen Füßen abgestellt hatte, und zog mein Handy daraus hervor. »Es ist ohnehin schon sehr spät, und ich muss gleich morgen früh ins *Cakeheaven*, um ein paar sehr wichtige Bestellungen zu backen«, log ich wenig überzeugend.

Eigentlich hatte ich mir den morgigen Sonntag das erste Mal seit einer Ewigkeit freigenommen. Jamie und Mary waren nicht müde geworden, mich dazu zu drängen, nach dem ereignisreichen Abend mit Steven mal alle viere auszustrecken und in Erinnerungen zu schwelgen.

Pah! Wenn die wüssten! Hier gab es rein gar nichts, woran es sich zu erinnern lohnte.

Wenn überhaupt möglich, schob Steven seine Augenbrauen noch eine Spur enger zusammen. »Dann lass mich dich noch rausbringen«, antwortete er mit einer unerwarteten Traurigkeit in der Stimme, die ich partout nicht einordnen konnte.

Was war heute Abend nur los mit ihm? Ich erkannte ihn überhaupt nicht wieder. In keinerlei Hinsicht. Nach meiner Zurechtweisung am roten Teppich hatte er zum Glück dieses Machogehabe abgelegt. Doch seither hatten wir kaum mehr als fünf Sätze miteinander gewechselt.

Vor dem Film hatte Steven bedächtig ein Popcorn nach dem anderen aus seiner Tüte geholt und in Schneckentempo gegessen, damit er nicht dazu genötigt gewesen wäre, sich mit mir zu unterhalten. Und nach dem Film wollte er mich in Ermangelung einer weiteren Popcornportion lieber schnellstmöglich wieder loswerden, um nicht mit mir reden zu müssen.

Meine anfängliche Verwunderung und Traurigkeit schlugen mittlerweile in Wut um. Was hatte sich Steven von dem Date mit mir erhofft? Hatte er wirklich geglaubt, ich wäre wie eines der Betthäschen, mit denen er vorher ausgegangen war, und würde mindestens genau so begeistert über seine dummen Sprüche lachen? Wie konnte er nur denken, ich würde im Anschluss an diesen Abend mit ihm ins Bett gehen? Oder bildete ich mir das alles nur ein? Gab es einen anderen Grund, der mich bei Steven in Misskredit gebracht hatte?

Ich hatte das sich emsig drehende Gedankenkarussell in meinem Kopf langsam satt. Während ich bereit gewesen war, einen Schritt auf Steven zuzugehen und dem Gefühl, das seine Nähe in mir bewirkte, nachzuspüren, hatte er lieber die Schotten dicht gemacht und war auf emotionaler Ebene Hals über Kopf vor mir davongerannt.

Besser jetzt als dann, wenn es zu spät ist, versuchte mir eine besonders kluge Stimme in meinem Kopf einzureden, während mein Herz längst Schiffbruch erlitten hatte. Aber das wollte ich mir nach außen hin nicht anmerken lassen. Nicht vor dem Mann, der für das Chaos in meinem Inneren verantwortlich war.

Mit dem letzten Rest an Würde, der mir noch geblieben war, und der noch immer unterschwellig brodelnden Wut in meinem Bauch erhob ich mich schwungvoll von meinem Platz, blieb dabei mit der Spitze meines Schuhs am Stoff des bodenlangen Kleides hängen und wäre beinahe vornüber in die nächste Reihe gekippt. Zumindest wäre das der Fall gewesen, wenn Steven nicht beherzt eingegriffen und mich aufgefangen hätte.

Seine Finger umschlossen meine Oberarme und zogen mich in eine Umarmung. Das war genau das, was ich jetzt auf gar keinen Fall gebrauchen konnte. Ich wollte meine Wange nicht an seine breite Brust schmiegen, seinem herben, leicht zitronigen Duft ausgeliefert sein. Das Einzige, was ich wirklich wollte, war, schnellstmöglich von hier zu verschwinden, den Abend mit all seinen schrecklichen Enttäuschungen in Summe zu vergessen. Wieder zum Alltag überzugehen.

Es passte nun mal nicht immer. Gefühle ließen sich nicht erzwingen. Auch wenn ich jedes Mal, wenn Steven mich geküsst hatte, dachte, er würde mich mögen. Wahrscheinlich war das der Situation geschuldet gewesen, und Steven hatte wegen der Sache mit seiner Schwester nur jemanden gebraucht, bei dem er sich anlehnen konnte.

Ich presste meine Hände so fest es ging gegen seine muskulöse Brust und wollte mich von ihm losreißen. »Ich muss jetzt gehen«, hauchte ich ihm entgegen und spürte selbst, wie brüchig mein Widerstand wurde.

Die Stimmen um uns herum waren verklungen. Wir mussten mittlerweile allein sein. Nur Steven und ich. Mein Herz hämmerte wie verrückt gegen meinen Brustkorb und flehte mich dabei inständig an, endlich die Reißleine zu ziehen. Doch ich konnte nicht.

Steven hielt meine Oberarme noch immer so fest mit seinen Fingern umschlossen, dass es beinahe wehtat. Die Traurigkeit, mit der er mich ansah, war kaum mehr zu ertragen. Was war nur los mit ihm? Warum verhielt er sich so widersprüchlich? Warum sagte er das eine und meinte etwas ganz anderes?

Während ich versuchte, mich von ihm loszumachen, sah er mich herzerweichend an, als hätte er seine Meinung erneut geändert.

»Gerade noch wolltest du mich doch nach Hause fahren. Was ist los mit dir, Steven? Ich verstehe dich heute einfach nicht.«

Als er mich nur weiterhin ansah und nichts erwiderte, gelang es mir endlich, mich aus seinem Griff zu lösen. »Ich werde jetzt gehen. Von nun an sollten wir das zwischen uns aufs rein Geschäftliche beschränken«, schmetterte ich ihm mit all der Wut, die sich mittlerweile in mir aufgebauscht hatte, und ohne Rücksicht auf Konsequenzen entgegen.

Ich hatte es so satt, in sein erstarrtes Gesicht zu blicken und auf eine Antwort, eine Erklärung für sein merkwürdiges Verhalten zu warten. Mittlerweile wollte ich nur noch weg von hier. Weg von ihm. Das Knistern, die zärtlichen Berührungen zwischen uns, das Gefühl der Verbundenheit – das alles musste ich mir nur eingebildet haben. Anders konnte ich mir Stevens Totalausfall nicht erklären. Er musste es auch spüren, ahnen, dass das zwischen uns nicht von Dauer sein würde.

»Louna, warte!«, rief Steven mir mit einer solchen Verzweiflung in der Stimme nach, dass ich innehielt und mich erneut zu ihm umdrehte.

Dann wieder Stille, bis das Schweigen mir zu viel wurde, mich zu ersticken drohte.

»Was?«, fragte ich, während ich die Hände in die Höhe riss. »Steven, ich verstehe dich einfach nicht. Du sagst das eine und tust das andere. Was willst du von mir? Warum quälst du mich so und lässt mich nicht einfach gehen, wenn du das Gefühl hast, dass dir meine Nähe zu viel wird? Warum …«

Noch ehe ich weitersprechen konnte, überwand Steven die wenigen Schritte, die uns voneinander trennten. Er legte seine Hände auf meine Wangen und küsste mich so leidenschaftlich, dass mir die Luft wegblieb. Meine Gedanken überschlugen sich, während Steven mich spielend leicht wie eine Feder auf seine Hüften hob und unsere Küsse immer heißer wurden.

Wir taumelten, eingepfercht zwischen den beiden Sitzreihen des Kinosaals, liebestrunken hin und her. Vergessen war mein Wunsch, Steven so schnell wie möglich hinter mir zu lassen und einen Strich unter diesen Abend zu ziehen. Ich wollte mehr. Immer mehr von diesen Küssen, von seinen Händen auf meinem Körper. Ich wollte Steven. So sehr.

»Ich muss den Raum jetzt abschließen«, hörten wir eine tiefe Männerstimme sagen und lösten uns schließlich schwerfällig voneinander. Jedoch nicht, ohne uns mit diesem wissenden, ja sehnsuchtsvollen Lächeln zu bedenken, das Hoffnung auf mehr machte.

»Wir sind sofort verschwunden«, versprach Steven, während er mich vorsichtig zurück zu Boden gleiten ließ und mir helfend seine Hand anbot.

Meine zittrigen Knie rieten mir, sie anzunehmen. Plötzlich verstand ich überhaupt nicht mehr, wie ich noch vor wenigen Minuten so überhastet hatte aufbrechen wollen.

Als wir den Hausmeister passierten, bedachte er uns ebenfalls mit einem wissenden Blick, und ich errötete ein wenig darunter. Bisher hatte uns noch niemand dabei erwischt, wie wir uns küssten. Nahezu keusch waren die Küsse vor dem heutigen Abend gewesen. Plötzlich war da ein Ziepen in meinem Unterleib und eine Sehnsucht nach mehr. Steven hatte ein Feuer in mir entfacht, das nur mehr schwerlich zu löschen war.

Wie zwei Teenager grinsten wir uns an, als wir vor der Halle ankamen. Ein paar Raucher standen unweit des Eingangs zum Festsaal, in dem ein namhafter DJ auflegte und neben Cocktails auch ein paar Häppchen serviert wurden. Die Musik dröhnte bis nach draußen. Ich wollte mich jetzt nicht unter Leute mischen und meine Finger um einen Cosmopolitan schlingen müssen. Nicht, nachdem ich mich mit diesen gerade noch in Stevens Nacken festgekrallt hatte.

»Und nun?«, fragte ich in die Stille hinein, die sich bleischwer auf uns niedergelassen hatte.

Als Steven nicht sofort antwortete, befürchtete ich bereits, der magische Moment wäre schon wieder vorüber und wir würden zu dem Punkt zurückgehen, an dem Steven mich nach Hause bringen wollte. Ich versuchte die Enttäuschung hinunterzuschlucken und darüber hinwegzusehen. Doch sie stieß mir wie saure Galle auf. Wie hatte ich mich nur dazu hinreißen lassen können, Steven ein weiteres Mal zu küssen? Wie hatte ich es ihm nur so leicht machen können? Nach dem Wechselbad der Gefühle, in das er mich am heutigen Abend gestürzt hatte, hätte ich klüger sein, ja ihn zurückweisen müssen.

Und was tat ich? Kaum dass Steven mir einen Hoffnungsschimmer bot, stürzte ich mich Hals über Kopf in seine Arme und vergaß all die guten Vorsätze, die ich eben erst gefasst hatte.

Ich war so dämlich. So selten dämlich, dass ich ein zweites Mal auf ihn hereingefallen war.

Schnaubend ging ich in Richtung der Taxis, die auf der gegenüberliegenden Straßenseite für die Gäste bereitstanden. Von den nervigen Paparazzi war zum Glück nichts mehr zu sehen. Allein der Gedanke, sie könnten abermals mit ihren Kameras auf mich Jagd machen, war mir zutiefst zuwider.

Kaum dass ich ein paar Schritte gegangen war, hörte ich jemanden in meinem Rücken zu mir rennen. Ich drehte mich nicht um. Ein weiteres Mal würde ich nicht mehr auf Steven hereinfallen. Anstatt mich umzudrehen und mich davon zu vergewissern, dass er es war, beschleunigte ich meine Schritte und gelangte schließlich zu dem ersten Taxi in der Reihe, in dem ein dunkelhäutiger Mann mit Turban saß und mir ein freundliches Lächeln schenkte.

Doch als ich die Tür geöffnet hatte, schlug Steven sie sogleich wieder zu. »Komm mit mir, Louna! Du wirst es nicht bereuen!« Seine Worte klangen so verheißungsvoll und tiefgründig, dass ich schwer schlucken musste. Was sollte ich nun tun? Standhaft bleiben und womöglich bereuen, es nicht gewagt zu haben? Oder mich dem Gefühl der Begierde hingeben und mit Steven gehen? Denn wir wussten beide, wohin es führen würde, wenn ich Steven begleitete. Wir wussten beide, dass die Leidenschaft, die wie elektrische Spannung zwischen uns flirrte, ein Feuerwerk entfachen würde, kaum dass wir allein waren.

Ich ängstigte mich davor und sehnte mich zugleich nach diesem Moment. Verunsichert sah ich Steven in die Augen, ehe er mir eine meiner Haarsträhnen zärtlich hinters Ohr strich und seine Finger dabei kaum merklich meine Wangen streiften.

Allein diese nahezu keusche Berührung entzündete das eben erst erloschene Feuer abermals in mir. Ich konnte nicht anders.

Ich ging mit Steven, auch wenn ich nicht wusste, ob es die richtige Entscheidung war. Ich reichte ihm meine Hand und hoffte, meinen Entschluss nicht schon am morgigen Tag bereuen zu müssen. Doch das Verlangen in mir und die Hoffnung auf die nächsten Stunden der Zweisamkeit waren stärker als all meine Bedenken.

Kapitel 26

Steven

Als Louna durch mein Loft spazierte, wurde es zur Gewissheit: Sie war die erste Frau neben meiner Schwester und meiner Putzfrau Rita, die in diesen heiligen Hallen wandeln durfte.

Ich unterdrückte den Impuls, sie zu bitten, meine Wohnung wieder zu verlassen, und ging stattdessen hinüber zu meiner kleinen Bar, die sich auf halber Höhe zwischen der Küchennische und dem Wohnzimmer befand. In der Küche kochte ich nur, wenn Julia da war. Ansonsten ging ich essen oder ließ mir etwas bringen.

Dabei kochte ich sehr gerne. Aber das Kochen war etwas, das ich vorwiegend mit den schönen und guten Zeiten mit meiner Familie verband. Es schmerzte zu sehr, sich an den Herd zu stellen und Grannys Barbecue-Spareribs mit Guacamole und Quesadillas nachzukochen. Und erst ihr *Pumpkin Pie*, den sie immer zu Thanksgiving gemacht hatte. Ein Gedicht.

Ich griff nach der Flasche mit dem Whiskey und schenkte mir etwas in eines der schweren Gläser ein. Louna kam lächelnd zu mir, als sie ihren Rundgang beendet hatte.

Ich schob den Gedanken beiseite, dass ich mit Lounas Einladung, sie solle mich nach Hause begleiten, meinen eigenen Schwur gebrochen hatte. Von Anfang an hatte für mich festgestanden, dass die Frauen, die ich datete, nichts in meinem Loft verloren hatten. Das hier war mein Rückzugsort. Der Ort, an dem ich Julia willkommen hieß, wenn die Ärzte ihr wieder ein wenig Normalität in ihrem Leben gewährten. Es war alles, was uns von einem Heim, einer Familie noch geblieben war.

Louna hier zu wissen, ließ mir den Schweiß auf der Stirn ausbrechen. War es wirklich die richtige Entscheidung gewesen, sie mit zu mir zu nehmen? Hätte ich nicht mit ihr ins Hilton gehen können? Was hatte mich nur geritten, von meinen Gewohnheiten abzukommen?

Schließlich war Louna auch nur eine der Frauen, mit denen ich eine Nacht verbringen und die ich später nicht noch mal so treffen würde. Jedenfalls nicht zu einem weiteren Date. Die Gefahr, dass sich mein Herz einschalten könnte, war einfach zu groß. Ich brauchte nicht noch einen Menschen in meinem Leben, um den ich mir Sorgen machen musste.

Meine Devise lautete: Halte die Frauen auf Abstand und genieße die kurze Zeit, in der du mit ihnen zusammen sein kannst! Bisher war ich damit immer gut gefahren. Doch irgendwas sagte mir, dass es mit Louna anders laufen würde. Und das machte mir Angst. Große Angst sogar.

»Möchtest du auch ein Glas?«

Ich hob das Gefäß mit der bernsteinfarbenen Flüssigkeit darin in Lounas Richtung. Diese schüttelte daraufhin den Kopf und schenkte mir ein verlegenes Lächeln. Auch sie war sich nicht sicher, ob das hier richtig war. Sie fühlte sich unwohl bei mir. Eine Tatsache, die mich bekümmerte. Denn ich mochte Louna. Sehr.

»Hast du vielleicht ein Wasser für mich?«, fragte sie kaum hörbar, als wolle sie nicht mehr auffallen als nötig.

Ich leerte den Inhalt meines Glases in einem Zug, stellte es zurück auf die Theke und lief in Richtung Küche, wo die Getränke seitlich neben der Küchenzeile lagerten. »Kommt sofort!«, erklärte ich, dankbar für den Umstand, etwas mehr Raum zwischen uns bringen zu können.

Dabei war das alles so lächerlich. Schließlich hatte ich doch selbst das Feuer und die Lust in Lounas Augen gesehen. Sie begehrte mich ebenso sehr, wie ich sie begehrte. Ferner stellte sie keine Forderungen an diese eine gemeinsame Nacht. Wahrscheinlich erwartete sie nicht einmal von mir, dass ich sie ein weiteres Mal außerhalb des Sets traf. Für sie war die Sache zwischen uns mit diesem einen Abend erledigt. Das versuchte ich mir zumindest einzureden.

Vermutlich interpretierte ich nur wieder zu viel in alles hinein und gab meinen Gedanken viel zu viel Spielraum, anstatt ihnen ein für alle Mal klarzumachen, in welchem Rahmen sie sich bewegen durften. Anstatt mich mit ungelegten Eiern zu beschäftigen, sollte ich vielmehr im Hier und Jetzt leben. Die gemeinsame Zeit, die uns blieb, in vollen Zügen genießen.

Ich schenkte das angeforderte Wasser in ein Glas und ging mit dem Vorsatz zurück zu Louna, den heutigen Abend für uns beide unvergesslich zu machen. Heute war alles, was zählte. Ein Morgen würde es für uns beide nicht geben. Auch wenn ich es noch so sehr wollte, ich konnte es einfach nicht.

Doch als ich Louna das Glas reichte und sich unsere Finger erneut für den Bruchteil einer Sekunde berührten, stand ich schon wieder lichterloh in Flammen. Was machte diese Frau nur mit mir? Warum verspürte ich in ihrer Gegenwart den Wunsch, mich zu ändern, mich ihr gegenüber zu öffnen?

»Danke«, hauchte mir Louna entgegen und umklammerte das Gefäß, kaum dass sie es in Händen hielt, ganz fest.

Ich musste schmunzeln, als ich erkannte, dass auch sie verunsichert war. Louna wirkte wie ein verschüchtertes Reh, das sich in die Enge getrieben fühlte. Sosehr ich sie mir aus meinem privaten Reich wegwünschte, sehnte ich mich gleichsam danach, sie endlich in den Armen zu halten, sie zu spüren und mich in ihr zu verlieren.

Doch die Leichtigkeit, mit der ich Louna bei der Premiere begegnet war, die leidenschaftlichen Küsse, mit denen ich sie bedacht hatte – das alles schien schon wieder eine Ewigkeit zurückzuliegen, und es fehlte mir die Kraft, dort weiterzumachen, wo wir aufgehört hatten.

Nicht weil mir Louna plötzlich nicht mehr gefiel. Es war eher der Gedanke an das Danach, der mich verunsicherte und mich für meine Verhältnisse ungewöhnlich zurückhaltend auftreten ließ. Zerrissen von den vielen wirren Gedanken und Gefühlen in meinem Inneren, raufte ich mir das Haar.

Erst als Louna das Glas auf den Tresen der Bar stellte und ein Klirren zu hören war, erwachte ich aus einer Art Schockstarre, die es mir unmöglich gemacht hatte, das Wort an sie zu richten oder gar andere Dinge mit ihr zu tun.

Innerlich schüttelte ich über mich selbst den Kopf. Was war ich nur für ein Idiot? Vor mir stand das schönste, ehrlichste, warmherzigste Mädchen, das ich in meinem ganzen Leben kennengelernt hatte, und anstatt sie in meine Arme zu nehmen, ihr zu zeigen, wie sehr ich sie mochte, stand ich mir selbst im Weg.

Ich benahm mich wie ein verpickelter Fünfzehnjähriger, der seinem ersten Date gegenüberstand und nicht wusste, was er machen sollte. Die Vorstellung, ich könnte etwas sagen oder machen, was Louna vor mir Reißaus nehmen ließe, setzte mir allerdings zu sehr zu, als dass ich frei handeln, geschweige denn klar denken konnte.

»Schön hast du es hier«, machte Louna den ersten Schritt, während sie ihren Blick durch den offenen Raum schweifen ließ, der für mich in diesem Moment eher karg und leblos als schön erschien.

An keiner der Wände hingen Bilder oder Fotografien. Sie waren nackt. Unberührt. Weiß wie die Wände im Krankenzimmer meiner Schwester. Es fehlte der persönliche Touch, den ich ihnen nicht zu geben bereit war. Denn dann hätte ich mich an sie binden, mir eingestehen müssen, dass das hier nun mein Heim war. Ich hätte mich damit auseinandersetzen müssen, dass ich hier dauerhaft bleiben würde, weil Grannys kleines Häuschen mit der weißen Veranda längst verkauft war. Ebenso wie mein Elternhaus.

Für Louna musste das Loft in den Pacific Heights, eines der teuersten und gleichsam begehrtesten Viertel in San Francisco, wie eine andere, ja glamourösere Welt anmuten. Ich hätte sie dagegen nur allzu gerne aufgegeben, um noch einen einzigen Tag unbeschwert auf der in die Jahre gekommenen Veranda meiner Granny sitzen zu können.

Ihre selbst gemachte Zitronenlimonade war der Inbegriff des Sommers für mich gewesen. Wenn Granny das Getränk ansetzte, dann hieß es für uns Kinder, dass die Sommerferien nicht mehr weit waren und die freudige Zeit des Nichtstuns bald schon Einzug halten würde. Sommer war Granny. Granny war Sommer. Mit ein Grund dafür, warum ich der heißen Jahreszeit mittlerweile nicht mehr viel abgewinnen konnte.

Unschlüssig darüber, was ich mit meinen Händen anstellen sollte, schob ich sie in meine Hosentaschen. »Der Blick aufs Meer ist atemberaubend. Schade, dass es dafür schon zu dunkel ist.«

Ich benahm mich wie ein Makler, der die Wohnung verkaufen wollte, nicht wie der Gastgeber, der Louna in seinem Heim willkommen heißen sollte. Das Ganze lief mehr und mehr aus dem

Ruder und folgte einem Kurs, den ich nicht weiterverfolgen sollte. Nicht, wenn ich Louna für mich gewinnen wollte. Und verdammt, trotz all meiner Bedenken und dem Schmerz in meiner Seele wollte ich genau das: Ich wollte Louna zeigen, was sie mir bedeutete, wie wichtig sie mir war.

»Vielleicht komme ich ja morgen in den Genuss, es zu sehen«, sagte Louna, während sie sich verschämt eine ihrer Locken aus dem Gesicht strich und nicht wagte, mir dabei in die Augen zu schauen.

Ich schmunzelte über ihre Bemerkung. Sie hatte also nicht vor, wieder zu gehen. Zumindest nicht vor dem Morgengrauen. Das war gut. Es ließ mich ungewollt hoffen und weckte neuerlich die Sehnsucht in mir, Louna ein Stück von mir zu offenbaren, das ich bisher noch keiner Frau gezeigt hatte.

»Ganz sicher sogar«, erwiderte ich, als ich nicht mehr als eine Handbreit von ihr entfernt stand und mit meinen Fingern ganz zärtlich und einfühlsam über ihre Wangen strich. Ihre Augen schlossen sich wie durch Zauberhand, während ihre Lider leicht flatterten. Zunächst fühlte es sich falsch an, ihr so nahe zu sein. Doch als sie ihre Hände auf meine Unterarme legte und mir damit bedeutete, sie nicht wieder loszulassen, war ich bereit, etwas zu riskieren.

Es brauchte einen Augenblick, bis es mir gelang, sie zu küssen. Was vorhin im Kinosaal noch so problemlos vonstattengegangen war, entwickelte sich hier in meinen vier Wänden zu einer immens heiklen Aufgabe. Einer von der Sorte, die man unter keinen Umständen vermasseln wollte. Ganz so, als hinge mein Leben davon ab.

Als unsere Lippen sich berührten, war plötzlich alles wieder so einfach. Ich fühlte mich schwerelos und bereute die vielen Minuten, die ich ungenutzt hatte verstreichen lassen, ehe ich mich erneut dazu durchgerungen hatte, Louna zu küssen.

Das hier war mit Abstand das schönste Gefühl der Welt. Ich konnte mir nicht vorstellen, dass es etwas Besseres gab, als Louna in den Armen zu halten und sie zu küssen. Lounas kalte Finger lösten sich von meinem Handgelenk und zogen vorsichtig an meinem hellblauen Hemd, ehe sie ihre Hände unter das Stück Stoff gleiten ließ.

Erschrocken spannte ich meinen Sixpack unter ihrer Berührung an. Doch das war kein Grund für Louna, ihre Finger nicht weiter auf Wanderschaft zu schicken. Ganz im Gegenteil. Nahezu andächtig strich sie mit ihren Fingerspitzen über die einzelnen Muskelstränge an meinem Bauch und jagte mir damit eine Gänsehaut nach der anderen über den Körper.

Ich fühlte, wie ich trotz der Hitze, die mich von innen heraus wärmte, ruhiger und gelassener wurde. Ganz so, als würde ich unter Lounas Berührungen heimkommen und auf Grannys weiß gestrichener Veranda auf dem Schaukelstuhl gleich neben der Treppe Platz nehmen und eine eisgekühlte Limonade trinken. Es war Sommer. Und ich war bereit, alles dafür zu geben, diesem Gefühl für immer nachzuspüren, mich in ihm zu verlieren und die Ängste und Zwänge, in die ich mich in der Vergangenheit nur zu bereitwillig geflohen hatte, aufzugeben. Und das alles nur wegen Louna.

Wir drehten uns durch den Raum, ohne dabei voneinander abzulassen. Unsere Küsse wurden stürmischer, immer hitziger, ganz so, als stünden wir kurz vor einem Vulkanausbruch von epischem Ausmaß.

Irgendwie gelangten wir in meinen Schlafbereich. Das Bett war in einer Nische des Raums untergebracht und war damit etwas abgetrennt von der restlichen Wohnfläche. Noch nie hatte eine Frau mit mir darin geschlafen. Das war bereits die dritte Premiere an diesem Tag für mich.

Als Louna rückwärts gegen die Kante meines Bettes stieß, hielt sie kurz inne und sah zwischen meinem Schlafgemach und mir hin und her. Ein kaum in Worte einzufangender Ausdruck huschte über ihr Gesicht, ehe sie mich anlächelte. War es Angst vor dem, was noch kommen würde? Oder Begierde? Wollte sie das hier mit mir überhaupt oder würde sie es am nächsten Morgen schon wieder bereuen? Und was war mit mir? Konnte ich nach dieser Nacht ertragen, dass Louna in meinem Bett geschlafen hatte? Dass sie zu einem Teil von mir geworden war? War ich bereit, mein Herz für sie zu öffnen?

Noch ehe ich meinen widerspenstigen Gedanken länger nachhängen konnte, zog mich Louna mit sich auf die Federdecken. Wir lagen nebeneinander, während sie ihre Heels abstreifte und mir anschließend ganz langsam die Knöpfe meines Hemdes öffnete. Die Intimität zwischen uns war nie größer gewesen. Wir waren bereit, dem anderen alles von uns zu zeigen. Nur allzu bereitwillig gab ich mich dem Gefühl hin, als ich den Reißverschluss von Lounas schwarzem Designerkleid öffnete, indem ich Zarge für Zarge nach unten zog und meinen Blick währenddessen fest auf ihre Augen richtete.

Während Louna mir das Hemd von den Schultern streifte, tat ich es mit den Trägern ihres Kleides. Louna trug unter dem Kleid keinen BH. Ergriffen fuhr ich mit meinen Fingerspitzen wie in Zeitlupe über ihr Schlüsselbein bis hinunter zu ihren Brüsten. Louna schloss abermals ihre Lider, was mir zeigte, wie sehr sie mir vertraute und wie sehr sie sich ebenfalls danach sehnte, eins mit mir zu werden.

Wo eben noch meine Finger an ihrem Körper entlanggefahren waren, übersäte ich sie jetzt mit Küssen. Louna ließ sich aufs Bett gleiten, während ich ihre Brustwarzen mit meiner Zungenspitze umspielte und sie von dem leidigen Stück Stoff auf ihrem Körper befreite. Ich schob meine Finger unter ihren Slip und entlockte Louna damit ein lüsternes Seufzen. Als sie mir ihr Becken entgegenschob, streifte ich ihr auch diesen vom Körper.

So lag sie nun vor mir. In meinen Augen die schönste Frau auf Erden. Bei mir. In meinem Bett. Ich konnte mich einfach nicht an ihr sattsehen, während sie mich erwartungsvoll anblickte und mich stumm darum bat, meine Finger und Lippen erneut auf ihrem Körper spielen zu lassen.

Ich entledigte mich meiner schwarzen Lederschuhe und öffnete die Gürtelschnalle meiner Stoffhose. Nur noch in Boxershorts stand ich schließlich vor ihr.

»Ausziehen!«, befahl Louna mir mit neu entdecktem Selbstvertrauen und diesem funkelnden Blick in ihren Augen, der verheißungsvoll auf mir ruhte.

Kapitel 27

Louna

Ich biss mir auf die Unterlippe. War das wirklich ich? Was machte ich hier bloß? Für gewöhnlich schlief ich doch nicht mit einem Mann, bis wir nicht in einer Beziehung waren. Oder waren wir das jetzt doch irgendwie? Unabhängig von dem Theater, das wir Julia vorspielten?

Die Begierde in mir versuchte, die zur Vorsicht ratenden Stimmen in meinem Kopf stumm zu schalten. Mehr und mehr hörten sie sich nur noch wie ein leises Flüstern in weiter Ferne an, ehe sie schließlich vollends verklungen waren.

Steven gehorchte meiner Anweisung, indem er sich seiner Boxershorts entledigte und mit seiner vollen Männlichkeit vor mir stand. Nicht lange, dann legte er sich zurück zu mir und ich erschauderte unter seinen zärtlichen Berührungen, war unfähig, zu sagen, ob ich sie noch länger ertragen konnte oder darunter zu zerspringen drohte.

»Was ist das mit uns?«, fragte Steven zwischen den Küssen, mit denen er mich an der sensiblen Stelle unter dem Ohr bedachte.

Mein Verstand erlebte neuen Auftrieb und spürte der Frage und dem, was sie in mir anrichtete, nach. Was war das denn zwischen uns? Das kurze Verglimmen von Feuerwerkskörpern am Nachthimmel oder der Beginn von etwas ganz Großem? Wo lagen wir auf einer Skala von eins bis zehn? Ganz unten oder ganz oben? Oder irgendwo im undefinierbaren Mittelmaß?

»Im Moment noch Lust und Leidenschaft«, fand ich schließlich den Mut, es auf den Punkt zu bringen. Denn genau das war es, was mich in sein Bett getrieben hatte. Das Prickeln auf meiner Haut, wenn er mich berührte, und das Gefühl, sterben zu wollen, wenn er seine Lippen von den meinen nahm.

Steven nahm seinen Mund von der Stelle unterhalb meines Ohres und sah mir fest in die Augen, während sich sein Mund zu einem schelmischen Grinsen verzog.

»Dann fährst du also auf mich ab?«, fragte er mich wie ein Highschoolschüler, der kurz vor seinem ersten Mal stand. Am liebsten hätte ich ihn an mich gerissen und ihm dieses freche Lachen von den Lippen geküsst.

Nachdem Steven über weite Strecken am heutigen Abend ein vollkommen anderer gewesen war, als ich ihn kannte, war ich froh, dass er nun wieder zu seiner alten Form gefunden hatte. Diese Seite an ihm gefiel mir nämlich wesentlich besser, und sie war um einiges leichter zu durchschauen.

»Kann schon sein«, behauptete ich, während ich mein Kinn vorwitzig in die Höhe reckte und gezielt Stevens Blick auswich.

Noch ehe ich verstand, wie mir geschah, kitzelte mich Steven so eindringlich, dass ich lauthals zu lachen anfing. Ich lachte, bis mir der Bauch wehtat und das anfängliche Schamgefühl ob unserer beider Nacktheit wie weggeblasen war. Als ich kaum noch Luft bekam, hatte Steven allmählich ein Einsehen mit mir. Dummer Fehler! Sehr dummer Fehler. Denn kaum dass er die Finger von mir abgelassen hatte, warf ich mich auf ihn, sodass er unter mir lag, und kitzelte ihn so heftig, dass er bald um Erbarmen flehte.

Unsere hitzigen Körper atmeten schwer, während wir die Albernheiten auf beiden Seiten einstellten. Ich beugte mich zu Steven hinunter, um ihn zu küssen, während er seine Hände auf meine Wangen legte und mich ganz dicht an sich zog.

Ich spürte Stevens Männlichkeit an meinem Bauch, während auch mein Verlangen, ihn in mir zu fühlen, immer größer wurde. All die Bedenken und Sorgen um das Danach warf ich achtlos über Bord. Was konnte schon falsch daran sein, sich so lebendig zu fühlen wie schon lange nicht mehr? Wo sollte ein Fehler darin liegen, sich dem anderen zu öffnen, ihm einen gewissen Vertrauensvorschuss zu bieten? Wer nicht wagte, der gewann auch nicht.

Also wagte ich und drückte Steven mein Becken so weit entgegen, dass er problemlos mit mir eins werden konnte. Als er verstand, was ich da tat, zog er sich von mir zurück.

»Wir sollten erst an die Verhütung denken«, gab er zu bedenken – jedoch nicht, ohne mich dabei mit einem lüsternen Lächeln anzustrahlen.

Während ich nicht wusste, ob mir mein Voranpreschen unangenehm sein sollte, und ich auf einer Peinlichkeitsskala von eins bis zehn analysierte, wie sehr ich mich gerade blamiert hatte, zog Steven sich blitzschnell ein Kondom über, drückte mich leicht in die Federn zurück und küsste eine Spur von meinem Bauchnabel bis zu meiner empfindsamsten Stelle.

Mir blieb die Luft fast weg, als er mit seiner Zunge darüberstrich, und ich bäumte mich ihm diesmal so sehr entgegen, dass er leise lachte.

»Okay, langsam habe ich es verstanden«, meldete er sich zu Wort.

»Wird aber auch Zeit«, gab ich mich souveräner, als ich mich in diesem Moment wirklich fühlte.

Noch ehe ich michs versah, glitt Steven in mich und füllte mich vollends aus. Unsere Blicke verfingen sich ineinander und wir beobachteten jede Regung des anderen ganz genau. Schwammen auf einer gemeinsamen Welle des Glücks.

Zunächst waren unsere Bewegungen langsam und koordiniert. Doch je weiter wir voranschritten, desto ungehaltener wurden wir. Steven biss mir in die Brustwarze und entlockte mir dabei ein lautes Stöhnen, das ihn in seinem Bestreben, mich in den Wahnsinn zu treiben, nur weiter ermutigte.

Wir erhöhten das Tempo, während ich mich mit meinen Fingernägeln in Stevens Rücken festkrallte, um an ihm Halt zu finden. Bald schon schlugen unsere Herzen im Gleichklang, und Stevens Stöße brachten mich immer näher an die Klippe der Lust. Gleich würden wir gemeinsam springen, die Hände dabei fest ineinanderschlingen und zuversichtlich dem Boden entgegensehen. Ein letztes Mal blickten wir uns aus verschleierten Augen an, dann gab ich das Startsignal. Und wir sprangen.

Kapitel 28

Steven

Wie jeden Morgen, so ging auch heute mein Radiowecker pünktlich um acht Uhr dreißig an und spielte einen uralten Song von Elvis Presley, zu dem ich das erste Mal ein Mädchen geküsst hatte. Ich war gerade einmal zehn gewesen und sie neun. Marie-Sue hatte sie geheißen.

Ich ließ meine Lider noch einen Moment länger geschlossen und konzentrierte mich auf diese unbeschwerte Erinnerung aus meiner Kindheit. Die Sonnenstrahlen, die mir aufs Gesicht schienen, kitzelten mich, während ich Marie-Sue am *St. Patrick's Day* hinter dem Schuppen meiner Granny küsste und meine ersten Erfahrungen sammelte.

Was für eine aufregende Zeit. Damals hatte ich noch geglaubt, die ganze Welt stünde mir offen, und ich bräuchte nur die Hände auszustrecken, um mir das zu nehmen, was ich wollte. Viel zu früh hatte ich lernen müssen, dass es eben nicht so war. Dass ich rein gar nichts in Händen hielt. Schon gar nicht meine Zukunft.

Ich hatte früh lernen müssen, für mich und meine kleine Schwester zu sorgen, hatte Verantwortung übernommen, während andere Jungs sich die Hörner abgestoßen und ihre ersten Erfahrungen mit dem Alkohol gemacht hatten.

Als unbeschwert konnte man meine Jugend definitiv nicht bezeichnen. Dafür hatte ich in der Folgezeit nichts anbrennen lassen und mein Leben gelebt. Allerdings anders als meine Freunde aus Highschooltagen, die zu jetzigen Zeitpunkt schon verheiratet waren und Kinder hatten. Mit ein Grund dafür, warum ich zu den meisten keinen Kontakt mehr hatte. Unsere Leben hatten sich einfach in ganz unterschiedliche Richtungen entwickelt. Ich war nicht mehr der Junge, der mit zehn Jahren Marie-Sue küsste und glaubte, die Welt da draußen wartete nur auf ihn.

Ich drehte mich auf die Seite zu meinem Radiowecker und beendete das musikalische Herzschmerztheater, das mir schlagartig zu viel geworden war. Die große, ja eine Liebe, für die es sich zu leben lohnte, war in meinen Augen ein kostspieliges Produkt aus Hollywood. Eines von der Sorte, für die man ewig sparen musste. Oder man handhabte es wie ich und schlug sie kategorisch aus.

Als ich mich wieder zurückdrehen wollte, merkte ich, dass dort jemand auf meinem Platz lag und mir einen Kuss auf die nackte Schulter gab. Ich erschrak so sehr, dass ich beinahe aufgeschrien hätte. Was zum Teufel machte die Frau in meinem Rücken hier in meinem Bett? Was war … Wieso? Und dann kam die Erinnerung mit der Wucht eines Tsunamis zurück. Wie ich Louna in den Armen gehalten, sie geküsst, sie geliebt hatte. Wie ich mir eingeredet hatte, dass nichts wichtiger war als der Moment mit ihr. Wie ich versucht hatte, alles, was im Anschluss daran kommen würde, auszublenden.

»Guten Morgen«, meldete Louna sich zu Wort, während sie ihre Arme um mich schlang und ihre Wange auf meinen Rücken legte.

Ich unterdrückte das Gefühl der aufkommenden Panik und zwang mich regelrecht, bei ihr zu bleiben, während ich am liebsten aufgesprungen und davongelaufen wäre. Was zur Hölle hatte ich mir nur dabei gedacht, Louna mit hierherzunehmen? Wie hatte ich nur so blind sein können?

Und das Schlimmste an der ganzen Sache war, dass ich mit ihr nicht wie mit den anderen Frauen darüber gesprochen hatte, was es bedeutete, mit mir eine Nacht zu verbringen. Louna ahnte nichts davon, dass es keine Wiederholung geben würde. Wahrscheinlich ging sie sogar davon aus, dass wir jetzt zusammen waren.

Am liebsten hätte ich mich für meine Kurzsichtigkeit geohrfeigt. Wie hatte ich nur so verblendet sein und die nahenden Zeichen nicht richtig deuten können? Nur weil Louna heute bei mir übernachtet hatte, hieß das doch noch lange nicht, dass ich am heutigen Morgen als gänzlich neuer Mensch aufwachen würde. Ich war ich. Und daran änderte auch der heiße Sex mit Louna nichts.

Mit einem recht unterkühlten »Hey« drehte ich mich zu ihr um. Louna schenkte mir ihr bezauberndstes Lächeln und wollte mich küssen. Doch ich ließ sie nicht.

Sie schob die Augenbrauen zusammen, verzog dann ihre Lippen allerdings zu einem Lächeln. »Oh, ein Morgenmuffel. Das hätte ich wissen müssen. Schließlich bist du am Morgen am Set oft auch unausstehlich.« Sie kicherte und zog sich die Bettdecke über die Nase, als wartete sie nur darauf, dass ich sie als Antwort auf ihre freche Äußerung durchkitzeln würde. Doch das tat ich nicht.

Ich hatte eine Hürde genommen, ohne zu wissen, wie ich am nächsten Tag mit dem wagemutigen Schritt zurechtkommen sollte. Und ich hatte Louna gegenüber nicht von vornherein klargemacht, dass das Date und die anschließende Liebesnacht einmaliger Natur sein würden.

Warum hatte ich das nicht getan? Warum hatte ich bei Louna nicht mit offenen Karten gespielt? Hatte ich womöglich geahnt, dass sie sonst nie im Leben mit mir zu dieser Filmpremiere gegangen wäre? Und was war mit dem Sex? Hatte ich billigend in

Kauf genommen, Louna zu hintergehen, weil ich sie begehrte? Hatte ich mein Wohl über das ihre gestellt?

Natürlich hatte ich das, verdammt noch mal. Louna war kein Mädchen für einen One-Night-Stand. Das hätte ich schon fünf Sekunden, nachdem ich in ihren Laden spaziert war und sie gesehen hatte, sagen können. Louna war eindeutig eine Romantikerin, die sich einen Prinzen auf dem weißen Pferd wünschte. Allein die kitschige, ja farbenfrohe Deko ihres Cafés gab darüber hinreichend Aufschluss.

»Du weißt aber schon, dass heute Sonntag ist und wir hätten ausschlafen können?« Louna versuchte es noch einmal mit ganz unverfänglicher Konversation. Sie lächelte.

»Ich stehe jeden Tag zur selben Zeit auf. Sonntags gehe ich oft noch vor dem Frühstück joggen. Da sind noch nicht so viele Leute auf den Beinen, und ich habe meine Ruhe.«

Louna verstand den Wink mit dem Zaunpfahl und das eben noch so freundliche Lächeln auf ihren Lippen erstarb, verkehrte sich ins Gegenteil. Enttäuschung und Ernüchterung standen ihr offen ins Gesicht geschrieben. Sie versuchte nicht einmal mehr, darüber hinwegzutäuschen.

Noch ehe ich so recht begriff, was vor sich ging, sammelte Louna splitterfasernackt ihre Klamotten vom Boden ein und verschwand in dem einzig abschließbaren Raum in meiner Wohnung: dem Badezimmer.

Während mir Abertausende Gedanken durch den Kopf schossen, wurde ich unfähig, etwas zu unternehmen. Ich spürte die Notwendigkeit, mit Louna über das Geschehene zu sprechen, fand allerdings nicht die Kraft dazu.

Keine zehn Minuten später öffnete sich die Badezimmertür erneut und Louna kam in ihrem schwarzen Ballkleid in mein

Wohnzimmer spaziert. Der Anblick war grotesk, konfrontierte er mich doch unvermittelt mit den schönen gemeinsamen Stunden, die schon bald nichts mehr als eine verblassende Erinnerung sein würden.

»Louna, ich …«, hob ich zu einem Satz an, von dem ich keine Ahnung hatte, wie er weitergehen sollte.

Sollte ich mich für mein Verhalten entschuldigen, ihr erklären, was für ein Arschloch ich war? Sollte ich ehrlich sein und ihr sagen, dass es bei mir nie ein zweites Mal gab? Oder war Schweigen letztlich die einzige Chance, um mich vor einem Debakel zu bewahren?

Schließlich würde ich Louna schon morgen wieder am Set brauchen. Ich brauchte sie als Schauspielerin vor der Kamera. Eine weitere Neubesetzung der Hauptrolle in so kurzer Zeit würde der Serie das Genick brechen und meinen guten Ruf in der Branche zerstören. Nie wieder würde ich einen Fuß auf den Boden bekommen, wenn mein Boss nur an den entsprechenden Stricken zog, die mich zu Fall bringen würden.

Was hatte ich mir nur dabei gedacht, Louna zu dieser Premierenfeier mitzunehmen? Wie konnte ich nur meine Existenz derart aufs Spiel setzen? Ich war doch sonst nicht so verblendet. Irgendwas war anders. Lag es an mir? Oder an Louna? Oder womöglich an uns beiden?

»Ich hätte es wissen müssen. Spätestens dann, als am Set das Gerücht kursierte, du wärst kein Kostverächter, hätte ich das Bild, das du mir in der Klinik bei Julia vermittelt hast, ausblenden und meinen gesunden Menschenverstand einschalten müssen.«

Während ich noch nach den richtigen Worten suchte, um mich zu erklären, hatte Louna sie längst gefunden.

»Louna, so ist das nicht. Ich …« Unbeholfen setzte ich mich

auf und fuchtelte wild gestikulierend mit meinen Händen in der Luft herum, ohne auch nur ansatzweise mein Vorgehen rechtfertigen zu können.

Viel zu intim war die Vorstellung, Louna über meine größten Sorgen in Kenntnis zu setzen. Wer war sie denn schon, dass ich mich ihr bedenkenlos anvertrauen konnte? Es gab neben Julia und Mason kaum einen Menschen, mit dem ich offen reden konnte. Nicht weil es die Menschen nicht wert gewesen wären, sondern weil ich mich nicht dazu durchringen konnte, mich ihnen zu öffnen.

Louna hob abwehrend ihre Hände in die Höhe und signalisierte mir damit überdeutlich ein *Stopp!*. Sie wollte meine Ausflüchte nicht hören, nicht länger ertragen müssen, dass sie mir auf den Leim gegangen war.

Sie glaubte, als Einzige von uns beiden mehr in diese Nacht investiert zu haben. Doch da täuschte sie sich. Da täuschte sie sich gewaltig. Ich war so viel weitergegangen, als ich es in den letzten Jahren bereit gewesen wäre. Und plötzlich bekam ich Angst vor meiner eigenen Courage und vor der Sehnsucht, die tief in meinem Inneren schlummerte und endlich nach Gehör verlangte.

Aber das war nichts, was man mal eben zwischen Tür und Angel besprechen konnte. Schon gar nicht, wenn ich nicht wusste, wie es nach dieser immensen Neuerung in meinem Leben weitergehen sollte. Wollte ich denn ein zweites Date mit Louna? Oder war ich dazu nicht bereit? Wollte ich weiter auf diesem neuen Weg gehen, der alles aushebelte, was ich für mich in der Vergangenheit festgelegt hatte? Wollte ich mich ändern? War ich bereit, den ersten Schritt zu tun?

»Ich will hier nur raus!«

Mit diesen Worten rannte Louna an mir vorbei, ohne mich auch nur noch eines weiteren Blickes zu würdigen. Ihre Heels hielt sie in Händen.

»Warte!«, rief ich ihr nach, als ich verstand, was ich im Begriff war zu verlieren.

Doch da war es zu spät.

Die Tür fiel schwer ins Schloss, während Elvis erneut von den verpassten Chancen im Leben zu singen begann. Offenbar hatte ich den dämlichen Wecker nicht abgestellt, sondern nur die Schlummertaste betätigt.

Kapitel 29

Louna

»Ich kann das nicht glauben.«

Jamie schüttelte noch immer den Kopf und schien beinahe noch entsetzter über meinen Bericht zu sein, als ich es in der Situation selbst gewesen war. Zumindest ließ Jamies zum fünften Mal bekundetes Unverständnis über Stevens Verhalten nur diesen einen Schluss zu. Mittlerweile fragte ich mich, wieso denn eigentlich nicht?

Auch wenn ich Jamie seine Solidarität gegenüber seinem Chef hoch anrechnete, brachte es nichts, die Augen vor den Tatsachen zu verschließen. Steven war ein Player, und ich war voll auf ihn hereingefallen. So sah es nämlich aus. Dabei hatte ich es doch besser wissen müssen. Schließlich hatte ich ihn schon bei unserem ersten Aufeinandertreffen von seiner besten Seite kennengelernt. Jetzt auf die Tränendrüse zu drücken und mich selbst zu bejammern, wäre mehr als scheinheilig.

Und dennoch musste ich mich Jamie und Mary anvertrauen, ihnen erzählen, wie enttäuscht und verletzt ich heute Morgen gewesen war, als Steven keinen Hehl daraus gemacht hatte, wie sehr er unsere gemeinsame Nacht bereute. Dazu hatte es keine Worte gebraucht. Sein Gesicht sprach Bände, als er mich vor wenigen Stunden in seinem Bett erblickt hatte. Er schien fassungslos darüber, dass ich noch immer da war. In seinen Augen hätte ich mich über Nacht wohl besser in Wohlgefallen aufgelöst.

Aber ich war kein Dschinn aus einer Flasche oder sonst eine dieser sagenumwobenen Gestalten. Ich war ein Mensch aus

Fleisch und Blut. Ich hatte Gefühle und ein Herz, das mir gebrochen worden war.

Mary nahm mich in den Arm, als sie bemerkte, wie mir Tränen in die Augen stiegen. »Ich hatte wirklich geglaubt, Steven wäre anders. Allein das Kleid … Wer hätte da schon gedacht, dass er es nur auf einen lockeren One-Night-Stand anlegen würde, wo er doch so große Geschütze aufgefahren hat?«

Ich zuckte trotzig mit den Schultern. »Wahrscheinlich hat er es eh geschenkt bekommen. Der Einsatz war dann also ziemlich gering für ihn.«

Steven war der glückliche Sieger in einem Spiel, um das ich nie gebeten hatte. Er hatte bekommen, was er sich erhofft hatte, und ich dumme Gans war ihm blindlings ins Netz gegangen.

Wut mischte sich in meine Tränen. Wie hatte ich nur meine Augen und Ohren vor dem Offensichtlichen verschließen können? Wie hatte ich Stevens Andeutungen und sein merkwürdiges Verhalten mit einem Wimpernschlag zur Seite wischen können, um mich wenig später in seinen Armen wiederzufinden?

Starke Arme, wohlgemerkt, in denen es sich ganz wunderbar liegen und träumen ließ. Als ich mir meiner Gedanken bewusst wurde, hätte ich mich am liebsten dafür geohrfeigt. Wie konnte ich nur so sehnsüchtig an unsere Nacht zurückdenken, während Steven mich längst aus seinem Leben gestrichen hatte?

»Wie waren die Geschäfte heute?«, wechselte ich unvermittelt das Thema, um auf andere Gedanken zu kommen.

Jamie und Mary sahen sich kurz an, entschieden dann jedoch, auf den Zug aufzuspringen und die Sache mit Steven für den Moment ruhen zu lassen.

»Es ist wirklich viel los gewesen. Marys Kaiserschmarrn kam richtig gut an, und auch Molly hat sich heute von ihrer besten

Seite gezeigt.«

Ich musste lachen. Dabei hätte ich nicht geglaubt, dass ich mich heute noch dazu würde durchringen können.

Mary schien erleichtert. »Mrs. Whitehall war da und hat sich nach dir erkundigt.«

»Oh, was hat sie denn gesagt?«, fragte ich neugierig.

Sie war wir eine Konstante in meinem Leben. Ich hatte die kleine ältere Frau nun schon länger nicht mehr gesehen. Das beunruhigte mich in gewisser Hinsicht. Ganz so, als wäre meine berufliche Zukunft im *Cakeheaven* zwangsläufig mit Mrs. Whitehall verwoben.

»Sie hat dich in *Love next door* gesehen und einen Zwanzigerpack Macarons gekauft, um die heutige Sendung gebührend mit ihren Freundinnen anschauen zu können.«

Ich schmunzelte. »Nichts anderes hätte ich von ihr erwartet. Sie ist toll! Und so nett!«

Mary grinste. »Absolut! Sie hat mir aber auch unter vorgehaltener Hand gebeichtet, dass sie dich ganz furchtbar vermisst und hofft, dich bald mal wiederzusehen.«

Marys Bemerkung trieb mir gleich wieder die Tränen in die Augen. Aber nicht aus Wut oder Enttäuschung, sondern weil ich ehrlich berührt war von Mrs. Whitehalls Worten. Ich mochte sie nämlich auch sehr gerne. Sie war wie die Granny, die ich nie wirklich gehabt hatte.

Meine Eltern waren schon recht alt gewesen, als sie mich bekamen. Meine Großeltern waren zu diesem Zeitpunkt leider schon verstorben gewesen, sodass ich nie in den Genuss einer großmütterlichen Umarmung gekommen war – oder wie in Marys Fall in ihre Back- und Kochkünste eingewiesen werden konnte.

Jamie senkte seinen Blick. »Ich habe mich noch nie so zu Hause gefühlt wie im Cakeheaven. Ich weiß, dass ich das nicht sagen sollte, da unsere gemeinsame Zeit dort nur befristet ist, aber ich finde es wichtig, es dir zu sagen.«

Nun war es an mir, Jamie in die Arme zu nehmen und ihm das Gefühl zu vermitteln, wie wichtig er mir in der Kürze der Zeit geworden war. Ich konnte und wollte mir mein kleines Café weder ohne Mary noch ohne ihn vorstellen müssen. Wir würden einen Weg finden, zu dritt im *Cakeheave*n zu arbeiten. Auch ohne Stevens Unterstützung. Denn dass ich bei *Love next door* aussteigen würde, stand für mich außer Frage.

Dann sah ich in Marys und Jamies hoffnungsvolle Gesichter und musste mich fragen, wie ich es ohne Stevens finanzielle Unterstützung schaffen sollte, dieses Dreamteam zu erhalten.

Obwohl wir immer mehr Umsatz machten und die Zahlen sich schon viel besser lasen, hatten wir noch eine weite Strecke vor uns, die wir überbrücken mussten, ehe das *Cakeheaven* so viel Geld abwarf, dass wir drei davon leben konnten. Nach wie vor zahlte Steven Jamies Gehalt, und ich lebte aktuell von den Schecks, die ich für die Rolle in der Soap bekam.

So gerne ich am liebsten gleich morgen in Stevens Büro stolziert wäre, um ihm zu sagen, dass ich kündigen wollte, musste ich mich doch den Gegebenheiten stellen. Schließlich ging es hierbei nicht nur um mich, sondern auch um die Zukunft meiner Freunde.

»Seht uns an!«, ließ ich den Kurs in eine andere Richtung schwenken, um der trüben Stimmung ein für alle Mal die Stirn zu bieten. »Lasst uns das Leben genießen, anstatt hier Trübsal zu blasen und an Männer zu denken, die es eh nicht verdient haben, dass wir ihnen auch bloß eine wertvolle Sekunde unserer Zeit schenken!«

Schließlich war Steven nicht der erste und wahrscheinlich auch nicht der letzte Mann, auf den ich hereingefallen war. Manch einer musste offenbar öfter Frösche küssen, in der Hoffnung, einer davon würde sich schon zum Prinzen verwandeln. In meinem speziellen Fall war ich nach dem gestrigen Abend nicht einmal mehr sicher, ob ich überhaupt noch mal bereit dazu sein würde, mich auf einen Mann einzulassen.

Denn in Steven hatte ich geglaubt, eine andere, eine tiefgründigere Seite zu sehen, die er mir zumindest für den Hauch eines Augenblicks bereitwillig offenbart hatte. Dass er mich nach dieser unfassbar schönen Nacht so kühl behandeln würde, wäre mir nie im Leben eingefallen. Ich hatte wirklich geglaubt, dass das zwischen uns etwas werden könnte. Nun, offenbar hatte ich hierbei falschgelegen.

»Hört, hört!«, erwiderte Mary mit einem Grinsen auf den Lippen. »Louna hat gesprochen.«

»Wir könnten zusammen etwas zu Abend essen oder ins Kino gehen. Ich war schon ewig nicht mehr …«, sagte ich und stockte dann, dachte unvermittelt an den Actionfilm zurück und an Stevens Berührungen, seine Küsse auf meiner Haut und den Moment der tiefen Verbundenheit, den ich gespürt hatte.

Mary legte eine Hand auf die meine, während ich meine Füße auf der Couch eng an mich zog.

»Liebes, hast du mal auf deinem Handy nachgesehen? Vielleicht war das alles ja auch bloß ein dummes Missverständnis. Steven könnte dir schon längst eine Erklärung für alles geschickt haben.«

Ich schüttelte den Kopf. Mein Handy lag in der Nachttischschublade an meinem Bett. Nachdem ich mich bei Mary und Jamie gemeldet hatte, entschied ich mich dazu, es abzuschalten. Nicht weil ich hoffte, Steven könnte sich melden. Ich hatte vielmehr Sorge, ich könnte schwach werden und ihn anrufen. Das fehlte mir gerade noch.

Nichts war peinlicher als eine Frau, die ein Nein eines Mannes nicht akzeptieren konnte. Und Stevens Augen hatten Bände gesprochen. Ein Nein war da noch viel zu harmlos ausgedrückt.

Jamie sprang vom Sessel auf. »Ich kann es dir holen, wenn du möchtest.« Er sah sich suchend im Zimmer um, während ich mich fragte, auf welcher Seite die beiden eigentlich standen.

»Es gibt keinen Grund, das Handy zu holen«, erwiderte ich bockig. »Steven wird sich nicht bei mir melden. Es ist alles gesagt.«

Ich verschränkte die Arme vor der Brust und bereute es beinahe schon wieder, Mary und Jamie angerufen zu haben. Anstatt sich auf meine Seite zu schlagen, ließen sie nichts unversucht, um Steven reinzuwaschen. Dabei kannte ihn Mary beispielsweise überhaupt nicht wirklich.

»Wenn Steven sich nicht gemeldet hat, gelobe ich, das Thema heute Abend nicht mehr anzusprechen. Wir könnten nach der Handysache zu dem kleinen Mexikaner um die Ecke gehen, den du so magst. Was meinst du?«, lockte mich Mary.

Während die meisten Frauen in meiner Lage sicher tagelang nichts runterbekommen hätten, kam ich bei Angelegenheiten eines gebrochenen Herzens nur über die Runden, wenn ich aß. Vorzugsweise fettreiche Nahrung. Die kompensierte meinen Liebeskummer immer am besten. Und Mary wusste das. Also gab ich mich geschlagen.

»Okay, ihr habt gewonnen«.

Jamie war so schnell in Richtung meines Schlafzimmers verschwunden, dass ich mich ehrlich fragte, wer von uns beiden mehr unter Stevens Zurückweisung litt.

»Da ist es!«

Jamie hielt mein Handy wie den Heiligen Gral in die Höhe und lächelte dabei so zufrieden mit sich und der Welt, als hätte die Queen ihn gerade zu einem Afternoon Tea eingeladen.

Noch ehe ich etwas sagen konnte, schaltete Jamie das Gerät auch schon ein. »Schätzchen, du solltest in Zukunft unbedingt eine PIN verwenden, um dein Handy zu schützen. Wer weiß schon, in welche Hände es einmal geraten könnte?«

Dass das gerade ziemlich genau das Szenario darstellte, von dem Jamie eben noch gesprochen hatte, ließ ich geflissentlich unter den Teppich fallen. Der Tag war eh nicht mehr zu retten. Und mich mit meinen besten Freunden wegen eines Handys in die Haare zu kriegen, erschien mir auch nicht sonderlich erstrebenswert.

Außerdem war es doch nur gut, wenn Jamie die Sache für mich in die Hand nahm. Steven würde sich eh nicht gemeldet haben, und so konnten wir nach seinem Nachrichtencheck endlich etwas essen gehen. Ich war schon ganz ausgehungert.

Besonders freute ich mich dabei auf die mit Käse überbackenen Nachos und die selbst gemachte Guacamole. Die war wirklich ein Gedicht. Ich konnte mich nicht daran erinnern, je im Leben so eine gute Guacamole gegessen zu haben. Und dann erst die Fajitas. Allein beim Gedanken daran lief mir das Wasser im Mund zusammen. Havier, der Chefkoch im *Little Mexico* war genau der Richtige, um mich heute auf andere Gedanken zu bringen.

Jamie starrte noch immer auf das Display meines Smartphones, während ich in meine Sneaker schlüpfte. Mary sah so erwartungsvoll in Jamies Richtung, dass sie mir beinahe leidtat. Die beiden hatten wirklich noch Hoffnung, ich könnte Stevens Zurückweisung in irgendeiner Weise falsch verstanden haben. Hoffnungslose Romantiker, alle beide.

»Ich kann keine Nachricht von Steven entdecken«, meinte Jamie.

»Sagte ich doch!« Mit einem Satz kam ich wieder auf die Beine. »Können wir dann endlich los? Ich habe furchtbaren Hunger. Wenn wir uns nicht beeilen, dann kriegen wir keinen Platz mehr. Das *Little Mexico* ist an einem Sonntagabend oft ausgebucht.«

Kapitel 30

Steven

»Du bist heute gar nicht bei der Sache. Bedrückt dich etwas?«

Ein Seufzer war manchmal mehr als eine ellenlange Erklärung über die Dinge, die man selbst kaum greifen konnte. Aber Seufzen war auch ein Ausdruck von Schwäche, die ich mir vor meiner Schwester nicht erlaubte. Sie sollte nicht mitbekommen, wie es um mich stand, oder was ich in den letzten vierundzwanzig Stunden für eine Achterbahnfahrt der Gefühle erlebt hatte.

Der Abend mit Louna war zunächst wie die Anfahrt verlaufen. In freudiger Erwartung hatte ich mich in den Sitz zurückgelehnt und auf den tiefen Fall gewartet, der dieses magische Kribbeln in meinem Magen verursachen würde. Der höchste Punkt war gekommen und ich war in rasantem Tempo in Richtung Abgrund gestürzt. Und das erste Mal seit sehr langer Zeit hatte ich mich darauf gefreut.

Voller Sehnsucht dachte ich an den Moment des freien Falls zurück, an die Schwerelosigkeit, die ich in diesem Augenblick verspürt hatte. An die Hoffnung, die ich in diese Fahrt gelegt hatte, bis der harte Aufprall am tiefsten Punkt alles wieder zunichtegemacht hatte.

»Nein, nein«, winkte ich ab und lächelte meine Schwester beschwörend an, in der Hoffnung, sie würde dann nicht weiter nachbohren und Dinge zu Tage befördern, die besser unter der Erde begraben blieben.

Sie kannte mich einfach zu gut. Manchmal glaubte ich sogar, sie kannte mich besser, als ich mich selbst kannte.

Noch immer war da diese angedeutete Furche auf ihrer Stirn zu erkennen, die unmissverständlich darauf hindeutete, wie wenig Glauben Julia mir schenkte. Ich wandte mich ein wenig von ihr ab und sah zum Fenster hinaus. Ganz so, als gäbe es dort etwas Aufregendes zu sehen. Dabei starrte ich nur auf den Parkplatz des Krankenhauses, beobachtete Menschen, wie sie mit Blumensträußen auf den Eingang zuliefen. Ein Mann trug eine leere Babyschale wie einen Einkaufskorb unter dem Arm. Ob er damit wohl seine junge Familie abholen und sie sicher nach Hause bringen würde?

Die Vorstellung hatte etwas Schönes an sich. Die Tatsache, dass das Leben immer weiterging, wirkte heute seltsam beruhigend auf mich.

»Du solltest rausgehen. Runter an den Pier und mit Louna ein Eis essen. Das Wetter ist ganz wundervoll.«

Julias Stimme klang so euphorisch, als stünde sie selbst kurz davor, dieses vermaledeite Krankenzimmer endlich hinter sich lassen zu können. Doch in ihren Augen war weder Wehmut noch Enttäuschung zu erkennen. Sie strahlte übers ganze Gesicht bei der Vorstellung, wie ich mit Louna gemeinsam am Wasser spazieren ging.

Das erste Mal verspürte ich die Pflicht, genau das zu tun: mein Leben zu leben, hinauszugehen und glücklich zu sein. Glücklich darüber, dass ich nicht an ein Krankenbett gefesselt war und hingehen konnte, wohin immer ich wollte.

Meine positive Grundhaltung täuschte mich allerdings nicht darüber hinweg, dass Louna ganz sicher nicht Hand in Hand mit mir am Wasser spazieren gehen würde. Der Zug war abgefahren.

Wieder schoben sich ihre blauen Kulleraugen vor mein geistiges Auge, als sie aus dem Badezimmer gekommen und schnurstracks an mir vorbeigelaufen war. Ich hatte es vergeigt. So was von. Louna würde mir keine zweite Chance geben. Nicht, nachdem ich mich ihr gegenüber wie das letzte Arschloch aufgeführt hatte.

Anstatt ihr frisch aufgebrühten Kaffee und Croissants ans Bett zu bringen, hatte ich sie gleich nach dem Aufwachen mit meiner harten Realität konfrontiert. Ich hatte ihr vor Augen geführt, wie ich war, ihr ohne viele Worte gezeigt, dass das mit uns keine Zukunft hatte. Und Louna? Sie hatte verstanden und war gegangen, noch bevor ich meinen Fehler einsehen konnte.

»Wie war es denn gestern auf der Premiere mit Louna?«, fragte Julia nach einer Weile, in der ich noch immer schweigend auf den Parkplatz hinausgesehen hatte.

Am liebsten wäre ich meiner Schwester auch darauf die Antwort schuldig geblieben, doch ich wollte sie nicht unnötig beunruhigen.

»Es war ganz nett. Louna und ich …« Dann verstummte ich wieder und krampfte meine Finger in meiner Hosentasche zu Fäusten.

»Was ist vorgefallen, Steven? Ich erkenne dich heute gar nicht wieder. Habt ihr euch gestritten? Hat Louna einem der Schauspieler schöne Augen gemacht? Oder hast du …«

Ich riss meinen Blick von der Babyschale los, die eben den Eingang passierte. »Ich habe Louna … gern. Sehr gern.«

Julia sah mich durchdringend an und schien sich viel schneller im Klaren über meine Worte zu sein, als ich es war.

»Du liebst sie.«

Julias Worte, so leise sie auch waren, gingen mir durch Mark und Bein. Auch wenn ich mir in den letzten Stunden verdammt viele Gedanken über Louna und mich gemacht hatte, war ich doch nie bereit gewesen, mir einzugestehen, wie es wirklich um mich stand.

Plötzlich war der Schmerz, Louna für immer verloren zu haben, viel größer als mein Widerwille, mich einem anderen Menschen zu öffnen. Das erste Mal seit sehr langer Zeit war ich darüber, wie ich mein Leben führte, unzufrieden, um nicht zu sagen: unglücklich.

Wieder war ich geneigt, mit einem Seufzen der inneren Unruhe ein Ventil zu geben. Doch ich erkannte in Julias Augen, dass das auch keine Lösung war. Aber was sollte ich denn tun? Wie sollte ich mich bei Louna dafür entschuldigen, dass ich mich nach unserer ersten Liebesnacht wie ein Vollidiot verhalten hatte? Und wie sollte ich sie davon überzeugen, dass das eine einmalige Sache gewesen war? Nicht die gemeinsame Nacht. O nein. Von der erhoffte ich mir ganz viele. Mit frisch aufgebrühtem Kaffee und Croissants am Morgen und keinen üblen Überraschungen. Für keinen von uns beiden.

»Ja, vielleicht tue ich das tatsächlich«, bestätigte ich Julias Vermutung, die streng genommen nicht nach einer Vermutung, sondern nach purer Überzeugung klang.

»Was machst du dann noch hier? Geh zu ihr! Sag ihr, was du für sie empfindest.«

Bei Julia hörte sich das so einfach an. Als gäbe es keinen kilometerbreiten Graben zwischen der Frau, die ich liebte, und mir zu überwinden. Als fehlten nur die richtigen Worte, um auszubügeln, was ich verbockt hatte.

Doch ich wusste es besser. Manchmal gab es kein Wort dafür, etwas ungeschehen zu machen. Um Vergebung zu bitten, hieß noch lange nicht, dass es danach noch eine Chance für uns beide geben konnte.

»Wenn das nur so einfach wäre!«, wich ich aus und konzentrierte mich wieder auf die fahrenden bunten Farbkleckse auf dem Parkplatz, auf die Menschen, die ein- und ausstiegen.

»Das ist es! Warum versuchst du es denn nicht?«

Julias Stimme klang fordernd und zugleich zurechtweisend. Tief in mir keimte ein Groll gegen meine Schwester.

Was wusste sie denn schon von den Herausforderungen, die tagtäglich auf mich warteten? Sie lebte wie unter einer Käseglocke, deren Deckel nur ab und an angehoben wurde.

»Julia, ich denke nicht, dass ich mich mit dir über mein Liebesleben unterhalten möchte. Das mit Louna und mir wird nicht klappen. Es ist besser, wenn wir uns das frühzeitig eingestehen, ehe noch jemand ernsthaft verletzt wird.«

Ich wählte meine Worte mit Bedacht und hoffte inständig, meine kleine Schwester würde sich damit zufriedengeben und nicht weiter darauf pochen, mich mit Louna zu verkuppeln. Ich konnte unter gar keinen Umständen noch ein weiteres Mal mit ihr gemeinsam bei Julia im Krankenhaus auftauchen. Das stand für mich außer Frage. Schlimm genug, dass wir uns schon am Set nicht aus dem Weg würden gehen können.

»Aber ich verstehe das nicht. Noch vor einigen Tagen war doch alles gut bei euch. Was ist denn passiert? Warum redest du denn nicht mit mir darüber?«

Nun verlor ich doch die Beherrschung.

»Warum ich mit dir nicht über Louna sprechen möchte? Hm, lass mich mal überlegen?« Ich wandte mich zu meiner Schwester um, sah ihr direkt in die Augen und legte meinen Zeigefinger in Denkermanier an meine Schläfe. »Wahrscheinlich liegt es daran, dass ich keine Lust dazu habe, meine Schwester mit meinen Liebesaffären zu behelligen, da sie ja keine Ahnung davon hat, wie das Leben da draußen in der wirklichen Welt abläuft.« Ich löste die Hand von der Schläfe und deutete mit dem Finger in Richtung des Parkplatzes.

»A-aber Steven …«, stotterte Julia, während ich wieder starr nach draußen blickte und all meinen Unwillen über mein Leben, meine Situation und die Ängste und Sorgen, die ich hatte, zu einem mächtigen Sturm in mir anwachsen ließ.

»Es geht dich schlichtweg nichts an, Julia. Und ich fände es besser, wenn wir auch in Zukunft nicht noch einmal über meine Beziehungen sprechen könnten.«

Nicht dass ich vorhatte, auch nur noch eine einzige Frau in mein Leben, geschweige denn in meine Wohnung zu lassen. Die Sache mit Louna hatte mir anschaulich genug gemacht, was es bedeutete, sein Herz zu öffnen. Nie hätte ich geglaubt, dass der Schmerz in meinem Inneren noch größer werden könnte. Nicht wegen einer Frau, die ich gegen jede Vernunft zu lieben begonnen hatte.

»D-das ist …« Weiter kam Julia nicht. Sie begann zu husten, während ich den Sturm, den ich weiter hatte aufziehen lassen, über meiner Schwester hereinbrechen ließ und für einen Bruchteil einer Sekunde so etwas wie Genugtuung dabei empfand.

Doch dann streckte mich die Realität mit voller Schlagseite zu Boden. Das anfängliche zögerliche Husten meiner Schwester wurde zunehmend zu einem lauten Krachen, das ununterbrochen anhielt.

Ich löste mich aus meiner starren Haltung und blickte in Julias Richtung, bemerkte erst viel zu spät, dass ihr Gesicht schon ganz blau angelaufen war. Voller Panik stellte ich fest, dass sie einen Anfall hatte und wahrscheinlich kaum noch ausreichend Sauerstoff bekam.

Ihre Augen blickten weit aufgerissen und Hilfe suchend in meine Richtung, während sich ihr ganzer Körper unter dem Husten krümmte. Ihre Hände lagen auf ihrem Brustkorb, um die Schläge dagegen abzufangen. Ich kannte diese Haltung nur allzu gut, erinnerte mich daran, wie Julia bei Granny auf der obersten Stufe ihrer weiß gestrichenen Veranda saß und versuchte, eine dieser Attacken zu überstehen, ohne Aufmerksamkeit auf sich zu ziehen.

In diesem Moment erkannte ich erst, was für ein emotionsloses Arschloch ich wirklich war. Ich hechtete zu meiner Schwester hinüber und betätigte die Klingel, um Hilfe zu rufen, während ich Julia fest in die Arme nahm. Wie hatte ich meine Wut nur an meiner kleinen Schwester auslassen können, die nie auch nur ein einziges schlechtes Wort über mich hatte verlauten lassen? Sie war doch alles, was mir noch geblieben war!

»Julia, alles wird gut«, versuchte ich, ihr beizustehen. »Gleich wird jemand kommen.« Julias Körper fühlte sich unter meiner Berührung entkräftet und schlaff an. Panisch blickte ich in Richtung Tür, doch sie wollte sich einfach nicht öffnen.

Ich drückte erneut auf die Klingel. Gleich mehrmals. Ich wollte nicht hinausgehen, wollte meiner Schwester beistehen, ihr das Gefühl geben, alles würde wieder gut werden, auch wenn ich selbst wie so oft nicht mehr daran glaubte.

Fürchterliche Sekunden der Ungewissheit, die sich unendlich anfühlten, zogen wie in Zeitlupe an mir vorbei. Als ich mich schließlich dazu durchgerungen hatte, auf den Gang zu stürzen, öffnete sich endlich die Tür und alles ging ganz schnell. Ärzte, Pfleger und Jacky drängten sich in das Zimmer, schoben mich zunächst beiseite, ehe sie mich schließlich vehement in den Flur komplimentierten.

Die plötzliche Stille und die Ungewissheit, was aus Julia werden würde, waren wie ein Fausthieb in den Magen. Ich lehnte an der Wand und ließ mich langsam zu Boden gleiten, als ich das Gefühl verspürte, ebendieser würde mir ohnehin gleich unter den Füßen weggezogen. Ich raufte mir das Haar, während ich mich immer wieder fragte: Was hast du da nur getan?

Kapitel 31

Louna

»Können Sie denn nicht schneller fahren?«

Unruhig nestelte ich an dem abstehenden vanillefarbenen Faden meiner Bluse und starrte dabei auf die Läufer vor uns.

Aus dem Besuch beim Mexikaner war nichts geworden. Ein Anruf hatte unsere Abendplanung über den Haufen geworfen. Zunächst war ich mir nicht sicher gewesen, ob ich mich diesem Gespräch wirklich stellen sollte. Doch als ich die wenigen Worte am Telefon vernommen hatte, war ich froh, den Anruf entgegengenommen zu haben. Sofort hatte ich mir den Schlüssel und den Geldbeutel geschnappt und war aus dem Haus gestürzt – nur um jetzt im Stau zu stehen.

»Ma'am, heute findet der zweiundvierzigste San-Francisco-Marathon statt. Dieser Streckenabschnitt ist noch für einige Minuten gesperrt, sollte dann aber wieder gut passierbar sein. Eine Auswegroute gibt es nicht. Sie werden ein wenig Geduld mitbringen müssen«, belehrte mich der ältere Taxifahrer, als wäre ich ein ungeduldiges Kleinkind, das bereits unzählige Male gefragt hatte, wie lange es denn noch dauern würde.

Natürlich kannte ich den Marathon. Schließlich lebte ich ja bereits seit einigen Jahren in der Stadt. Und dennoch hatte mich das Großereignis in San Francisco vollkommen unvorbereitet erwischt. Sonst wäre ich nämlich ganz sicher nicht bei diesem Besserwisser von Taxifahrer ins Auto gestiegen, sondern zu Fuß gegangen.

Die verzerrten Gesichter der Läufer waren wie ein Spiegelbild dessen, wie ich mich gerade fühlte. Da waren diese Nacht mit Steven und die Ernüchterung am Morgen danach gewesen. Bis ich den Anruf aus der Klinik von ihm vor wenigen Minuten erhalten hatte, wollte ich nie wieder auch nur ein Wort mit ihm wechseln. Und nun das. Als wäre alles nicht schon kompliziert genug.

»Können Sie denn abschätzen, wie lange wir noch hier warten müssen?«, fragte ich beunruhigt, als der Strom an Teilnehmern noch immer nicht abebbte. Ganz im Gegenteil.

Der Taxifahrer seufzte und blickte mich über den Spiegel an. »Es dauert so lange, wie es eben dauert«, vermeldete er mit leicht genervtem Unterton in der Stimme. Als wäre es meine Schuld, dass wir hier festsaßen.

Ich konnte ein Schnauben kaum mehr unterdrücken, so sehr ging mir das ganze Auftreten des Mannes gegen den Strich. Es war unschwer zu erkennen, dass dieser sich mächtig über meine Frage aufregte.

»Wissen Sie was? Ich würde gerne zahlen. Den Rest des Weges laufe ich einfach.«

Das Krankenhaus war noch knapp zwei Meilen entfernt, aber wenn ich hier weiterhin untätig rumsaß, würde ich noch durchdrehen.

Ich musste zu Julia. Es ging ihr nicht gut. Und sie hatte nach mir verlangt. Sie wollte mich bei sich haben. Ganz im Gegensatz zu ihrem Bruder. Ich hatte keinen blassen Schimmer, was zwischen den beiden vorgefallen war. Und eigentlich ging es mich auch überhaupt nichts an. Aber ich konnte nicht anders. Wie konnte ich einer Frau, die mit dem Tod rang, einen Wunsch abschlagen?

Wenn ich ehrlich war, dann war Stevens Schwester mir schon

mehr ans Herz gewachsen, als ich es in der Kürze der Zeit erwartet hätte. Vielleicht lag es an ihrer ausweglosen Situation oder ihrem starken Charakter und dem Willen, bis zuletzt über sich und ihr Leben selbst bestimmen zu wollen.

»Sie wollen jetzt aussteigen und mich hier in dem Chaos allein zurücklassen? Ich bin doch nur wegen Ihnen hier gelandet. Nur wegen Ihnen bin ich jetzt dazu genötigt, weiß Gott wie lange zu warten, bis das Ganze hier über die Bühne gegangen ist«, echauffierte sich der Fahrer.

Am liebsten hätte ich ihn mit dem Umstand konfrontiert, dass er derjenige war, der uns in diese Lage gebracht hatte. Er hätte ja wissen müssen, dass es nicht besonders ratsam war, zu dieser Uhrzeit zum Krankenhaus zu fahren. Er hätte die Fahrt ausschlagen und mich auf den Grund hinweisen müssen. Aber nein, sicher hatte er nur an seinen Profit gedacht und mich eiskalt in die Sackgasse gelotst, ohne zu ahnen, was das für mich bedeuten könnte.

Manchmal kam es mir so vor, als wären wir Menschen nur noch vom Geld getrieben, als gäbe es nichts Wichtigeres für uns auf der Welt als diese kleinen runden Münzen und die rechteckigen Scheine. Mein Ärger kanalisierte sich zunehmend auf den Taxifahrer, der mir mittlerweile wüste Beschimpfungen um die Ohren warf.

Doch dann wurde mir klar, dass ich keinen Deut besser war. Schließlich hatte ich bei Stevens Angebot genauso zugeschlagen und mich gefreut, als er mir gesagt hatte, was ich für die Arbeit vor der Kamera bekäme. Wäre ich ähnlich offen für ein Angebot gewesen, das mich in die Suppenküche für die Ärmsten der Armen gebracht hätte?

Ich schüttelte den Kopf, als ich mir meiner ausufernden Gedanken bewusst wurde. Das hier war weder der richtige Ort noch die richtige Zeit, über derartige Grundsatzüberlegungen zu philosophieren.

Ohne dem schimpfenden Taxifahrer Gehör zu schenken, legte ich einen Zwanzigdollarschein auf die Mittelkonsole im vorderen Bereich des Wagens, griff mir meine Handtasche aus dem Fußraum und öffnete die Tür.

Als ich dreißig Minuten später in der Julisonne schwitzend vor dem Krankenhaus angelangt war, brauchte ich einen Moment, um wieder zu Atem zu kommen. Ein dünner Schweißfilm benetzte meine Stirn, während sich mein Brustkorb noch immer unregelmäßig hob und senkte.

Kaum dass ich das Klinikgebäude erblickt hatte, wäre ich am liebsten wieder meilenweit weggelaufen. Was total absurd war. Schließlich hatte ich alle Hebel in Bewegung gesetzt, um schnellstmöglich hier anzukommen. Wenn ich allerdings daran dachte, wie nah ich Steven gleich sein würde, drehte sich mir der Magen um, der mittlerweile ziemlich erbost darüber war, dass ich die Essensverabredung mit Jamie und Mary, ohne mit der Wimper zu zucken, hatte sausen lassen.

Als ich schließlich den Mut fand, die letzten Meter bis zum Eingang zu überwinden, versuchte ich, mir einzureden, dass ich nur wegen Julia gekommen war. Ich blendete Stevens besorgte Stimme völlig aus.

Ein Gefühl der Selbstsicherheit machte sich in mir breit, wenn ich an Stevens Anruf dachte. Er brauchte mich. Jetzt sah er es ein. Vielleicht nicht ganz so, wie ich es nach unserer gemeinsamen Nacht geglaubt hatte, aber das würde er schon noch begreifen.

Aber worüber machte ich mir da eigentlich Gedanken? Ich wollte doch zu meiner Freundin Julia. Weil ich für sie da sein wollte. Weil ich sie mochte. Weil sie mir wichtig war. Ganz bestimmt wollte ich sie nicht im Rachefeldzug gegen ihren Bruder einsetzen. Das wäre mehr als niederträchtig von mir gewesen.

An der Eingangstür zum Krankenhaus hielt ich noch einmal kurz inne, atmete tief durch, ehe ich meine zittrige Hand auf den Griff legte. Dieser Besuch entschied über meine Zukunft. Denn egal, was ich mir einzureden versuchte, ich würde zwangsläufig bei diesem Treffen mit Julia auch Steven begegnen, ob ich wollte oder nicht.

Kapitel 32

Steven

»Du solltest ihr einen Kaffee holen«, meldete Jacky sich neben mir zu Wort, während sie ein mit Pillendosen überhäuftes Tablett durch den Flur trug und dabei fast das Gleichgewicht verloren hätte.

»Wenn du wüsstest, was zwischen Louna und mir vorgefallen ist, würdest du das nicht von mir verlangen.«

Ich verzog mein Gesicht zu einem gequälten Lächeln. Eines von der Sorte, zu der mich Dad immer gezwungen hatte, als er seine alljährlichen Fotos von Julia und mir in Grannys Garten aufgenommen hatte.

Heute war ich ihm dankbar für die vielen Bilder, die ich aus meinen Kindertagen hatte, damals war es mir lästig erschienen, das Spiel zu unterbrechen, nur um ein paar Fotos zu schießen.

Er wusste um die Magie des Augenblicks, und im Gegensatz zu mir war er dazu in der Lage gewesen, ihn voll und ganz auszukosten. Der Blickwinkel änderte sich. Was uns einst noch so unwichtig, ja beinahe schon lästig vorgekommen war, konnte uns morgen schon die Welt bedeuten. Nie hätte ich geglaubt, dass es mir mit ebendiesen Bildern einmal so ergehen würde.

Hellhörig geworden, legte Jacky das Tablett neben mir auf dem Stuhl ab und sah mich erwartungsvoll an. »Was ist passiert?«

Jacky würde nicht eher Ruhe geben, bis ich ihr gesagt hatte, was los war. Aber ich war nicht in der Stimmung dazu, ihr in allen Einzelheiten zu erklären, dass ich ein Idiot war und es gewaltig verbockt hatte. Das hatte ich mir in den letzten Stunden schließlich ein ums andere Mal selbst eingebläut.

»Ist 'ne lange Geschichte«, sagte ich und blickte hinüber zu der Tür, durch die Louna erst vor wenigen Minuten hindurchgegangen war.

Zunächst hatte ich nicht geglaubt, dass sie wirklich kommen würde. Als sie plötzlich mit ihren wippenden goldenen Locken wie ein Engel durch den Flur auf mich zugeschwebt war, hatte ich für den Moment geglaubt, sie wäre wegen mir gekommen. Ernüchterung hatte sich schlagartig in mir breitgemacht, als sie mir nur kurz zugenickt hatte und anschließend im Zimmer meiner Schwester verschwunden war.

»Wenn ich sagen würde, ich hätte genügend Zeit, dann wäre das schlichtweg gelogen. Und dennoch kannst du mir immer alles sagen, Steven. Das weißt du doch, oder?«

Jacky war in den vergangenen Jahren zu einem der wenigen Menschen geworden, denen ich mich vorbehaltlos anvertrauen konnte. Sie war nicht aus der glamourösen Glitzerwelt des Films. Jacky kannte die Sorgen, die mich umtrieben, und hatte stets ein offenes Ohr für mich. Ich konnte immer auf sie zählen.

»Ich hab es vermasselt, Jacky. Louna und ich …«

Jacky machte große Augen. »Ich verstehe.« Ihr Blick schweifte peinlich berührt zu dem Tablett. Das waren dann offenbar doch ein paar Informationen, von denen sie besser nichts gewusst hätte.

Dann sah sie mir wieder unvermittelt in die Augen. »Die meisten zwischenmenschlichen Probleme kann man wieder kitten. Rede mit ihr! Ich hatte bei euch das Gefühl, es täte euch beiden gut. Dir ganz besonders.«

Nun griff Jacky doch nach dem Tablett, warf mir ein letztes

aufmunterndes Lächeln zu und machte sich auf, ihre Runde fortzusetzen.

Einige Minuten vergingen, ehe ich den Mut fand, an Julias Tür zu klopfen. Noch immer hingen mir die Bilder unserer letzten Begegnung vor meinem geistigen Auge wie eine überdimensionierte neonbeleuchtete Werbetafel, die man einfach nicht ausblenden konnte.

Zaghaft setzte ich meinen Finger an die Tür und pochte dagegen. Für den Bruchteil einer Sekunde blieb mein Herz stehen. Was wäre, wenn Julia mich nicht sehen wollte? Und war es wirklich die richtige Entscheidung, mich Julia und Louna zur selben Zeit zu stellen?

Ich hatte keinen blassen Schimmer mehr, was richtig und was falsch war. Letztlich entschied ich mich dennoch dafür, den ersten Schritt nach vorne zu gehen. Die Ungewissheit war wie der feste Griff einer Hand, die sich immer mehr um meine Lungen legte und mir kaum noch Luft zum Atmen ließ.

»Herein!«, hörte ich Julia von drinnen sagen.

Mit der einen Hand drückte ich die Klinke hinunter, während ich versuchte, mich beim Gehen mit der anderen Hand, in der sich ein Becher mit heißem Kaffee befand, nicht zu verbrühen.

»Ich dachte, Louna könnte vielleicht einen Kaffee gebrauchen«, war das Erste, was ich sagte, als ich den Raum betrat.

Ich wagte es währenddessen nicht, in die Richtung der beiden Frauen zu schauen, die sich gut mehr als eine Stunde miteinander unterhalten hatten. Wie ein Eindringling, der sich in fremdes Gebiet vorwagte, näherte ich mich Julia und Louna. Reumütig blickte ich noch immer zu Boden, während jemand zu lachen begann.

»Der zu Kreuze kriechende Sünder steht dir nicht, Bruderherz«, meldete sich Julia zu Wort.

»Ich wollte nicht stören«, verteidigte ich mich. »Nur eben der Kaffee …«, sagte ich und schob den braunen Plastikbecher in meiner linken Hand als Vorwand vor, die Unterhaltung meiner Schwester mit der Frau, mit der ich die Nacht verbracht hatte, zu crashen.

»… fühlt sich ein wenig einsam nur mit dir allein?!«

Nun lachten beide Frauen herzlich auf, und auch meine Mundwinkel zuckten wie von allein nach oben und brachten mich ganz unfreiwillig zum Grinsen. Das Eis war gebrochen. Zumindest am Rand. Wie es in der Mitte des Sees aussehen würde, konnte ich zum jetzigen Zeitpunkt noch nicht einschätzen.

»Komm schon zu uns! Wir beißen nicht!« Julia klang wie eh und je. Vergessen schien die unschöne Szene zwischen uns, in der ich ihr Dinge an den Kopf geworfen hatte, für die ich mich mein ganzes Leben lang schuldig fühlen würde.

In diesem Moment kam ich mir wirklich ein wenig wie ein Bittsteller vor, der um die Vergebung seiner Sünden bat. Und das, obwohl ich kein besonders gläubiger Mensch war.

Louna saß aus Julias Perspektive rechts von ihr auf einem der beiden Besucherstühle, die im Zimmer standen. Langsam ging ich auf sie zu und reichte ihr den Becher. Sie nahm ihn dankend entgegen. Das war mehr, als ich mir für das erste Wiedersehen mit ihr erhofft hatte.

Keine Ahnung, was ich erwartet hatte. Dass sie mich mit Beschuldigungen überhäufte, mir die Augen auskratzte oder nie wieder auch nur ein Wort mit mir wechseln würde. Ich hätte nicht einmal erwartet, dass sie meinen Anruf entgegennehmen würde. Doch das hatte sie. Sie hatte mir geduldig zugehört und mir gesagt, sie würde ins Krankenhaus kommen.

Mit keiner Silbe hatte sie dabei die letzte Nacht angesprochen, ganz so, als hätte es sie und den verkorksten Morgen danach nie gegeben. Die Vorstellung, dass sie unsere gemeinsamen Stunden in meinem Loft so einfach verdrängen konnte, war mir allerdings auch ein Dorn im Auge.

»Du hast geklingelt, Schätzchen?«, fragte Jacky und sah in Julias Richtung.

»Ja, ich wollte auf Toilette«, erklärte Julia seelenruhig.

»Aber da kann ich dir doch helfen«, hörte ich mich wie aus der Pistole geschossen erwidern.

Jacky hob eine Augenbraue, als wäre das der dümmste Einfall, den ich je gehabt hätte. Julias Gesicht sprach eine ganz ähnliche Sprache.

Abwehrend hob ich die Hände in die Höhe, wie um zu sagen: »Ist ja schon gut! Ich habs verstanden!«

Während Jacky Julia auf einen Rollstuhl half, um sie nach draußen zu fahren, blieben Louna und ich allein in dem plötzlich ziemlich winzig anmutenden Zimmer zurück.

Louna setzte zum gefühlt hundertsten Mal ihren Kaffeebecher an die Lippen. Ich zählte schon die Minuten und überlegte, wie lange es wohl dauern könnte, bis die beiden wieder zurück sein würden.

Ich suchte nach der perfekten Ausrede, um das Zimmer zu verlassen, auch wenn ich wusste, dass Julia mir hier eine Chance auf dem Silbertablett servierte, um mit Louna reinen Tisch zu machen. Fieberhaft überlegte ich, was ich ihr sagen sollte, in der Hoffnung, sie dabei weder vor den Kopf zu stoßen noch ihr Anlass zu geben, in Speedy-Gonzales-Manier aus dem Raum zu stürmen.

Fuck! Das war genau der Moment, den ich mir insgeheim herbeigesehnt und vor dem ich doch haushohen Respekt hatte. Wie zum Teufel sollte ich in Worte fassen, was für ein Idiot ich gewesen war? Und wie zum Henker sollte ich Louna begreiflich machen, dass das nie wieder vorkommen würde, dass es eine einmalige Sache gewesen war? Denn wie konnte ich ihr etwas versprechen, von dem ich selbst nicht wusste, ob es nicht doch wieder so kommen würde?

»Dein Auf- und Abgelaufe macht mich einfach nur wahnsinnig. Kannst du bitte stehen bleiben?«

Mir war gar nicht aufgefallen, dass ich während meines Gedankenganges im Raum umhergelaufen war. Ich hielt an Ort und Stelle inne und bemühte mich, die überschüssige Energie damit zu kompensieren, mir mit den Händen das Haar zu raufen. Leider mit nur mäßigem Erfolg.

Louna sah genervt drein. Ich konnte ihr deutlich ansehen, dass sie sich auch liebend gern an einen anderen Ort auf dieser Welt gewünscht hätte. Weit, weit weg von mir. Zudem konnte ich noch eine gewisse Unentschlossenheit in ihrem Gesichtsausdruck erkennen. Sie überlegte, ob sie gehen oder bleiben sollte. Wie Julia wohl reagieren würde, wenn sie einfach ginge?

»Entschuldige bitte«, gab ich zähneknirschend das erste Friedensangebot.

Doch Louna nahm es nicht mal wirklich zur Kenntnis.

Sie saß noch immer auf ihrem Stuhl, hatte die Beine übereinandergeschlagen und wippte mit dem oberen der beiden mit dem Sekundenzeiger meiner Armbanduhr um die Wette. Alles in ihrer Haltung schrie danach, dass sie sich meilenweite Distanz zwischen uns wünschte und meine Nähe kaum noch ertragen konnte.

Wie zwei eingesperrte Laborratten, die sich nicht besonders gut leiden konnten, gingen wir auf Abstand zueinander.

»Ich werde Julia nach wie vor besuchen kommen. Egal, wie das zwischen uns …«, begann Louna unvermittelt zu sprechen, während mir beinahe die Kinnlade runterfiel.

»N-natürlich«, stotterte ich. »Du kannst Julia sehen, wann immer dir danach ist.«

Was zum Teufel sagte ich da bloß? Meine Worte klangen ganz danach, als wäre Julia unser gemeinsames Kind und ich hätte nichts dagegen, das Sorgerecht für sie mit Louna zu teilen.

Doch in gewisser Hinsicht wünschte ich mir genau das: Jemanden, mit dem ich über meine Schwester sprechen konnte, der bereit war, die Sorge um sie zu teilen. Es gab kaum einen Tag, an dem ich mich nicht nach etwas Unterstützung sehnte. Etwas, was ich nie offen zugegeben hätte.

Während sich Louna besonders vertieft in das Weiß der gegenüberliegenden Wand gab, fasste ich all meinen Mut zusammen.

»Ich war solch ein Idiot!«, bekundete ich ehrlich Reue.

»War?«, fragte Louna wenig beeindruckt, ohne den Blick von der Wand abzuwenden.

»Ich *bin* solch ein Idiot! Ich hatte ein wundervolles Rendezvous mit einer bezaubernden Frau, verbrachte mit ihr eine unglaubliche Nacht, und am Tag danach hab ich zugelassen, dass meine Ängste über mein Leben bestimmen, anstatt ihnen die Stirn zu bieten.«

Noch immer schien Louna darauf zu hoffen, dass meine Schwester baldmöglichst zurückkommen und sie aus ihrem Martyrium erretten würde. Doch da kannte ich Julia besser. Sie würde uns so viel Zeit geben, bis wir alle Details unserer Hochzeit besprochen hätten. Auch wenn ich in diesem Moment noch nicht einmal ansatzweise wagte, über solch ein Event nachzudenken.

»Auch wenn ich mich nach außen hin tough und abgebrüht gebe, bin ich tief in mir drinnen ziemlich verunsichert. Die Krankheit meiner Schwester macht mir Sorgen, die mich …«

Plötzlich verließ mich der Mut. Das, was eben noch ganz leicht aus meinem Mund gesprudelt war, verebbte im nächsten Moment wie das Meer. War Louna die Richtige? War sie die Frau, der ich bedenkenlos anvertrauen konnte, wie es wirklich um mich stand? Dass ich nachts schweißgebadet aufwachte, weil ich nicht wusste, wie es mit Julia weiterging? Dass ich mich nach jemandem sehnte, der sich mit mir gemeinsam den Problemen des Alltags stellte?

»Ich denke … es ist besser, wenn ich jetzt gehe. Julia wird sicher gleich zurück sein.«

Als ich mich bereits von Louna abgewandt und die wenigen Schritte bis zur Tür ins Auge gefasst hatte, ließ mich ein höhnisches Auflachen in meinem Rücken davor zurückschrecken, meinen Weg fortzusetzen.

»Geh nur! Nichts anderes habe ich von dir erwartet.«

Kapitel 33

Louna

Am liebsten wäre ich aufgesprungen und hätte Steven all die Dinge an den Kopf geworfen, die den Tag über in mir gebrodelt hatten und nur mit viel Mühe zu unterdrücken waren. Die Worte hatten sich bereits in meinem Mund gestaut und warteten nur darauf, dass ich ihn öffnete und sie wie eine Pistolensalve auf Steven niederregnen ließ.

Noch widerstand ich dem Impuls, doch der Moment stand kurz bevor.

»Louna, ich …« Steven wirkte ähnlich orientierungslos wie am heutigen Morgen, an dem er mir zu verstehen gegeben hatte, dass unsere gemeinsame Nacht die erste und zugleich die letzte gewesen war.

Ihn nun mit herunterhängenden Schultern und diesem reumütigen Ausdruck in den Augen zu sehen, war für mich fast nicht zu ertragen. Ich wollte keine Entschuldigung von ihm hören. Und ich wollte ihm nicht verzeihen müssen. Das Einzige, was ich wirklich wollte, war, das leidige Kapitel mit Steven abzuschließen und wieder in meinen gewohnten Alltag zurückzukehren.

Denn auch wenn ich es mir nicht hatte eingestehen wollen, ich war genau wie all die Male zuvor wieder auf denselben Typ Mann hereingefallen. Steven war ein selbstverliebtes Arschloch wie all die Kerle, die ich vor ihm gedatet hatte. Er war es nicht wert, dass ich auch nur noch einen Gedanken an ihn verschwendete. Und dennoch war da etwas in mir, das sich danach sehnte, es aus seinem Mund zu hören. Er sollte mir sagen, dass die Verabredung zur Filmpremiere einzig darauf abgezielt hatte, mich ins Bett zu kriegen. Diese Tatsache würde mir über die Sehnsucht nach den traurigen dunklen Augen, die mich schuldbewusst ansahen, hinweghelfen.

»Was?«, blaffte ich ihn an, als mir seine plötzliche Wortkargheit gewaltig gegen den Strich ging.

Wo blieb eigentlich Julia? So lange konnte das doch nicht dauern. Allmählich bekam ich das Gefühl, sie war absichtlich gegangen, um Steven und mich alleine zu lassen. Als wüsste sie ganz genau, was da gestern Abend zwischen ihrem Bruder und mir vorgefallen war. Womöglich hatte er ihr ja von uns erzählt.

Ohne es zu wollen, flogen Bilder vor meinem geistigen Auge vorbei, die mich in Stevens Armen zeigten. Ich spürte seine Küsse auf meinen Lippen, seine Berührungen auf meiner Haut. Plötzlich flammte der Wunsch in mir auf, bei ihm zu liegen, seine Wärme zu spüren und eins mit ihm zu werden.

Als ich mir meiner Gedanken bewusst wurde, schüttelte ich sie wie lästiges Ungeziefer von mir ab. Sicher waren meine Wangen gerötet. Ich sah zu Steven, um mich zu vergewissern, ob er eine Vorstellung davon hatte, was mir gerade durch den Kopf gegangen war. Doch er sah noch immer bedröppelt drein.

»Louna, ich werde dir jetzt etwas erzählen, was ich noch niemandem gesagt habe.«

Stevens Hände ballten sich zu Fäusten, und ich stöhnte bei diesem Bekenntnis innerlich genervt auf. Was sollte das denn nun wieder? Besser ein Ende mit Schrecken als gar kein Ende. Warum zögerte er das Unausweichliche nur weiter hinaus? Das ergab doch überhaupt keinen Sinn.

»Steven, ich denke nicht, dass wir …«

Doch noch ehe ich sagen konnte, wie sehr mir das Ganze hier

zuwider war, unterbrach mich Steven einfach. Die Traurigkeit in seinen Augen war verschwunden. Er sah aus, als hätte er einen Entschluss gefasst und würde sein Vorhaben um jeden Preis durchsetzen. Komme, was da wolle. Komme, wer wolle.

»Louna, ich habe mich in dich verliebt.« Er wartete einen Moment, bevor er weitersprach, um seinen Worten genug Raum zu geben, sich zu entfalten. »Und das nicht erst gestern Abend, sondern schon bei unserem ersten Aufeinandertreffen in deinem Café.«

»Das glaubst du ja wohl selbst nicht«, schoss ich einen giftigen Pfeil in seine Richtung, da ich es kaum noch ertragen konnte, ihn so sprechen zu hören.

Warum tat er das? Warum wollte er mir jetzt weismachen, dass ihm etwas an mir lag, wenn er mir doch heute Morgen überdeutlich zu verstehen gegeben hatte, dass er nichts mehr von mir wissen wollte. Was war das für ein grausames Spiel, das er da mit mir spielte? Und wozu sollte es dienen?

»Alles, was ich gesagt habe, entspricht der Wahrheit. Aber ich kann verstehen, dass du mir nicht glaubst.« Er seufzte. »An deiner Stelle würde ich mir auch nicht glauben. Aber es ist so.«

Unfähig, mich von meinem Platz zu rühren, starrte ich Steven an und umklammerte währenddessen mit meinen Händen den Kaffeebecher. »War das das Lippenbekenntnis, von dem du gesprochen hast, oder kommt da noch was?«, fragte ich leicht spöttisch, als wäre das, was Steven mir eben mitgeteilt hatte, nichts weiter als belangloses Geschwätz.

Doch da war auch eine Stimme in mir, die sich frage: *Was wäre, wenn er das, was er gesagt hatte, wirklich ernst meinte?*

Stevens Blick haftete fest auf mir, während ich inständig hoffte, dass Julia nicht gerade in diesem Moment von Jacky zurück in ihr

Zimmer gefahren wurde. Auch wenn ich es nie offen zugegeben hätte, wollte ich nun nichts sehnlicher wissen als das, was Steven auf dem Herzen hatte.

Eine plötzliche Sehnsucht überfiel mich, und ich verspürte den Drang, mich an seine Brust zu schmiegen, seinen herben Duft tief in meine Lungen einzusaugen und meine Augen zu schließen. Alles um uns herum hatte keine Bedeutung mehr. Es gab nur ihn und mich. Nach außen hin gab ich mich jedoch weiter tough und unbeeindruckt.

»Louna, ich hatte noch nie eine Beziehung«, offenbarte mir Steven.

»Das glaube ich dir gerne!«, hörte ich mich schrill erwidern.

Ich ahnte bereits, dass er mir gleich erklären würde, dass er nicht der Typ für was Festes war, dass er es nur wegen der Lust, die er für mich empfunden hatte, versäumt hatte, mich darauf hinzuweisen, dass das mit uns nichts werden könnte. Nicht mehr als ein bedeutungsloser One-Night-Stand. Bla, bla, bla.

Bittere Tränen der Enttäuschung sammelten sich in meinen Augen. Wie doof war ich eigentlich, dass ich auf ein Wunder gehofft hatte? Ich hätte es besser wissen müssen. So viel besser.

Ein gebranntes Kind scheut das Feuer, sagte man doch, oder? Ich stellte da wohl eine Ausnahme dar und rannte jedes Mal aufs Neue in die offene Flamme, bis mein Herz lichterloh brannte.

»Nein, so ist das nicht«, erwiderte Steven, während ich die Tränen wegblinzeln wollte.

»Wie ist es denn dann?«, schmetterte ich ihm wutschnaubend entgegen.

Ich hatte dieses Ratespiel so was von satt. Am liebsten wäre ich aufgesprungen und von hier verschwunden. Aber ich scheute davor zurück, da Steven mir den Weg versperrte. Die Angst, er könnte mich zurückhalten, mich an sich ziehen und all meinen Widerstand mit einem Kuss brechen, war zu groß. Ich traute mir selbst nicht. Wusste nicht, ob ich standhaft bleiben könnte. Nicht in diesem Augenblick.

»Ich habe auf dieser Welt nur noch Julia. Und sie wird sterben. Die Vorstellung, ich könnte einen anderen Menschen so lieben wie ein Mitglied meiner Familie, um es dann ebenfalls wieder zu verlieren ist … vernichtend. Ich würde das nicht überstehen.« Steven schlug sich mit der geballten Faust so fest gegen die Brust, dass ich erschrocken zusammenfuhr.

Er meinte es ernst. Jedes seiner Worte war die Wahrheit. Er liebte mich. Wollte mich. Hatte jedoch Angst vor dem Tag, an dem ich ihn verlassen könnte. An dem uns der Tod für immer auseinanderriss.

»Du liebst mich also wirklich?«, fragte ich perplex, als die Tragweite seiner Worte in mein Bewusstsein vordrang.

Damit hatte ich nicht gerechnet. Alles in mir war in Aufruhr. Ganz so, als wäre ein Ausnahmezustand eingetreten. Ein Ausnahmezustand namens Liebe.

Noch während ich zu begreifen versuchte, was Stevens Bekenntnis für ich bedeutete, kam er zu mir und kniete sich vor mir hin.

»Ja, Louna, ich liebe dich über alles und will dieses Mal mutig sein. Ich glaube, du bist die Frau, die ich nicht ziehen lassen kann, ohne selbst dabei zu sterben.«

Fest umschloss Steven meine Hände mit den seinen, um seinen Worten damit mehr Nachdruck zu verleihen. In mir tobte ein Gefühlschaos, das zwischen Fassungslosigkeit und absoluter Euphorie schwankte.

Meine Wangen fühlten sich feucht an. Die ersten Tränen waren mir aus den Augen gekullert, ohne dass ich es bemerkt hatte. Steven küsste sie mir ganz zärtlich weg, während ich unter der Berührung seiner Lippen zu verglühen drohte.

»Sag, dass das kein Traum ist!«, wisperte ich in sein Ohr, um mir Gewissheit zu verschaffen. Noch waren da diese kleinen fiesen Zweifel, die mir zuriefen, Steven nicht bedingungslos Glauben zu schenken, sondern lieber auf Nummer sicher zu gehen.

»Es ist kein Traum, mein Schatz. Ich liebe dich und will mein Leben mit dir verbringen. Bitte sag, dass du das auch willst.«

Nun gab es für meine Tränen keinen Halten mehr. In sintflutartigen Strömen ergossen sie sich über meine Wangen, während ich heftig zu nicken begann und ihm mit kaum hörbarer Stimme »Ja, das will ich auch« entgegenhauchte.

»Muss Liebe schön sein«, hörte ich Julia glücklich seufzen, als ich meine Wange an Stevens breite Brust geschmiegt hatte.

»Ganz schön kompliziert«, erwiderte Jacky und traf damit den Nagel auf den Kopf.

Epilog

Zwei Jahre später

Steven

»Was machst du denn hier?«

Julia sah mich mit einem verschmitzten Lächeln auf den Lippen an. »Begrüßt man so etwa seine geliebte Schwester?«

Jamie und Mary sahen von der Theke zu uns rüber, während Louna eben mit einer dreistöckigen Torte in zartem Babyblau aus der Backstube in den Verkaufsraum kam.

»Nein, ich meine, ja. Bist du sicher, dass du das Krankenhaus schon verlassen darfst? Du bist doch erst vor wenigen Wochen operiert worden. Wissen die Ärzte, dass du hier bist?«

Julia lachte. »Jetzt sieh mich nicht wie eine Schwerverbrecherin an. Ich habe weder Jacky betäubt noch Dr. Koslitz eine verpasst, um hierherzukommen.«

Mein Blick schweifte wieder hinüber zu Louna, die gerade die Torte mit den Schnullern, Windeln, Schuhen und dem Kinderwagen aus Marzipan darauf auf die Theke stellte. Erst jetzt kam ihr leicht gewölbter Bauch zum Vorschein. Unser Baby.

»Meinst du nicht, das ist zu schwer für dich?«, fragte ich besorgt und deutete auf die Bestellung für eine Babyparty.

Louna stützte die Hände in die Hüften. Kein gutes Zeichen.

»Steven, ich bin schwanger und nicht krank. Wann wirst du das endlich begreifen?«

Die Situation war neu für mich, am liebsten hätte ich Louna

gleich nach dem positiven Schwangerschaftstest in Watte gepackt und bis zum Geburtstermin in einem Safe eingesperrt, von dem nur ich die Zahlenkombination kannte.

So schön ich die Vorstellung fand, mit Louna eine eigene kleine Familie zu gründen, so beängstigend war die neue Lage auch für mich. Würde die Schwangerschaft gut verlaufen? Zu Beginn hatte Louna sich die Seele aus dem Leib gekotzt. Doch mittlerweile war sie darüber hinweg. Aber was, wenn es bei der Geburt dennoch irgendwelche Komplikationen geben sollte? Was, wenn das Baby krank war?

»Jetzt sieh nicht so bekümmert drein, Bruderherz. Und vor allem solltest du keine Probleme sehen, wo keine sind.«

Julia stand plötzlich ganz dicht neben mir und legte mir fürsorglich eine Hand auf den Rücken, um mir Halt zu geben.

Ihre Augen sahen müde aus. Und ihr Gesicht wirkte an den Wangen eingefallen. Die Operation vor einigen Wochen hatte sie mehr mitgenommen, als sie uns alle glauben lassen wollte. Auch durfte ich nicht vergessen, dass meine kleine Schwester ein Leben lang mit ihrer Krankheit kämpfen musste. Doch ich war froh darum, dass sie den Schritt nun doch gewagt hatte und sich eine Lunge hatte transplantieren lassen. Auch wenn der Grund dafür bärtig und knapp fünf Jahre älter als meine kleine Schwester war.

Aber eins musste ich Matthew lassen: Er hatte Julia neuen Lebenswillen gegeben, ihr gezeigt, dass es sich lohnte, immer weiterzukämpfen. Selbst wenn ich ihn nicht sonderlich mochte, wusste ich doch, wie gut er Julia tat. Daher hielt ich besser mit meiner Meinung hinterm Berg.

Ich knuffte Julia leicht in die Seite. »Du bist ganz schön vorlaut, kleine Schwester. Hat dir das schon mal jemand gesagt?«

Jamie, Mary und Louna begannen zu lachen, während Julia

mich schmollend ansah.

»Jetzt ist man also schon vorlaut, wenn man seinen großen Bruder darauf hinweisen will, dass er Bockmist baut. Tss.«

Mein Blick glitt an Julia vorbei zur kleinen Bücherecke, die Louna vor einigen Tagen eingerichtet hatte. Eine bequeme geblümte Couch und zwei Ohrensessel luden zum Verweilen und Lesen ein. Eine Tasse Kaffee oder Tee sowie ein Stück Kuchen dazu, und der Tag konnte nicht besser werden. Zumindest für die ganzen Bücherwürmchen, die seit der Eröffnung regelrecht Schlange vor der Ecke standen. Louna überlegte bereits, ihr ganzes Café in eine Art Lesehimmel zu verwandeln, da das Konzept wirklich ausgesprochen gut ankam.

»Ihr zwei hört jetzt auf zu streiten und sagt mir lieber, ob ich Molly für euch bezwingen soll.«

Jamie hielt seine rote Schürze mit dem *Cakeheaven*-Emblem darauf wie ein Torero in der Hand und wedelte damit vor der Kaffeemaschine ehrfürchtig herum. Er hatte seine Berufung gefunden und keinen Tag um seine Stelle als Regieassistent beim Film getrauert. Ganz im Gegenteil. Wenn ich ihn mir so ansah, dann war er sichtlich froh, die ewigen Zickereien am Set endlich los zu sein. Was ich ihm nur schwer verdenken konnte.

»Danke, Jamie, ich hätte gerne einen Espresso.«

»Ich hätte gerne einen Cappuccino«, vermeldete meine Schwester neben mir mit kräftiger Stimme, die über ihren angeschlagenen Gesundheitszustand hinwegtäuschte. »Und bevor du mich jetzt fragst, ob ich das überhaupt darf, geh lieber hinüber zu Mary und hol mir ein Stück von diesem herrlichen Erdbeerkuchen mit Baiserhaube.«

Das erste Mal, seit ich den Laden meiner Verlobten betreten

hatte, verspürte ich ebenfalls den Drang, laut zu lachen. Zwischen den Zeilen machte Julia mir deutlich, dass alles gut werden würde. Jetzt und auch in Zukunft. Dass ich einfach ein bisschen Vertrauen in die Dinge haben müsste und mir nicht selbst im Weg stehen sollte. Und was sollte ich sagen? Sie hatte recht.

Louna

Während Steven sich allmählich damit arrangierte, nicht immer in allem und jedem etwas potenziell Lebensgefährliches zu sehen, bemühte ich mich, zuversichtlicher in die Zukunft zu blicken, was mein Café anbelangte.

Die Tortenbestellungen für Babypartys und Hochzeiten hatten wieder zugenommen und auch die Klassiker von Marys Granny kamen verdammt gut an. Jamie, Mary und ich hatten uns einen Namen gemacht, auch wenn Mary nun wieder vermehrt in ihrem eigenen Business als Dekorateurin arbeitete und nur noch ab und an im Cakeheaven aushalf.

Dafür war mir zum Glück Jamie geblieben, dessen offene und herzliche Art die Herzen meiner Gäste im Sturm erobert hatte. Er hatte für jeden immer ein paar nette Worte parat und war stets freundlich und hilfsbereit. Der perfekte Gastgeber. Zusammen waren wir mittlerweile ein unschlagbares Team.

Die kleine Messingglocke über der Tür läutete und kündete einen neuen Gast an. Als ich Mrs. Whitehall erblickte, bogen sich meine Mundwinkel ganz von allein nach oben. Sie war mir trotz der vielen neuen Kunden, die uns täglich entdeckten und das Café zu einer Art Szeneeinrichtung machten, geblieben. Ich freute mich darüber mindestens so sehr wie über die Tatsache, noch weitere Stammkunden bekommen zu haben.

»Hallo, Mrs. Whitehall«, begrüßte ich sie freudig. »Wie schön, Sie zu sehen.«

Die kleine alte Dame im Trenchcoat eilte mit einem Lächeln auf den Lippen zu mir an die Theke. »Guten Morgen, meine Liebe, ich bin ja so froh, dass es Sie gibt. Heute Nachmittag kommen meine Bridgedamen ganz spontan zu mir. Eigentlich war ausgemacht, dass wir uns bei Mary June treffen, aber die hat Handwerker im Haus und mich gefragt, ob wir nicht bei mir spielen könnten.« Mrs. Whitehall wirkte ganz aufgelöst, während sie an einer der Ecken ihres zitronengelben Tuches nestelte.

»Womit kann ich Ihnen denn weiterhelfen? Möchten Sie wieder die Macarons oder lieber eine echte Schwarzwälder Kirschtorte?« Ich sah hinüber zu meiner Freundin Mary, die sich sichtlich darüber freute, dass ich ihren Kuchen bei einer meiner besten Kundinnen als Empfehlung anpries. Unserer Freundschaft hatte die enge Zusammenarbeit kein bisschen geschadet. Ganz im Gegenteil. Es schien beinahe so, als wären wir noch weiter zusammengewachsen. Fast schon wie Schwestern.

»Wissen Sie was, meine Liebe? Ich würde gerne zwölf Macarons nach Ihrer Wahl nehmen und zusätzlich noch die halbe Schwarzwälder Kirschtorte, wenn das denn geht.«

Ich nickte freudig. »Aber natürlich geht das.«

Mary gab mir zu verstehen, dass sie den Kuchen übernahm, während ich zitronengelbe, lavendelfarbene, babyblaue, kirschrote und apfelgrüne Macarons in einer Schachtel verstaute.

Mrs. Whitehall sah hinüber zu der Leseecke, in der es sich ein paar Studenten bequem gemacht hatten. »Wenn ich ein bisschen mehr Zeit habe, dann komme ich mal einen ganzen Vormittag zu Ihnen ins Café und lese dort hinten in dem Sessel meinen aktuellen Thriller.«

Während die ältere Dame mit ihrem Finger in die Richtung wies, fiel mir beinahe die Kinnlade hinunter. Nie und nimmer hätte ich es für möglich gehalten, dass Mrs. Whitehall Thriller las. In meinen Augen war sie die typische Liebesromanleserin. Wie man sich doch täuschen konnte.

So war es mir auch mit der Rolle bei *Love next door* ergangen. Zunächst hatte ich geglaubt, mich dort wohlzufühlen und die Vicky nicht nur zu spielen, weil ich auf Stevens Schecks angewiesen war. Schnell hatte ich jedoch begriffen, dass meine berufliche Zukunft einzig und allein in meinem Café liegen sollte. Außerdem wollte ich, als ich mit Steven zusammengekommen war, nicht mehr mit ihm zusammenarbeiten. Irgendwie wäre es mir falsch vorgekommen. Und Amber hätte am Set sicher kein gutes Haar an mir gelassen, jetzt, da ich mit dem Boss liiert war und auch noch ein Kind von ihm erwartete.

Brittney war zum Glück reumütig ins Team zurückgekehrt und riss sich seither erstaunlicherweise am Riemen. Einen dritten Hauptrollenwechsel hätte die Produktion sicher nicht verkraftet.

Die Entscheidung, die Crew zu verlassen und wieder den Weg zu gehen, den ich mir selbst ausgesucht hatte, fühlte sich nach wie vor unglaublich gut an. Nachdem Steven und ich uns nun am Tag nicht sahen, waren diese kleinen Besuche von ihm wie kleine Highlights. Außerdem konnten wir die Abende zusammen in unserem Loft mit Blick auf das Meer viel mehr genießen.

Julias lautes Kichern weckte mich aus meinen Tagträumen, und ich reichte Mrs. Whitehall ihre Bestellung.

»Kindchen, ich weiß nicht, ob es Ihnen eine Freude machen würde, aber vielleicht würde ich öfter mal am Vormittag bei Ihnen vorbeischauen. Wenn ich nicht lese, könnte ich ein paar Söckchen und Schuhe für Ihren Nachwuchs stricken.«

Tränen der Rührung stiegen mir in die Augen. »Darüber würde ich mich sehr freuen.«

Die Liebe ist nicht planbar. Sie erwischt uns vollkommen unvorbereitet und kann uns jeden Tag aufs Neue ereilen. Sie ist manchmal ganz weit und dann wieder näher als gedacht. Liebe ist ganz nah. Man muss sie nur wagen.

ENDE

Danksagung

Liebe Leserinnen und Leser,
vielen lieben DANK für das Interesse an meinen Büchern.
Es hat mir außerordentlich viel Spaß gemacht, die Story über Louna & Steven zu Papier zu bringen. Wenn ich es ebenso geschafft habe, euch mit meiner Geschichte zu erreichen, dann bin ich sehr glücklich darüber.
Bedanken möchte ich mich an dieser Stelle ganz herzlich bei meinen engagierten und wunderbaren Testleserinnen. DANKE für eure ehrlichen Worte, eure Begeisterung und euer Mitfiebern. Ohne euch wäre das Ganze nur halb so schön. Vielen lieben DANK, dass ihr den Weg mit mir gegangen seid! Ich freue mich bereits heute über euer Feedback zum nächsten Buch.
Liebe Doro, ein ganz besonderer Motivationsschub in diesem Buch war die Freude, die dir die Geschichte bereitet hat. DANKE hierfür.
Vielen DANK, liebe Jil, dass du mein Manuskript mit so viel Sorgfalt korrigiert hast.
Vielen DANK an meine Leser und Leserinnen, dass ihr mit mir in die Geschichte von Louna und Steven abgetaucht seid

Eure Mila

Außerdem freue ich mich sehr auf regen Austausch mit euch:

Newsletter https://mila-summers.de/

E-Mail: **mila.summers@outlook.de**

Facebook: **Mila Summers**

Instagram: **books_by_mila_summers**
Twitter: **BooksbyMila**

PS: Wenn euch meine Geschichte gefallen hat, würdet ihr mir unglaublich helfen, indem ihr eine Rezension auf dem Buchportal eurer Wahl schreibt. Dann bekommen vielleicht noch weitere Leser und Leserinnen die Möglichkeit, meine Geschichten kennenzulernen. Vielen DANK hierfür!

45759063R00188

Printed in Poland
by Amazon Fulfillment
Poland Sp. z o.o., Wrocław